KB044661

초록의
공명

초록의 공명

2005년 11월 10일 초판 1쇄 발행
2006년 1월 26일 초판 2쇄 발행

펴낸곳 (주)도서출판 삼인

지은이 지율
펴낸이 신길순
부사장 홍승권
편집장 최인수
편집 강주한 박은지
제작 양경화
마케팅 이춘호
관리 심석택
총무 서민아

등록 1996.9.16. 제 10-1338호
주소 121-837 서울시 마포구 서교동 339-4 가나빌딩 4층
전화 (02) 322-1845
팩스 (02) 322-1846
E-MAIL samin@saminbooks.com

표지디자인 (주)끄레어소시에이츠
제판 문형사
인쇄 대정인쇄
제본 성문제책

ISBN 89-91097-32-4 03810

값 12,000원

지율 지음

삼인

부치지 못한 편지

　　●●● 며칠 전부터 글을 써야겠다고 생각했으나 어떻게 서두를 시작해야 할지 몰라 망설였습니다.

　저는 컴퓨터의 이 글쓰기 창을 지난 청와대 앞의 58일간의 단식 중에 열었고 노무현 대통령에게 스무 통이 넘는 편지글을, 재판부에 열 통의 편지글을 띄웠으며 그 외에 많은 분들에게 편지글을 띄웠습니다.

　지난 9월의 순례 때의 일지를 제외하면 자질구레한 이 글들은 대부분 천성산 문제의 직접적인 관계자들과 도롱뇽의 친구들에게 띄운 자질구레한 편지글이었으나, 다시 돌아보니 누군가에게 띄웠다고 생각했던 이 편지 창은 그들과 저의 거리감을 극복하기 위해 만든—제 스스로의 존재를 들여다보기 위해 만든 작은 창이었으며 부끄러운 독백이었습니다.

　스스로의 독백이었기에 저는 이 창을 통해 제 감정을 여과 없이 표현하며 마음껏 분노하고 슬퍼하는 시간을 가졌습니다. 그러나 돌아보니 저는 이 창을 통해 화해의 시간을 가지지 못했습니다. 마음을 열 수도 있고 열었어야 할 순간이 있었는데, 그렇게 하지 못했습니다.

서로 다른 입장에서 많은 원망과 분노를 가지고 있었지만 우리는 서로 다른 어리석음 때문에 하늘에 가려 땅을 보지 못했고 땅에 갇혀 하늘을 보지 못했습니다.

오늘 저는 천성의 긴 간천 계곡을 걸어 내려오면서 저를 부른 것은 천성 그 자체였다는 생각을 했습니다. 이 눈부신 아름다움을 지키기 위해 저의 전 존재를 걸고도 늘 마음은 무너졌지만, 이것은 다만 한 마리의 도롱뇽, 한 비구니의 목숨을 건 사투가 아니라 죽어 가고 있는 이 산하와 병들어 가고 있는 우리의 아이들의 이야기였습니다. 생명의 역사와 생명의 문화가 사라진 땅에서 아이들이 꾸는 꿈을 들여다볼 수 없기 때문입니다.

이것은 슬픔이 아니라 죄악입니다.

우리는 한편으로는 어머니-지구, 어머니-산, 생태계의 자궁-늪이라고 부르면서 다른 한편으로는 우리가 과학이라고, 발전이라고 부르는 지식과 문화에 의해 고통 받고 있는 어머니에 대하여 무감합니다.

저는 정치에 대하여 아는 것이 없지만 자연의 원리에 순응하는 것이 인간의 역사였다고 생각합니다. 이성의 불은 그 원리를 들여다보는 것이고 정치는 그 불이 꺼지지 않도록 조심스럽게 다루는 일이라고.

철의 장막이라는 소련의 문을 열었던 고르바초프는 이야기했습니다. 자연은 나의 신이며 나무는 나의 성전이며 숲은 나의 대성당이라고. 그는 이어 "나의 사랑은 자연의 신비에서 비롯되었다"고 말했습니다. 그의 그런 사상은 그를 소련의 대통령이 아닌 전 세계의 대통령이 되게 하였습니다.

저는 그 글을 읽으며, 『안자열전』에서 사마천이 만일 안자가 다시 살아난다면 지게를 지고 수레를 끌어도 좋다고 하던 말을 생각했습니다.

지난날 정부와 고속철도공단은 제게 천성산 문제에 대하여 5번에 걸쳐 공식적인 자리에서 약속을 했으며 저는 그 약속들을 단 한번도 의심하여 본 일이 없습니다.

더구나 그 약속들은 사석에서 했던 발언과 행보가 아니었습니다. 그러나 약속은 지켜지지 않았고 곤궁은 더 심해졌으며 제가 겪은 아픔과 슬픔의 칼날은 저를 떠나 지금 천성산으로 향하고 있습니다.

저는 지난 5년 동안 한 비구니로서가 아니라 천성산과 천성산의 뭇 생명을 대신하여 거리에 섰었기에 님들이 했던 그 약속은 바로 천성산의 뭇 생명들에게 했던 약속이었습니다.

천성산의 가치에 대하여 눈을 뜨게 하기 위하여 줄곧 주장했던 환경영향평가는, 한 비구니가 목숨을 걸고 4년 동안 거리에 서서 호소하고 염원하고 발원했던 일이며, 수많은 종교인이 거리에 서고 41만 도롱뇽 친구들이 함께했던 일이었습니다.

하지만 지난 2월 이후, 다섯 달을 지나오면서 저는 이 사회가 움직이는 보다 큰 동력을 보았으며 줄곧 '어떤 운명' 앞에 서 있는 저와 천성산을 보았습니다.

저와 천성산은 누구도 감히 어쩌지 못하는 정치와 거대한 자본이 맞물려 돌아가고 있는 톱니바퀴의 축에 끼어 있었다는 것을 알았으며, 권력과 정치력을 가지고 있는 사람들이 무엇을 할 수 있는지를, 그들이 만들어 낼 수 없는 진실은 없다는 것을 알았습니다.

지금 제 몸에는 그들이 지나간 수없이 많은 바퀴자국이 있으며 상처는 오히려 제 안쪽에서 점점 깊어지고 있습니다.

언뜻 보기에 우여곡절을 겪고 공동 조사가 시작되었지만, 저는 그 현장에도 갈 수 없었고 그들은 저를 천성산 바깥으로 밀어내는 데 성공한 듯합니다. 3개월만이라도 공사를 중지하겠다는 약속은 여전히 지켜지지 않은 채 천성산은 무너지고 있습니다.

방금 전 저는 '안적암 가는 길'이라는 영상물을 만들었고 이 영상물을 만들며 얼마나 울었는지 모릅니다.

　　이 작은 암자에서 우리는 전국 모임을 가지고 "생명의 대안은 없다"는 결의를 이끌어 냈으며 그 자리에 김종철 교수님과 박병상 박사님, 「비단으로 짠 천성산」이라는 아름다운 글을 독일 인지학회지에 올려 주셨던 리타 테일러 교수님과 부산 지역에 계신 많은 분들이 함께하셨습니다.

　　이 영상물에는 지금 제가 겪고 있는 아픔과 천성산이 겪고 있는 아픔이 고스란히 담겨 있습니다.

　　지금 저의 건강은 악화되어 있고, 청와대 관계자의 이야기처럼 폭풍우 치는 바닷가에 서 있는 곧 무너져 버릴 판잣집이나 다름없지만 저는 아름다움과 생기를 잃어가는 천성산의 아픔을 놓을 수 없습니다.

　　지난번 단식 중 제 방을 찾아온 문재인 수석님께 말씀드렸습니다.

　　님들이 이야기하는 개혁과 진보, 그리고 우리가 이야기하는 생명과 평화는 바퀴의 두 축처럼 함께 가야 한다고…….

　　그때 수석님께서는 말씀하셨습니다. 만일 정치에 발을 딛지 않았으면 저를 위해 변호를 하셨을지도 모르겠다고…….

　　그동안 우리는 너무 먼 길을 돌아 왔지만 저는 그 마지막 믿음을 버리지 못합니다. 저를 위해서가 아픈 우리의 산하를 위해 진실의 법정에서 천성산 문제를 바라봐 주시기를 바랍니다.

　　국운은 창성하고 만물은 영원하소서…….

2005년 9월
지율 합장

8

목차 | 초록의 공명

벌목 현장에서
2004년 3월 10일 ~ 5월 24일

저는 금수강산이라는 우리의 산하가

무너지고 파괴되는 역사의 현장에 태어났으나

그것이 이 땅에 온 제 원력이었다는 것을

천성산 일을 하면서 알았습니다.

벌목 현장에 들며

2004년 3월 10일

베어진 나무들이 대지를 베고 길게 드러누워 있다.
소리 없이 죽어 간 전우의 시체를 보는 것 같았다.
최전방 입구를 지켜 내지 못한 슬픔 같은 것이 느껴져 왔다.
"이제야 온단 말인가 이 사람들아……"
나지막이 들려오는 신음 소리는
최전방 방어선을 무너뜨린 전율이었다.
이제 전선은 형성될 것이다.
언젠가 우리도 베어져 대지 위에 길게 누운 나무처럼
쓰러져 갈 것이다
우리는 이 전쟁을 생명을 지키는 전쟁이라 부를 것이다.

시님

2004년 3월 11일

천성산 끝자락 조용하고 아늑한 개곡리 마을에서 70년을 살아오신
두 분께서 내일 노포동 장에 낼 산동초를 캐시면서
"이제 이 동리는 못쓰게 된기여,
저렇게 나무를 베고 산을 파헤치고 있으니 어디 사람이 살것서.
시님,
이제라도 막을 수 있것소." 물으신다.

어머니

2004년 3월 23일

어머니
봄은 이 땅에
어머니의 손길처럼
이렇게 오는데
지금 저는 꿈을 꾸는 것일까요.

살아오면서 누구를 원망하거나 원한을 산 기억이 없고,
출가하여 애증에 든 일이 없는데
무너진 천성산 한 끝자락을 붙잡고
베어진 나무처럼 놓여 있는 처지를 생각하면
어머니
어찌 저라고 설움이 없겠습니까.

함께했던 많은 사람들은
이제 이 산을 버려두고
명분과 실리를 찾아 돌아서서
오히려 저를 향해
시대를 거스른다 손가락질하는데
울면서 산길을 걷고
거리에 서면 아득해지는 이중의 사고 속에서
어머니

어찌 저라고 설움과 분노가 없겠습니까.

그러나 어머니
봄은 기어이 어머니의 손길을 따라 오고야 말겠지요.

휴식

2004년 3월 23일

아침부터 내리는 비로 현장이 쉬는 까닭에
오랜만에 집에 돌아와
지난밤의 불면을 보충하는 긴 낮잠을 잤다.
아, 이런 날도 있구나.
공휴일 같은 이런 날도 있구나.
일주일에 한 번쯤은 내게도 휴식이 필요하다.
밀린 일도 정리하고 청소도 하고…….
다만 얼마만큼이라도 여유분의 시간이
내게도 있으면 좋으련만.

아버지

2004년 3월 28일

공사장도 일손을 놓는 일요일
개곡리 벌목 현장에 앉아 혼자 긴 하루를 보내고 있습니다.
아무도 찾아오지 않고 강아지만 짖어 대는 마을을
먹먹하게 바라보다가
해거름, 밭에서 돌아오시는
우리의 아버지들의 모습을 담아 보았습니다.
거름 지고 나가신 지게에 나무 한 짐
배밭에 비료 넣고 돌아오는 경운기
밭가에 매어 놓았던 소와 함께 돌아오시는 할아버지
평생 흙과 함께 살아오신 우리 아버지들의
힘겨운 모습입니다.

18

개곡리 벌목 현장에서

2004년 4월 4일

식목일 베어진 나무 등걸 밑에서도 무너진 담벽 사이에서도
봄은 어린 싹으로 옵니다.
한 그루의 푸른 나무를
마음의 밭에 옮겨 심는 일, 그것이 4월의 희망입니다.

천성산 생명의 띠 잇기 자전거 순례를 시작하며

2004년 4월 16일

가난한 수행자의 삶은 아름답다. 진정한 수행자들은 자신을 위해서는 아주 조금밖에 소유하지 않는다. 그러나 다른 사람을 위해서는 많은 것을 줄 수 있는 사람, 우리는 그런 분들을 성자라 부른다. 천성산의 작은 암자에서 독일의 성자라 불리는 페터 선생님을 우연히 만났을 때 나는 그런 느낌을 받았다.

선생님께서는 우리가 하고 있는 이야기를 들으신 후 당신이 도울 수 있는 일이 있으면 돕고 싶다고 말씀하셨다. 그러나 우리의 운동 방법은 비폭력 저항 운동이어야 한다고 강조하셨다. 그때 우리는 도롱뇽 소송의 결과에 대하여 낙담하고 있었고 무엇보다도 우리의 어린 친구들에게 이 일을 어떻게 설명해야 할지 고민하고 있었다. 수녀님께서 자신도 도울 수 있는 일이 있다면 함께하고 싶다고 말했다.

하지만 나는 공사가 진행되고 있는 벌목 현장을 벗어날 수 없었고 사람들은 내가 참여하지 않는 행사는 의미가 없다고 했다. 논의 끝에 우리는 의견을 통합하여 천성산을 벗어나지 않는 산자락을 한 바퀴 돌며 자전거 순례를 하기로 했다. 페터 선생님께서는 자전거를 타 본 것이 오래 전이라고 하신다. 수녀님께서는 자전거를 잘 타지 못하신다고 했다. 수줍음이 유난히 많은 수녀님께서 어떻게 거리에 나올 용기를 내셨을까 하고 생각하면 송구스럽다.

그러나 우리는 이렇게 우리들이 한 발짝씩 나가야 한다는 것에 동의했다. 이것은 가난한 마음들의 연대이기 때문이며, 보이지 않는 곳에서 사라져 갈지도 모르는 많은 생명들의 연대이기 때문이다.

나는 사람들에게 천성산의 도롱뇽 소송은 동화를 쓰는 일이라고 했다. 우리 아이들에게 천성산의 늪과 계곡 그리고 그 땅을 의지하며 사는 생명들의 이야기가 전설로 남지 않도록 하기 위해서이다.

이제 우리는 울산지법에 도롱뇽 소송 항고를 했으며 이 사건은 부산지법에서 다루어질 것이다. 그래서 우리는 출발을 부산법원 앞에서 하기로 했다. '자연의 권리의 주체가 누구인가' 하는 물음은 '우리가 마시는 공기가 누구의 것인가' 하는 물음처럼 어리석다. 생명의 복음을 전하기 위하여 동서양의 종교인들이 함께하는 이 자리는 무한 속도로 달리는 인간의 탐욕에 대하여 생각해 보는 뜻 깊은 자리가 될 것이며 함께 참여하게 된 것에 무한한 감사를 드린다.

물 대인 논을 바라보며

2004년 4월 13일

부지런한 농부는 비록 작은 밭뙈기라도 놀리고 싶어 하지 않습니다.
재갈을 입에 물고 멍에를 짊어진 소도 농부의 그러한 마음을
잘 이해하는 것 같았습니다.
소와 할아버지가 갈아 놓은 논둑에 앉아
가득히 물 고인 논을 멍하니 바라봅니다.
며칠 후 이 못자리엔 볍씨들이 뿌려질 테지요.
시절을 아는 사람에겐 길흉이 없다고 합니다.

현장에서

2004년 4월 24일

포크레인의 굉음이 귀에 쟁하다.

산을 깎아 내는 이 굉음 속에 하루하루를 견디어 내며 파헤쳐지고 있는 현장에서 지낸 한 달 반이라는 시간……. 현장에 계신 분들과도 이제는 별반 다투지 않고 서로의 입장의 차이에 대하여 충분히 이해하고 있다. (공사 방해로 손해배상 청구 소송을 진행 중이라고 하지만)

처음에는 어느 정도 물리적인 충돌이 있었다. 포크레인에 올라가야만 했을 때가 그때였다. 이제 이분들은 그런 모험을 피하기 위해 포크레인 두 대를 현장에 들여 놓고 그중 한 대를 선택하게 하고 다른 한 대는 움직여 일을 하고 있다. 내가 그 두 대의 포크레인 중 어떤 것을 접수할지 그들은 지켜보고 있다.

내가 할 수 있는 일이 두 대의 포크레인 중 한 대를 정지시키는 일밖에 없다는 것―그들은 이야기한다.

이제 곧 이곳에 10대의 포크레인이 올라올 텐데 그때는 어떻게 하겠느냐고.

산을 깎고 들어오는 10대의 포크레인 중에 1대를 정지시키고 있는 것이 무슨 의미가 있겠느냐고.

많은 사람들이 내게 이제는 현장을 떠나 산으로 돌아가야 한다고 말하기도 하고, 이제 운동 방법을 전환하여 천성산을 떠나 생명과 평화를 위한 복음을 전해야 한다고 이야기한다.

하지만 이제 산으로 돌아갈 수 없다고 내 자신에게 말하는 동안 나는 비로소 이 절망적인 상황에서 벗어날 수 있다. 병든 자식을 버리지 못하는 부모의 마음을 이제 조금 알 수 있을 것 같기 때문이다. 나의 슬픔과 안타까움 때문에 다른 이의 슬픔을 이해할 수 있다는 것은 감사한 일이다. 그것이 이제까지 누리고 살아왔던 교만한 삶들을 돌아보게 하기 때문이다.

개곡리 아이들

2004년 4월 28일

오늘도 아이들은 산동초 밭을 지나 집으로 돌아가고 있습니다. 때로는 산중턱 벌목 현장에 있는 나를 향해 손을 흔들어 보이기도 하고 자전거를 타고 와서 파이팅을 외치기도 합니다. 때때로 아이들은 묻곤 합니다.

"시님, 사람들이 왜 산을 막 깎아요?"

떠나지 못하는 새들 1

2004년 5월 7일

현장을 떠나지 못하는 새들이 있습니다. 이유도 모른 채 무너진 숲,
베인 나무 등걸 사이를 낮게 날면서.

이야기 하나.

많은 동물들이 모여 살던 산에 불이 났습니다.

불길은 맹렬한 바람을 불러 숲을 태웠고 모든 동물들은 무서운 불길을
피해 이리저리로 달아났습니다.

그런데 작은 새 한 마리가 10리 밖 먼 곳에 있는 저수지에서 물을 입에
물고 와 불을 끄고 있었습니다.

물론, 불길은 점점 더 커졌지요.

그러나 그 작은 새는 그래도 밤새 물을 입에 물어다 불타고 있는 산에
뿌렸습니다. 이 모습을 본 달아나던 다른 동물들이 작은 새에게 왜 혼자
끄지도 못할 불을 끄겠다고 고생을 하고 있느냐고 묻자 작은 새가 울면
서 대답했습니다.

저 불길 속에 타고 있는 나무와 꽃과 작은 벌레들은 이제까지 나의 가
장 친한 벗이었다고, 지금 친구들이 불에 타고 있다고.

떠나지 못하는 새들 2

2004년 5월 9일

진종일 비가 내리니 공사장에도 물웅덩이가 생겨
개구리며 새들이 옛터를 찾아옵니다.
지난겨울 시속 20킬로의 강풍 속에서 불타 버린 화엄벌에
지금 파란 풀이 일어나고 있다는 소식이 간간이 들려옵니다.
바람은 간데없고 불길도 사라졌지만 천성산의 아픔은 아직 계속되고
있습니다.
밤새 물을 날라 불을 꺼 주었던 작은 새가 제게 날아와 이야기합니다.
그날 밤 새들은 스스로 불길이 되어 버렸다고…….

세상에서 가장 아름다운 포크레인

2004년 5월 24일

마산 YMCA에서 어린 도롱뇽의 친구들이 현장을 방문하였습니다. 현장에 오기 전에 내원계곡에서 도롱뇽 유생을 관찰했다고 합니다. 우리 아이들의 눈에 무너져 가는 산하가 어떻게 비쳐질까요? 지금 도롱뇽의 집이 무너지고 있는데 어떻게 했으면 좋겠냐고 묻자 한 아이가 포크레인에 침을 뱉자고 합니다. 그래선 안 된다고 이야기했습니다. 차라리 포크레인에게 편지를 쓰고 노래를 불러 주면 어떨까 하고 이야기했고 그래서 우리는 편지를 쓰고 포크레인에게 노래를 불러 주었습니다.

"우리들 마음에 빛이 있다면
여름엔 여름엔 파랄 거예요
산도 들도 나무도 파란 잎으로
파랗게 파랗게 덮인 속에서
파아란 하늘 보고 자라니까요……"

어린 친구들이 부르는 노랫소리를 듣고 있노라니 마음이 아팠습니다.
정작 우리 친구들의 노래를 들어야 할 사람은 현장에 아무도 없었으니까요. 그래도 우리의 마음이 멀리 멀리 전해졌겠지요.
벌목 현장에 들어온 지 90일이 지났고 검찰의 구속 수사 방침과 정부의 공사 강행 지시가 내려져 있지만, 현장을 방문한 아이들은 포크레인에게 편지를 쓰고 노래를 불러 주며 순식간에 현장을 놀이동산으로 만들었습니다.

28

오랜만에 찾아온 평화입니다.
이 아이들의 소망과 미래 위에 다시 걸음하렵니다.

노래를 듣고 있는 동안 이 아이들은 저만 알던 거인 아저씨네
무너진 담 벽으로 숨어 들어와 봄을 불러온
바로 그 아이들이 아닐까 하고 생각했습니다.

걸어서 쓰는 편지

2004년 7월 19일 ~ 9월 27일

사진 이한섭

골목길

2004년 7월 19일

  굳게 빗장 처진 청와대 앞을 조금 벗어나 어릴 적 풍경 같은 골목길을 걸어 봅니다. 골목에 세워 놓은 자전거와 대문 앞에 놓은 키 작은 화분, 담쟁이 넝쿨을 올려다보며 지금은 잊혀져 버린 이유들로 골목을 서성이던 어린 추억도 함께 떠오릅니다.
  빛과 꿈으로 와서 머물다 가는 골목의 사진을 담아 보았습니다.
  카메라에 골목 풍경을 담으면서
  우리가 발전과 성장이라는 이름으로 쌓은 높은 담 때문에
  잃어버린 우리의 문화와 한 조각 땅,
  그리고 정겹게 이웃했던 분들을 떠올립니다.
  담벼락에 붙어 피어 있는 나팔꽃, 호박꽃,
  그리고 까만 씨를 안고 있는 분꽃도 골목길의 자랑입니다.
  우리가 하고 있는 이 운동도 문밖에 작은 화분을
  놓아 두는 것 같은 배려에서 시작되어야 한다고 생각합니다.
  생명운동은 마음의 뜰을 가꾸어 가는 일입니다.

  아버지 자전거 뒤에 앉아 달리던 어린 추억이
  낯선 골목길 문 앞에 있습니다.

도롱뇽의 친구들에게

2004년 8월 2일

청와대 앞을 떠나 수일 동안 정처 없음으로 주거를 삼고 떠돌다 어제부터 서울 근교에 있는 작은 수녀원에 들어와 행장을 풀었습니다. 종교적인 경건함과 정결함이 느껴지는 아름다운 곳입니다.

아침 햇살에 깨어나 잘 정리된 뜰 가운데 계신 마리아 상을 바라보고 있노라니, 불현듯 아주 오래 전에 읽었던 도스토예프스키의 소설 속 주인공의 아이를 가진 미친 여자가 늘 불렀던 시구 한 편이 기억 저편에서 건너옵니다.

세상의 높은 누각도 나는 바라지 않네.
이 암자가 내가 머물러 살 곳,
세상을 버리고 살다가 죽을 곳
그대를 하느님에게 빌면서…….

세월 밖에서 세상을 바라볼 수 있었던 것은
어쩌면 그런, 남모르는 사랑이 있었기 때문이었는데
지금 저는 그 하나마저도 놓아 버린 것은 아닐까 하는
인간적인 슬픔이 이 아침의 사념입니다.

저는 잘 있습니다.
어디에 있든 놓여진 대로 살아가리라 했지만
놓여진 그대로를 인내하는 것도 그리 쉬운 일은 아닌지

영어의 몸처럼 갇혀 있으면서

바다를 보러 가고 싶다는 생각을 문득 합니다.

가서 질퍽한 갯벌에 발목을 묻으며 걸어 보고 싶습니다.

조개도 잡고 바닷새도 보고 싶습니다.

산골짜기에 있는 무너진 제 토굴에도 가 보고 싶습니다.

5년 전, 누군가 솥을 떼어 갔다는 이야기를 들은 것이 마지막 소식이었으나 밭둑에 심어 놓은 밤나무는 베어 가지 않았겠지요.

길을 잃고 우연히 들렀던 깊은 산속의 작은 암자도 가 보고 싶은 곳입니다.

여우 울음소리에 놀라 몇 번이고 잠을 깨던 그 작은 암자의 호롱불 아래서 처음으로 원효 스님의 『기신론』을 보았습니다.

그곳에 마음을 내려놓고 게으른 수행으로 많은 날을 보냈습니다.

......

당신과 우리 뭇 생명을 위하여

2004년 8월 9일

청와대 앞에서 단식 농성을 시작한 지 40일이 되었습니다.

그 40일의 허기짐을 인정하고 싶지 않았던 당신들은 "지율은 뒤에서 음식을 먹고 있다. 절대 굶어 죽지는 않을 것이다"라는 보고서를 올렸다지요.

"비구니 하나쯤은 죽어도 좋다"고 했던 당신들이 청와대 앞에서 지율이라는 비구니를 치워 달라는 주문을 했다는 이야기를 듣고 "뒤에서 음식을 먹고 있다"고, 그렇게라도 위로받기를 바라는 당신들의 허기짐이 이 땅의 모든 사물과 생명들에게 옮겨 가고 있는 현실이 마음 아프지 않을 수 없습니다.

지난 토요일 사회운동을 20년 했다고 자랑하는 수석실의 비서관 한 분이 나와 하는 말이, 자신들은 지난 1년 동안 모든 절차적 수순을 다 밟았답니다. 조계종 총무원장과 대통령 사이에, 정부와 시민단체 사이에 협의가 끝난 일이라고…….

제가 이야기했지요. 당신은 당신 집을 이웃집 이씨 김씨가 계약하면 비워 주고 나오느냐고…….

처음 문제를 제기했고 지난 3년 동안 천성산 대책위원장으로 있던 제가 모르는 일을 누구와 협의했다는 것인지 참으로 알 수 없는 일이었습니다.

제가 이야기했습니다.

당신들이 뒤에서 술 먹고 밥 먹은 일을 마치 협의인 양 생각하는 모양인데 그것이 현 정부가 사회문제를 처리하는 방식이냐고.

지난날 대통령의 뜻을 믿어 달라고 하던 당신들은 여전히 불교계와 시민단체들을 기웃거리고 있다는 이야기를 들었습니다.

당신이 하는 일은 대통령을 잘 보좌하는 일이겠지요.

부디 대통령을 잘 보좌하기를 바랍니다.

이 땅의 생명들을 볼모로 하는 무서운 질주가 끝나고 나면

그 원성이 당신들의 몫으로 돌아가지 않도록……

거짓 사랑이라는 희망 이야기

2004년 8월 13일

청와대 정문을 조금만 벗어나면 보라색 창틀을 타고 진자줏빛 나팔꽃을 예쁘게 올린 집이 있습니다.

날마다 새롭게 피어나는 나팔꽃의 개화를 보는 즐거움을 놓치고 싶지 않아 아침마다 부러 그 길을 걸어 봅니다.

연지처럼 말아 올려진 뾰족한 봉오리 때부터 까닭 없이 눈길이 가서 멈춰 서곤 했는데 요즘은 만개하여 좁은 골목길을 현란하게 장식하고 있습니다.

그 아름다움에 물들어 하루를 시작하는 일—그것이 바로 45일의 단식을 견디게 한 힘이었다고 생각해 봅니다.

나팔꽃의 꽃말은 '거짓 사랑'이라 한다지요.

하지만 그 꽃말은 은은한 달빛과 아침 이슬 속에서 자란 연하디 연한 꽃잎이 8월의 태양 볕을 견디지 못해서 붙여진 이름이라고 생각됩니다. 누구나 한번쯤은 어린 마음속에 그런 사랑을 심은 기억이 있겠지요.

어쩌면 상처 받은 그 어린 기억을 바탕으로 수없이 많은 시행착오를 거치면서 세상에 물들어 왔는지도 모르겠습니다.

이 아침 다시 만개하여 있는 나팔꽃을 보면서, 천성산의 이야기는 "거짓 사랑이라고 부르는 희망의 이야기"가 아닐까 생각하여 봅니다.

내 생에 하루가 남아 있다면 1

노무현 대통령께

만일, 내 생에 하루가 남아 있다면
그 하루를 당신을 위해 기도하겠습니다.
당신은 우리의 국운이고 나라의 운명이기 때문입니다.
언젠가…… 그 하루의 빛이 꺼지고
제가 땅에 묻히고, 남은 이름마저 묻는다 해도
세상이 빛으로 왔던 아름다운 시간의 기억만을 가져가겠습니다.
그러나 만일,
당신이 저와 함께 천성을 어둠 속에 묻는다면
그때는 당신을 용서하지 않겠습니다.
합법적인 위헌과 위법으로 어우러진 이 세상에서
법을 알고 법을 바로 세워야 할 분이 당신이기 때문이며
수많은 생명을 묻은 뒤 찾아오는 이 땅의 피비린내를
역사에 쓸 수 없기 때문입니다.
천성의 아픔을 기억해 주세요.
지난날 당신이 '공약' 했던 원칙과 약속의 이름으로……
천성의 아픔이 제게 빛으로 왔듯이
상처 입은 천성은 당신에게도 빛으로 다가갈 것입니다.

내 생에 하루가 남아 있다면 2

2004년 8월 19일

사랑방 공원의 여름 꽃들이 지고 있습니다.

이곳에 있는 동안 한 계절을 눈으로 키워 왔던 비비추, 옥잠화, 무궁화, 분꽃, 도라지, 백일홍, 다알리아…….

그리고 언젠가 노무현 대통령에게 드렸던

100송이 노란 장미도 함께 시들고 있습니다.

만일 제게 하루의 시간이 남아 있다면

저는 이 꽃밭에 앉아 지는 꽃들의 이야기를 듣고 싶습니다.

그동안 눈여겨 봐 주지 못했지만 나비와 벌, 개미와 무당벌레, 때로는 진드기를 불러 세상의 창조에 참여했던 그들의 이야기를 들을 수 있었으면 좋겠습니다.

그들이 남기고 가는 작은 꽃씨의 이야기도 듣고 싶습니다.

도라지꽃은 수액을 충분히 빨아올려 뿌리가 더욱 굵고 단단해졌다고 으쓱대며 나팔꽃과 분꽃은 검정 콩알같이 반짝이는 씨방을 자랑합니다.

바람에 날려가 버린 민들레 홀씨들은 아스팔트 위에서 메말라 버렸을지도 모르겠습니다.

저는 몸을 낮춰 채송화 꽃씨를 받아 두었습니다.

언젠가 이 작은 꽃씨를 심을 한 조각 땅을 생각하며…….

쉰 하룻날 아침, 지율 합장.

내겐 푸른 하늘 바라보는 행복이 있다.

2004년 8월 21일

오랜만에 고개를 들어 하늘을 보았습니다.
파란 하늘과 여름날의 뭉게구름을 눈에 담으면서
"내게는 푸른 하늘 바라보는 행복이 있다."
고 했던 신석정 시인의 시구를 말간 하늘에 써 놓고
잠시 저도 행복에 빠져 봅니다.

도롱뇽 친구들께 1

2004년 8월 31일

귀의삼보하옵고,

난생 처음 문과 복도로만 연결되어 있는 답답한 병실에 갇혀 있으면서 서울 하늘과 천성산을 벗어나 어디론가 떠나고 싶다는 막연한 생각을 조금 했습니다.

청와대 앞에서 있었던 57일간의 단식과 그 회향을 어제로 하고 다시 벼랑 끝에 서 있다는 것을 깨닫는 데는 병실에서 보낸 하룻밤이면 족했습니다. 많은 분들이 협의체의 허와 실에 대하여 우려하시지만 불치의 자식을 수술대로 보내면서 포기 각서를 쓰는 부모의 마음으로 저는 협의서에 서명했습니다.

하지만 저는 앞날을 모르는 시점에서 이 운동을 시작했고, 작은 에너지의 흐름이 세상을 변화시킨다고 믿고 있습니다.

개인적으로는 마음속 깊이 있는 자신의 비겁함과 게으름을 극복하려고 노력하였지만, 돌아보면 그 과정에서 많은 시행착오들이 있었으며 세상을 이웃하지 못한 외고집이 있었습니다. 사람들에게 상처를 주기도 했고 타인의 세계에 관여했던 혼란에 대하여서도 깊은 책임을 느끼고 있습니다. 이 모든 혼란 속에서 서로 살갑게 부대껴 나갔으면 좋겠습니다.

다시 시작하는 천성산 이야기는, 세상의 아름다움에 눈길을 주는 이야기로 시작할 수 있도록 노력하겠습니다.

병실에서, 지율 합장.

도롱뇽 친구들께 2

2004년 9월 27일

중추절이 가까워 옵니다.

귀향을 서두르는 행렬을 따라 슬그머니 도시를 빠져나왔습니다.

오래전부터 마음속으로 가 보고 싶은 곳이 있었기 때문이었습니다.

언젠가 머물렀던 서해의 오지 마을……

동죽을 잡던 갯가에 발목을 묻고 걷고 싶었습니다.

그러나 흙먼지 길을 덜컹거리며 달렸던 외길은 이제 4차선이 되어 있고 유행가 가사처럼 하얗게 파도가 부서지는 바위 벼랑은 어디론가 가버리고 사방은 방죽으로 둘러싸여 있습니다.

간첩선이 나타날 것같이 고요하기만 하던 바닷가는 횟집에서 흘러나오는 유행가와 취객들의 고성방가로 떠들썩하고 그나마 남은 바다의 적막을 향해 사람들은 폭죽을 터뜨리고 있습니다.

고구마를 캐고 동죽을 잡던 어르신들은 모두 어디로 가셨으며

우리는 모두 어디로 흘러가고 있는 것일까요.

일천 개의 강에 달이 드는 때를 기다려 저도 소원을 빌어 보렵니다.

한가로운 중추절 평안하시길 바랍니다.

문정현 신부님께

1

광주 본원에서 병가 중이신 오영숙 수녀님을 뵙고 돌아오는 버스 안에서 『한겨레』에 실린 신부님의 호소문을 읽으면서 가슴이 울컥해 왔습니다.

늘 지팡이에 의지하는 불편한 몸으로 여전히 현장에 계신 신부님과, 지난달 평택에 들렀을 때 촛불시위를 하던 지역 주민분들과 대책위분들, 김재복 수사님의 모습도 떠올랐습니다.

거리에 섰던 지난 4년 동안 늘 물기 어린 목소리로 용기를 심어 주셨던 분은 신부님이셨습니다.

신부님께서는 권력과 자본이 결탁한 억압과 그에 대한 분노 속에서도 연민의 따뜻한 불씨를 지피셨고 반전·반미 운동을 통해 조국과 민족에 대한 사랑을 실천하고 가르치셨습니다.

신부님, 저는 오늘 마음으로 몇 번이나 신을 신었다 벗었다 하면서 현장으로 가지 못하고 묶여 있는 마음을 달래고 있습니다.

지난번 제주도 해군기지 반대 운동에 참여하고 난 후 여론의 뭇매를 맞았던 후유증 때문만은 아닙니다. 이제는 더 이상 지탱할 수 없을 만큼 힘겨워진 주변의 모든 상황들을 정리하기 위하여 이삿짐을 싸고 있기 때문입니다.

어느 분의 말처럼 저는 잠시 이 세상에 소풍을 나왔다가 길을 잃었습니다. 그러나 길을 잃었다고 생각하기에 차라리 희망은 저희에게 있으며 이 길이 역사의 길, 생명의 길, 희망의 길이라는 것을 의심한 적은 한번도 없습니다.

평택에서 이루어지는 오늘의 집회가 메마른 이 땅에 생명과 평화, 희망을 이야기하는 새로운 역사가 되기를 간절한 마음으로 기원합니다.

2

오마이TV에서 인터뷰하시는 신부님을 뵈었습니다.

무한 병력과 대치하고 있는 상황―그들이 우리인 듯한 아픔이 전해져 왔습니다.

자신의 역사와 문화와 민족을 버리는 사대주의와, 자본의 논리로 국토를 파괴하는 개발 행위는 그 하는 작태가 어쩌면 그리 같을 수 있을까요.

죽어서라면 몰라도 살아서는 나가지 않겠다고―죽어서라도 이 땅을 지키시겠다고 하신 말씀이 단순한 위협이 아님을 저는 알기에 그 이야기를 들으며 가슴이 뛰고 눈물이 흘렀습니다.

신부님에게 이 땅은 평화를 발원한 약속의 땅이기 때문이겠지요.

그러하기에 신부님, 모든 이들의 기도가 이 땅에 평화를 불러올 때까지 건강하셔야 합니다. 저는 그냥 가슴이 메어질 뿐입니다.

법 앞 에 서

2004년 11월 17일 ~ 12월 18일

사진 이희섭

바른 사람이 나쁜 법을 말하면

나쁜 법도 바르게 되고

나쁜 사람이 바른 법을 말하면

바른 법도 나쁘게 된다.

— 조주 스님

법 앞에서

2004년 11월 17일

변호사님의 배려로 법원 건물이 훤히 내려다보이는 사무실 건물 속에서 하룻밤을 보내고 있습니다. 하룻밤이라고 하지만 생각하면 수천 날 밤의 일 같기도 한 첫날 밤입니다.

첫날 밤이 으레 그렇듯이 낯설음으로 인한 피곤과 까닭 없는 서성임에 뒤척이며 잠을 설치고 있습니다. 간간이 달리는 자동차 소리와 도시의 현란한 불빛들이 창문 밖에서 저를 건너다보고 있지만 큰 눈을 뜨고 나를 감시하고 있는 것은 층수를 알 수 없는 법원의 높은 건물입니다.

오늘 낮에 법원 앞에서 도롱뇽 수놓기를 하는데 문득 아주 오래전에 읽었던 카프카의 「법 앞에서」라는 소설 속의 주인공인 K가 오랜 잠재의식 속에서 깨어나 제게 말을 걸어 왔습니다. 아무도 입장을 허락하지 않는 법 앞에서 법 안으로 들어가기 위해 문지기와 함께 늙어 가는 K의 이야기와 카프카의 버둥거림이 실존으로 느껴졌습니다.

제가 이런 이야기를 쓰는 이유는, 이제 남은 시간 동안 이 일이 진행되는 과정이 무엇을 뜻하는지 알기에 이 순간들을 놓치고 싶지 않기 때문입니다.

사람에 따라 제가 천성산 문제에 집착하는 것에 대하여 오해를 할 수도 있지만, 그것은 언제나 마음속에서 "세상이 빛으로 왔던 것에 대한 감사" 때문이었습니다. 그 감사는 슬픔과 분노 속에서도 남아 있는 고요였습니다. 하지만 아직 평안은 제 몫이 아닌 듯합니다. 번뇌에 떨어지는 가난한 육신이 오늘의 평안입니다.

법원의 조정 권고안에 대한 개인적인 입장

2004년 11월 18일

제게 다가온 천성산의 인연을 소중히 생각하고 희망을 놓고 싶지 않았던 소송이었기에, 지난 월요일 법정에서 내려진, 진행 절차가 철저히 무시된 법원의 조정 권고안을 들으면서 항고심 첫 재판에서 상생을 이야기하시던 판사님의 명쾌하고 통렬했던 모습이 떠올랐고, 천성산 일을 시작할 때 산을 보면 왜 그렇게 눈물이 쏟아졌는지를 알았습니다.

사람은 어떤 한 순간에 자신의 모든 업을 들여다본다는 말이 있습니다. 저는 그 순간 법정에 서 있는 많은 사람들(고속철도공단의 관계자들까지 포함하여)과 조정심리에 임하는 재판장님의 모습에서 동시대에 태어난 동업의 아픔을 느꼈습니다. 어쩌면 재판장님과 저의 역할이, 고속철도 관계자들과 도롱뇽의 친구들의 모습이 서로 다를 수도 있지만, 그 순간 우리는 자신도 모르는 사이에 한 시대의 운명으로 걸어 들어왔다는 것을 저는 느꼈습니다.

요즘 거리에 앉아 있으면서 가장 힘든 것은 제 육신의 허기짐이나 분노가 아니라 사람들의 눈동자에 비친 슬픔을 느끼는 것이며 상실이 깊은 제 모습을 보는 것입니다.

오늘 오후에 예수 성심 수녀원에서 수련자와 수녀님 20분이 오셔 도롱뇽 수놓기와 붙이기를 도와주시고 「우리가 함께 사랑한다는 말은」이라는 노래를 불러 주었습니다. 노래를 부르면서 우리는, 서로 손을 꼭 쥐고 있었지만 눈에는 눈물이 흘렀습니다.

어제 오늘 많은 분들로부터 조정 권고안을 수용해야 한다는 권유를 받고 있습니다. 저 역시도 쉽게 판단이 서지 않는 일입니다.

52

지극히 작위적이었던 KBS의 여론조사 방송이 나가고 난 뒤 우호적이던 여론도 조심스러워졌습니다. 제 곁을 떠나지 못하는 사람들은 그저 심약하고 착한 사람들뿐이며 저 역시도 심약한 사람일 뿐입니다. 그러나 이상하게도, 조정 권고안을 수용하겠다고 생각하기 시작하면 제 모든 생각들이 정지되어 버리고 맙니다.

이미 수차례나 약속을 파기하고 단 한번도 신의를 지키지 않은 사람들과 조정안을 만들어 간다는 것이 가능한 일일까요. 이제까지 힘과 권력으로 무엇이든 가능하게 할 수 있었던 그들이 그나마 주춤했던 까닭은 무엇이었을까요. 우리가 마지막으로 사법부에 기대했던 것은 무엇이며 무너져 내린 것은 무엇일까요. 공동 조사를 하겠다고 공식적인 합의서를 작성했던 환경부 장관이 슬그머니 2박 3일의 현장조사 결과를 법원에 통지하고, 현장검증과 공동 조사를 통해 객관적인 판결을 하겠다고 공언했던 재판부가 돌연 그것을 수용할 수밖에 없다고 입장을 선회했던 이유는 무엇이었을까요.

분노하지 못하고 타협해야 하는 원칙들이 만연한 이 사회를 살아갈 자신이 제겐 없습니다. 그러나 그보다도 제가 물러서지 못하는 이유는 이 땅의 운명에 천성산이 깊이 조우하고 있기 때문입니다.

"새장에 갇힌 한 마리의 로빈새는 천국을 온통 분노하게 한다"고 합니다.

저는 이 문제를 통해 이 사회에 만연되어 있는 많은 부조리에 눈을 떴으며 잘 통제되고 질서 있는 듯 보이는 이 사회가 기실은 많은 부정한 힘들의 결합으로 이루어져 있음을 보았습니다.

천성산 일을 하면서 저는 우리 모두의 긍정적인 미래를 위해 '이것은 아니다' 싶은 것들과의 싸움을 자연스럽게 실천했던 그저 평범한 신앙인이었습니다. 달리 생각해 볼 수 없는 그 평범함이 오히려 극단적으로 보이는 세계에 지금 저는 놓여 있을 뿐입니다.

법원의 조정 권고안을 거부하며

2004년 11월 19일

　장시간에 걸친 시민대책위의 마라톤 회의 결과 조정안의 수용은 기각되었습니다.

　공동 조사라는 달콤한 미끼를 던지면서 공사 강행을 관철해 낸 재판부의 지혜는 솔로몬의 지혜가 아니라 법정에서 서약했던 경건한 원칙들을 저버리기 위한 위장이며 그동안의 진행 상황을 종료시키려는 정치적인 행보라는 것에 마음을 모았습니다.

　"불의의 야수에게 분노하지 않는 사람은 적에게 잡아먹히고 만다"고 쿠바의 체 게바라가 이야기했다지요.

　원칙을 버릴 때 우리에게 남는 것은 가난한 이론들일 뿐입니다.

　제가 제 거처를 법원 앞으로 옮겨야 했던 이유 중의 하나는 사법의 질서가 우리의 준칙이 되어야 한다는 생각 때문이었으며 개인적으로는 판사님께서 이순신을 이야기하고 김유신을 이야기하고 원효를 이야기했기 때문이기도 합니다

　저는 감히 재판장님께 전장에 앉아 깊은 시름을 하고 있는 장수의 한과 12척의 배로 노량 해전의 승리를 끌어낸 장수의 기상과 온갖 비리와 청탁에 물들지 않은 이순신의 정신을 기억하여 주십사고 말하고 싶습니다.

　또한 한 나라의 국사 자리를 버리고 십방(十方)에 계신 부처님께 귀의하여 거리에 앉아 '유형 무형 진화엄'(有形 無形 盡華嚴)이라고 했던 원효 스님의 법상을 기억하여 주시기를 바랍니다.

　천성산 문제는 개발과 보존, 환경과 경제라는 두 개의 딜레마가 아니라 수없이 많은 위증과 위법, 행정과 절차상의 착오로 뒤범벅되어 있으

며 법정에서도 그 사실을 충분히 알고 있었다는 것이 재판의 진행 과정에 드러나 있습니다.

공사 중지와 환경영향 재평가는 한 수행자가 목숨을 걸고 지키려고 했던 일이었으며 환경부 장관과 문재인 문정 수석 등 책임 있는 행정 관료들과의 협의로 이루어진 사항이었습니다. 또한 마지막 심리였던 9월 13일 판사님 앞에서 공단의 본부장과 제가 서약했던 일이기도 합니다.

이상하게도 이 사회는 원칙적인 합의가 이루어진 일들을 아무렇게나 파기해도 누구도 그 책임을 묻는 일이 없고 그 결과에만 주목할 뿐입니다.

제가 법정 앞에 선 이유는 저를 통하여 그동안 법정에서 진행되었던 모든 절차와 과정들이 공개되어야 한다고 생각하기 때문입니다.

법 앞에 서며 — 변호사님의 사임에 부쳐

2004년 11월 20일

　법원의 중재안을 거부하는 시점에서 변호사님께서는 도롱뇽 소송의 변호사 소임을 그만두시겠다고 하십니다. 더 이상 법정을 신뢰할 수 없다고 느낄 때 변호사로서 취할 수 있는 최후의 방법이 사임이라고 합니다.

　지난 10월 법원에서 그동안 합법적인 절차로 진행되던 환경영향평가 재협의를 받아들일 수 없다는 통보가 있은 연후에도 변호사님께서는 더 이상 변호사로서 법정에 설 수 없다고 말씀하셨습니다.

　저는 그때 간곡하게 변호사님께 청을 드렸습니다. 아직은 이 사법부를 더 믿어 보자고…… 어쩌면 믿지 못한다는 마음을 가지기에는 너무 많은 것을 잃어야 했기 때문에 미련을 두었던 것인지도 모릅니다.

　다음날 철도공단의 관계자들이 찾아와, 서울 고속철도공단의 내부 간부회의에서 이 소송이 공단의 승소로 조속히 끝날 것이며 사후 영향평가 정도의 단서가 붙을 것으로 정리되었다고 하는 이야기를 들으면서 저는 제 귀를 의심했고 어떻게 그런 일이 일어날 수 있을까 의아했습니다.

　그들은 어떻게 진행 중인 재판의 결과를 세부적인 사항까지 예견할 수 있었을까요. 그 뒤 그들은 한 이부자리에 드는 부부에게도 귀엣말을 않는다는 재판의 결과를 확신하며 환경단체는 법원의 판결에 승복해야 한다는 요지의 기자 회견을 (11월 12일 부산시청 기자실, 13일 법원 기자실에서) 두 번에 걸쳐 했습니다. 기자회견에 참석했던 기자님들은 심리 중인 재판의 판결이 나기도 전에 공단에서 어떻게 그런 기자회견을 하고 다니는지에 대해 의아해 했습니다.

　그러나 이미 내부 조율을 거친 판결문이 공공연하게 떠돌고 있었고 그러한 일은 법정에서 공사 중지와 공동 조사의 선후를 논의한 지 불과 한 달 동안 일어난 변화였으며 법원에서 조정안을 내놓기 전에 일어난 일이었습니다.

지난 봄 현장에 있었던 100일 동안 현장 관계자들이 가끔 제게 하던 이야기가 있었습니다. 그분들은 제게 믿음이 스님의 최대의 적이 될 것이라고 이야기하곤 했습니다. 그들이 알고 있었던 것은 무엇이었을까요.

지금 도롱뇽의 친구들은 제 육신이 마르고 있는 것을 지켜봐야 하는 슬픔 때문에 차마 저와 눈을 마주치지 못합니다. 다만 제 명줄이라도 붙잡고 싶어 하는 친구들이기에 분노를 감추고 조정안을 받아들이자고 하는 것을 저는 압니다.

하지만 저는 적당한 타협이 능력과 윤리가 되어 있는 이 사회를 향해 견디어 내고 견디어 가자고 이야기할 수가 없습니다.

이 시점에서 저는 감히 판사님께 말씀드립니다. 지금 우리는 똑같은 운명으로 법정에 서 있는 것이라고, 저는 법정 앞에 판사님께서는 법정 안에. 이 글의 서두에서 제가 이야기했듯이 저는 판사님과 저의 업연에 대하여 슬픔과 아픔을 느낍니다.

도롱뇽 소송 항고심이 열리던 첫 재판장에서 판사님은 이야기하셨습니다. 이 재판은 국가의 백년대계를 생각하는 역사적인 재판으로, 이 사회의 두 개의 가치관에 대하여 선악과 승패를 떠나 서로 조금씩 양보하며 조정하는 심리를 진행하겠다고. 심리가 끝나고 나오는데 기자님 한 분이 다가와 밝은 표정으로 부산 최고의 판사님이라고 귀띔하여 주시더군요.

그러하기에 저는 공사 현장의 포크레인 앞에서 100일을 견디었고 어떤 사람에게는 휴지 조각으로 보이는 협의를 위해 온몸의 마비를 견디어

가며 58일의 허기짐을 참아 냈습니다.

　판사님께서는 늘 이야기하셨습니다. 강자가 약자를 배려하여야 하며 가진 자가 조금 덜 가진 사람에게 베풀어야 한다고.

　지금 이 글을 쓰는 제 눈에는 그동안 3번에 걸쳐 심리에 임했던 모든 장면들이 떠오릅니다. 법정에서 1년 동안 조사를 했지만 한 번도 도롱뇽을 본 일이 없다고 증언했던 교수들, 터널이 10개가 뚫려도 물 한 방울 새지 않는다면서 호언하던 전문가들, 소음진동을 전공한 박사가 터널공법에 대하여 증언하는 아이러니…… 그것이 그들이 말하는 전문 지식이었고 법정에 섰던 모든 사람들은 그들이 무엇에 얽혀 있으며 무엇을 이야기하고 있는지 알고 있었습니다.

　그들은 저를 향해 늘 이야기합니다. "산이 울고 있다는 감성적인 표현으로 국민을 호도하고 여론을 조장하여 국책사업의 발목을 잡고 있는 한 비구니"라고.

　산줄기와 물줄기를 자르면 지맥과 혈맥이 끊어져 생기와 생명을 실어 나르는 기운이 쇠하여 그 땅에 살던 생명들이 떠나고 그 재앙이 우리와 우리 미래에까지 이어지는데, 이 땅에서 그 울음소리를 들을 수 없이 사라져 간 많은 생명들에 대하여 우리는 어떤 표현을 써야 할까요.

　지난해 산림청에서 발표한 바에 따르면 산 하나의 경제적 가치는 연간 약 49조 원으로, 대기 정화(13조 27억 원), 물 저장(13조 2천억 원), 토사 유출 방지(10조 원), 휴식 · 휴양(4조 8천억 원), 산림 정수(4조 8천억 원), 토사 붕괴 방지(2조 6천억 원), 레저(7천억 원) 등 국민 1인당 106만 원의 가치를 산출한다고 합니다.

　이와 다르게 산림이 국토의 68퍼센트를 차지하고 있는 일본에서는 산의 효율적인 가치를 우리의 10배인 400조 원으로 분석하고 있으며, 실제로 일본의 산에 사는 8천만 마리의 새가 잡아먹는 해충은 4조 5천억 마리로 그 방충 작용만으로도 산은 1년 3조 원 이상의 부가가치를 산출한다는 통계가 있습니다.

산의 가치와 효용, 생명의 작용은 이렇듯 무궁한 것으로 우리가 이야기하는 경제적 가치 이상입니다.

산이 울고 있다는 표현은 이 땅에 뿌리내린 모든 생명들의 울음을 대신하는 말이라고 저는 감히 말씀드리며, 그러하기에 우리는 멸종 위기의 환경 지표종인 도롱뇽을 법정에 세운 것입니다.

이제 사임을 앞둔 이동준 변호사님께서 언젠가 그런 이야기를 하셨습니다. 도롱뇽 소송을 하기 위해 변호사 개업을 한 것 같다고, 또한 이런 일을 변호하기 위해 변호사는 법정에 서는 것이라고…….

그동안 애쓰셨습니다. 변호사님이 계셨기에 그동안 저와 저희 도롱뇽의 친구들은 두려움 없는 마음으로 일을 할 수 있었습니다.

비록 작은 힘들이지만 우리의 마음에 타오르고 있는 희망의 불길은 결코 꺼지지 않을 것입니다.

두 손 모아 깊이 감사드립니다.

토요일 밤의 단상

2004년 11월 21일

토요일 늦은 시간임에도 건너다보이는 법원의 불빛이 아직 남아 있습니다. 어제 변호사님께서 올라오셔서 한 곳을 가리키며 저곳이 김종대 판사님 방이라고 일러 주시더군요.

판사님께는 지극히 실례되는 일이겠지만 저는 마음속으로 어둠을 가르고 그 방들로 건너가 봅니다. 책상 위에는 검토해야 할 서류들이 수북이 쌓여 있겠지요. 저마다 어떤 운명들과 연결되어 있는 서류들 속에는 많은 글자와 사연이 나열되어 있을 것입니다.

그 많은 사건들 속에 천성산의 문제는 숨죽이고 끼어 있을 것입니다.

저는 감히 판사님의 고뇌를 읽어 봅니다.

세상에는 너무도 많은 이해관계의 틀이 있고 정형화된 모습이 없기 때문입니다.

어쩌면 정형된 모습이 없기 때문에 법원과 그 주변은 저렇듯 거대한 몸체로 불어나고 있는 것인지도 모르겠습니다. 그리고 그렇게 하여 불어난 거대한 몸체는 이 사회의 중심에서 스스로 균형을 잡기 위해 애쓰고 있습니다.

우리는 걸핏하면 법대로 하라고 말하지만 기실 그 말은 법을 무서워하지 않는다는 이야기이기도 합니다.

칼자루 잡은 사람이 쓰는 것이 법이라는 말도 있고, 앞문으로는 바늘 끝도 용서하지 않아도 뒷문으로는 수레도 다닌다는 이야기도 있습니다.

지금 저는 지척에서 건너다보이는 어둠의 깊이를 알 수 없기에 이 밤을 고뇌하며 불면으로 뒤척이며 이런 글을 쓰고 있는지도 모르겠습니다.

상생의 조정안에 대한 기억

2004년 11월 21일

판사님께서 "상생을 위한 조정안을 거부한 데 대하여 유감"이라고 하신 인터뷰 기사에 대하여—지난 9월 13일 마지막 심리와 그 이후의 경과를 기록한 기사로 답을 드립니다. 판사님께서 '상생'이라고 하는 조정안은 우리에게 '조정안이라고 하는 이름의 절망'이었습니다.

「9월 13일 도롱뇽 소송 3차 심리 열려」, 『현대불교신문』, 2004.9.13.

"천성산 공사가 잘못되면 그 책임은 누가 어떻게 지는 것입니까?"
"결국 국민에게로 돌아가겠지요."
9월 13일 속개된 경부고속철 천성산 관통 반대를 위한 '도롱뇽 소송' 항고심 3차 심리에서 참고인으로 출석한 황억준 경부고속철도공단 울산사무소 소장은 원고 측과 피고 측의 심문 후 이어진 재판장의 보충 질문에 이렇게 답변했다.
재판장이 술렁거렸다. 경부고속철도공단의 책임 있는 관리자에 해당되는 사람의 입에서 나온 이 같은 대답은 자리가 없어 선 채로 재판을 지켜보던 방청객들에게 충격을 던졌다.
이어 재판장은 "공단 측은 공사 지연으로 연간 2조 원의 경제적 손실이 초래된다고 주장하는데 그 손해는 환경단체 탓인가? 공단 탓인가?"고 물은 뒤 "애초에 좀 더 철저한 환경영향평가를 하고 환경단체에서 걱정하는 여러 사안에 대해 과학적인 검증이 가능한 자료를 제시하면서 설득했다면 이렇게까지 되지 않았을 것이다. 반성해야 될 문제 아니냐"고 덧붙였다.

또한 재판장은 참고인이 추가 답변을 하려고 하자 "황억준 참고인은 공단의 책임 있는 위치에 있으면서 언론을 통해서도 보도된 바 있는 지율 스님과 환경부 간의 합의 내용에 대해서도 모른다는 답변을 하는 것을 보고 더 이상 대답을 들을 이유가 없다"고 느낀다며 답변의 무성의를 지적했다.

이날 오후 2시부터 부산고법 민사1부(재판장 김종대 부장판사) 주재로 열린 이날 심리에서 황억준 참고인을 상대로 지하수, 단층대, 시추조사, 환경영향평가상의 하자 등에 대한 양측의 집중 공방 이후 이어진 재판장의 조정 절차가 더욱 관심을 모았다.

김종대 재판장은 "그동안 재판부는 사회 갈등을 해소하고 상생의 길을 찾기 위한 조정의 장이 되기 위해 최선의 노력을 했다. 수시로 당사자들과 만나 의견을 조율했고, 국민 여론도 수렴했다. 그러나 평행선을 달리는 양측의 입장 때문에 이제 재판부는 선택을 해야 하는 시점"이라고 밝힌 뒤 두 가지 조정안을 내놓았다.

재판장이 내놓은 첫 번째 안은 지율 스님이 단식을 푸는 시점에 환경부와 합의한 내용에 따라 환경부, 환경단체, 고속철도공단 등 문제 당사자들이 직접 전문가들을 구성하고 천성산 구간에 대한 조사를 실시, 결론을 도출할 때까지 법원 결정을 유보하고 그 결정에 따르는 것.

두 번째 안은 재판부가 주도적으로 문제 해결의 중심에 서고 원고 측과 피고 측이 제안한 전문가를 대동하고 현장검증을 실시, 전문가들의 감정서를 받아 법원이 최종 결론을 내는 것.

이에 대해 양측은 일단 2안을 수용, 9월 20일 오전 10시 개곡리 13-4공구 공사 현장을 출발, 천성산 구간을 돌아보는 현장검증을 실시하기로 합의했다. 이날 현장검증을 통해 지질, 지하수, 생태 등에 대한 전문가들의 의견을 듣고 감정서를 제출하면 그것을 토대로 법원이 판단을 내리게 되는 것이다.

3시간에 걸쳐 진행된 이날 심리에서는 당초 3명의 참고인 진술과 지율 스님에 대한 반대 심문이 이어질 예정이었으나, 양측의 기본 입장 확인은 사실상 마무리된 것이라는 양측의 합의에 따라 20일 열리는 현장검증에서 전문가 진술로 대치하는 것으로 결론을 내렸다.

재판부는 "국민들 모두에게 득이 되는 최선의 결론을 내릴 수 있도록 최선을 다할 것"이라며 "만약 한쪽이 어떤 이유로든 20일 현장검증을 실시할 수 없도록 하는 등 협조하지 않는다면 재판을 여기서 중단하겠다"는 강경한 입장을 보이며 재판부에 협조해 줄 것을 당부했다.

심리 후 지율 스님은 "이제 이기느냐 지느냐는 결론을 떠나 어떻게 합리적으로 해결할 것인지, 또 과정 속에서 어떤 것들을 잘 챙겨갈 것인지가 중요하다"며 "단식을 풀며 합의서에 사인을 할 때 이미 수술하다 죽어도 좋다는 동의서에 사인하고 사랑하는 자식을 수술대 위에 올려놓은 것과 같다"며 현재의 심경을 전했다.

이어 스님은 "극단적으로 생각하지 않고 많은 사람들과 과정 속에서 믿음의 끈을 놓지 않고 재판부를 믿고 마음을 모아 나갈 것"이라고 말했다. 스님은 당분간 천성산을 돌아보고 부산에 머물게 되며 20일 현장검증에 참여하게 된다. (천미희 기자)

「천성산 고속철 관통 구간 현장검증 무산」, 『시민의신문』, 2004.9.19.

9월 20일부터 실시 예정이었던 천성산 고속철도 관통 구간에 대한 전문가 현장조사가 한국철도시설공단 측의 법원 감정 이의신청으로 무산됐다.

도롱뇽 소송인단과 한국철도시설공단 측은 지난 13일 열린 도롱뇽 소송 3차 심리공판에서 양측이 추천한 전문가들로 구성된 감정인 평가를 진행, 이 결과를 토대로 법원이 최종 판결하기로 하고 양측은 법원의 결정에 승복하기로 합의한 바 있다.

이 자리에서 김종대 부장판사는 "합의 사항을 어느 한 측이 어기거나 지연시키려 한다면 불이익을 받을 것"이라고 밝히기도 했다.

그러나 한국철도시설공단은 지난 17일 부산고법 제1민사부(재판장 김종대 부장판사)에 법원 감정 이의신청서를 제출했다.

공단은 재판부에 기 제출된 자료 검토만으로 충분한 감정이 된다는 주장이다. '도롱뇽친구들' 측에서 제출한 17개월이 소요되는 전문가 감정 신청서가 채택되면 고속철도 2단계 구간의 2010년 개통은 불가능하고 이로 인한 막대한 사회·경제적 손실이 예상된다는 이유에서다.

공단은 또 "지난 8월 26일 58일간 단식을 한 지율 스님을 비롯한 도롱뇽소송시민행동대표단과 환경부와의 합의서가 유효한데 재판부가 별도감정을 명할 경우 중복 검토의 혼란이 있을 수 있는 데다 양측 감정인 사이의 합의 도출 또한 어렵다"며 법원 감정을 기피하고 있다.

이에 대해 도롱뇽소송시민행동은 "공단의 부실한 환경영향평가가 문제되어 부실함을 검증하고자 하는 법정에서 부실한 자료를 근거로 판단하라는 것은 모순이다. 그리고 추천 감정인들의 의견은 하나의 결과를 만들어야 하는 합의 과정이 아니라 각자의 견해를 제출하여 재판부가 판단하는 것"이라며 조목조목 따져가며 반박했다.

이들은 또 '한국철도시설공단은 더 이상 환경영향평가의 본질을 숨기지 마라'라는 제목의 논평을 통해 "이의신청서에 드러나는 수용 조건들을 철회하고 법원의 감정평가에 응하라"고 촉구했다.

그러면서 9월 말까지 법원 감정 유보를 한시적으로 수용하기로 했다. 하지만 공동 재조사 협의 결렬시 재판부가 약속한 대로 10월 초에 법원 감정이 이뤄지지 않을 경우 도롱뇽소송시민행동과 30만 도롱뇽친구들과 함께 강력한 운동을 펼쳐 나갈 것을 결의했다.

경부고속철도 천성산 관통 반대 대책위 손정현 사무국장은 "철도시설공단이 법원의 감정평가 결과가 자신들에게 불리할 것으로 예상되자 또다시 환경부 주도의 전문가 검토를 들고 나왔다"며 "환경단체들이 배제된 환경부 주도의 전문가 검토가 이전의 부실 환경영향평가서와 뭐가 다르냐"고 반문했다.

손 국장은 또 "철도시설공단의 이의 제기는 재판부의 조정 능력을 불신하는 것이며 자신들의 책임을 회피하고 시간을 벌려는 술책에 지나지 않는다"고 비난했다.

부산고법 제1민사부는 환경부에 합의서가 제대로 이행될 수 있는지에 대한 사실 조회를 의뢰하는 한편, 9월 말까지 환경부의 입장 표명이 없거나 합의서 이행이 어렵다고 판단될 경우 즉각 법원 감정을 실시할 예정인 것으로 알려졌다. (김동윤 기자)

「천성산 도롱뇽 화났다」, 『한겨레』, 2004.10.21.

"경부고속철도 공사가 천성산의 환경에 영향을 미치지 않는다"는 환경부의 조사 결과 발표로 고속철도의 천성산 관통 문제가 다시 달아오르고 있다. 도롱뇽소송시민행동은 20일 성명을 내어 "환경부가 환경단체와 함께 천성산 일대 환경을 조사키로 했던 약속을 깼다"며 "환경부는 한국철도시설공단의 들러리에 불과하다"고 비난했다. 또 시민행동은 "2박3일이라는 짧은 시간에, 그것도 공사를 강행하려는 한국철도시설공단의 자료를 토대로 일방적 조사를 하고 문제없다는 결론을 내린 환경부의 태도를 그대로 두고 보지만은 않을 것"이라고 반대운동에 다시 나설 것임을 내비쳤다.

'고속철도 천성산 관통 저지 비상대책위'도 이날 "약속을 어긴 환경부에 책임을 묻기 위해 환경부 장관을 고발하고, 법원에 현장감정을 재신청하는 등 다양한 대응책을 마련할 것"이라고 밝혔다. 불교정토회 역시 오는 24일 천성산 화엄벌에서 법회 '1천 명의 수행자가 모여 다시 부르는 생명의 노래'를 열어 도롱뇽 소송인단 100만 명 모집을 결의키로 했다.

고속철도의 천성산 관통 반대 운동을 이끌고 있는 지율 스님은 22일 경남 양산시 문화예술회관에서 강연회를 열어 고속철도 공사가 천성산 환경에 미칠 영향에 대해 시민들에게 설명할 예정이다.

한편, 이른바 '도롱뇽 소송'을 심리 중인 부산고법 제1민사부(재판장 김종대)는 "환경단체와 협의를 통해 전문가 조사를 해 달라는 법원의 요청을 무시하고 환경부가 독자적 조사를 할 것이라고는 상상도 못했다"며 "환경부 조사 결과를 받아들일지, 아니면 재판부가 별도의 현장감정을 할지 조만간 결정하겠다"고 밝혔다. (최상원 기자)

「'상생의 길' 물 건너가나—법원 감정 무산 배경과 전망」, 『부산일보』, 2004.10.26.

경부고속철도 천성산 구간의 환경영향에 대한 법원 감정이 무산되고 환경단체가 이에 반발하면서 '상생의 길'은 사실상 물 건너갔다. 재판에 대한 기대가 좌절되면서 갈등과 반목은 원점으로 되돌아온 상황이다.

△법원 감정 무산 배경=표면적으로는 감정 기간을 놓고 재판부와 환경단체 측이 이견을 좁히지 못한 것이 결정적 원인이다.

재판부는 당초 환경부가 독자적인 조사 결과를 보내옴에 따라 형평을 맞춘다는 차원에서 환경단체 측 주도로 법원 감정을 실시하는 방안을 검토했다.

다만 국책사업을 너무 오랫동안 중단시킬 수 없다는 논리를 내세워 감정 기간을 11월 한 달간으로 못박았다.

그러나 환경단체 측은 '한 달 안에 감정을 마무리하라는 것은 감정을 하지 말자는 것과 똑같다'며 6개월의 감정 기간이 필요하다는 의견을 재판부에 전달했다.

양측의 이견은 좁혀지지 않았고 결국 각자 제 갈 길을 가기로 했다. 재판부는 감정을 포기하고 내달 중순 최종 선고를 하겠다는 방침을, 환경단체 측은 법정 밖 '투쟁'에 집중하겠다는 입장을 밝혔다.

그러나 법원 감정이 무산된 것은 이미 예고된 측면이 강했다. 당초 재판부는 '상생의 길'을 찾겠다며 의욕을 가지고 심리를 시작했지만 법정 밖에서 이뤄진 정부 및 철도공단 측과 환경단체 간의 '승강이'로 인해 입지가 갈수록 좁아졌기 때문이다.

특히 책임이 누구에게 있든 이 과정에서 재판부가 시간에 쫓기게 된 점도 감정 기간을 늘릴 수 있는 여지를 없앴다. 재판부로서는 법원 때문에 중대한 국책사업이 지연되고 있다는 비판은 피하고 싶었던 것이다.

결국 재판 당사자 간의 신뢰에 금이 가면서 재판부는 '조정자'로서의 역할에 충실하기보다 사건을 조기에 매듭짓는 쪽으로 가닥을 잡은 것으로 분석된다.

△향후 전망=환경단체 주도의 법원 감정이 무산되면서 재판부는 그동안의 심리 과정에서 확보한 양측 주장과 환경부가 제출한 현장조사 결과를 참고해 최종 결론을 내릴 것으로 보인다. 환경부 통보내용이 '천성산 터널 공사가 주변 습지에 영향을 주지 않는다'는 내용인 만큼 현실적으로 환경단체 측에 유리한 결정이 나기가 쉽지 않을 것으로 전망된다.

이 때문에 환경단체 측은 더 이상 재판부 결정에 기대할 것이 없다고 판단하고 그동안 별도로 진행해 온 고속철 공사 반대운동을 강화하기로 했다. 환경단체 측이 25일 밤 대책회의를 갖고 환경부 장관에 대한 고발 등 강경 대응책을 내놓은 것도 이 같은 맥락이다.

결국 어떤 식으로든 천성산 터널 공사가 조만간 재개되면서 환경단체 측의 반대투쟁이 격화되는 등 그동안의 갈등이 재연될 가능성이 높아 보인다. 문제는 더 이상 갈등을 해결할 수 있는 돌파구가 없어 극단적인 충돌까지 우려된다는 점이다. (손영신 · 방준식 기자)

「'도롱뇽 소송' 법원 조정 무산」, 『국제신문』, 2004.11.16.

이른바 '도롱뇽 소송'인 경부고속철 천성산 구간 공사금지 가처분 신청 사건에 대해 법원이 공사를 재개하되 환경영향에 대한 공동 전문가 조사를 6개월간 실시하자는 조정안을 내놓았으나 지율 스님이 이를 거부, 법원의 조정은 완전 무산됐다.

이에 따라 담당 재판부인 부산고법 제1민사부(재판장 김종대 부장판사)는 오는 29일 최종 선고(결정고시)를 할 예정이다.

지율 스님과 '도롱뇽소송부산시민행동'은 16일 법원 조정안을 공식 거부했다. 이들은 성명을 통해 "환경조사와 터널 공사를 병행하는 것은 철도시설공단이 오랫동안 주장해 온 논리"라면서 "공사가 계속된다면 승소한다 하더라도 공사로 인해 천성산이 상당히 파괴되기 때문에 아무런 실익이 없다"고 주장했다.

현재 철도시설공단은 법원의 조정안에 긍정적인 입장을 보이고 있지만 지율 스님과 환경단체가 법원의 조정안을 거부, '도롱뇽 소송' 항고심은 법원의 선고로 마무리된다.

김종대 부장은 "재판부는 인내심을 가지고 조정을 통한 상생의 길을 찾기 위해 노력했다"면서 "지율 스님 측으로부터 공식적인 조정안 거부의사가 접수되면 재판부가 예정대로 오는 29일 선고할 수밖에 없다"고 밝혔다. 현재로서는 '자연물인 도롱뇽은 원고적격이 없다'는 각하와 함께 '터널 공사가 환경에 영향이 없다'는 가처분 신청 기각결정으로 결론나면서 천성산 터널 공사가 재개될 가능성이 한층 높아졌다.

지율 스님 측은 재판 결과를 예상하고 있는 만큼 대법원에 재항고하겠다는 입장을 정했다. 단식 21일째인 지율 스님은 17일부터 부산고법 앞에서 단식을 계속하기로 결정했다. (배재한 기자)

도롱뇽 소송 승소를 위한 생명 기원제에 다녀와서

2004년 11월 25일

주위의 만류에도 불구하고 서울엘 다녀왔습니다.

아주 멀게 느껴지는 여행길이었습니다.

여느 때 같으면 그저 아무 생각 없이 다녀올 수 있는 거리였지만 오늘은 시종 멀미와 현기증으로 시달렸습니다.

제가 굳이 서울을 가려 했던 것은 행사 때문만은 아니었습니다.

그동안 소식만 접하던 도롱뇽의 친구들도 보고 싶고 행사장도 가 보고 싶기는 했지만 그보다도 신현중 교수님께서 6개월 동안 제작하셨다는 도롱뇽을 직접 가서 보고 싶었습니다. (교수님과는 일정이 어긋나 기어이 만나 뵙지 못했습니다만).

저는 감히 한 예술가의 상상 속에 살아서 살려 달라고 외치는 도롱뇽의 모습을 마음에 그리는 동안 천성산 전체가 작은 움직임으로 살아 오는 감동을 받았으며, 그러한 감동은 한 땀 한 땀 수놓인 도롱뇽을 볼 때도 제 마음에 일어났습니다.

사실 요 며칠간―법원의 조정 권고안과 KBS 방송 토론 후 그들이 무엇을 가지고 있는지 알았고 상당히 의기소침해 있었습니다.

그들이 가진 것의 천분의 일도 저는 갖지 못했다는 것을 느꼈으며, 오히려 그동안 한 번도 그들의 힘을 느껴 보지 못한 것이 스스로 의아할 정도였습니다. 어쩌면 거짓 논리와 위선이 힘이 되는 이 사회 환경 때문에 천성산 환경운동과 고속철도 반대 운동이 오히려 더욱 고양되었는지도 모르겠습니다.

그러나 서울에 가서 도롱뇽 조형물과 친구들을 보면서, 그들이 가진 힘은 작고 연약한 한 마리의 도롱뇽이 헤엄쳐 가는 것을 견디지 못할 정도로 미미하며, 그들이 언약을 저버리고 온갖 명분을 만들어 낼 수밖에 없었던 이유는 바로 그들이 가난하기 때문이라는 것을 알았습니다.

도롱뇽 행진 퍼레이드를 뒤따르는 동안, 우리는 도롱뇽을 수놓는 작은 손길과 그 마음 머무는 곳에서 그들을 용서하고 이해해야 한다고 생각했습니다.

그러나 그럼에도 불구하고 이제 저는 물러설 수 없는 한 가지 결론으로 치닫고 있습니다.

천성산의 운명은 국가의 미래와 깊이 연관되어 있는 우리의 미래의 문제이기 때문입니다.

이제는 차라리 고루하게 들리는 천성산 환경영향평가와 공사 중지는, 한 국가의 대통령을 보좌하는 수석과 국가의 미래를 짊어진 행정 장관과의 협의였고, 이 땅의 생명과 미래를 위해 목숨을 걸고 살려 달라고 외친 한 비구니의 절규였으며, 재판정의 판사님 앞에서 서약으로 이루어진 일이었습니다.

늦은 밤에 부산에 도착하여 메일을 열어 보니 김곰치라는 젊은 친구에게서 장문의 편지가 와 있었습니다. 저는 울면서 썼다고 하는 이 한 통의 편지에서 저를 사랑하고 천성산의 운명에 깊이 조우하는 젊은 청년의 고뇌를 읽습니다. 그 청년은 이야기합니다.

스님, 저는 며칠 혼자 생각해 보면서…… 재판장님의 권고안을 이해할 수도 있을 것 같습니다. 이제부터 제가 하는 말을 서운하게 듣지 마시기 바랍니다. 스님한테 뺨을 얻어맞을 각오를 하고 말합니다. "이미 결정되어 진행 중인 대형 국책사업", "어려운 나라 경제"라는 말, 어떻게 보면 너무 상투적이지만, 이 말에 태산 같은 무게가 실려 있는 것 같습니다. 그렇습니다. 다시 말하지만, 태산 같은 무게가!

재판장님이 공단 측이 말하는 엉터리 주장을 받아들이고 내놓은 권고안이라 해도, 정말 그렇습니다. 지금 이 시대는 공단 측의 경제 발전 운운하는 것과 같은 것들 말고는 희망이 없는 시대입니다. 너무 깊이 세뇌되어 있었고 오랜 세월 그런 기계적 사고와 경제 발전 이데올로기에 취해 살아왔기에 그 거짓말을 깨닫는 일도 너무 무서운 일입니다. 거짓된 꿈도 꿈의 효과가 있습니다. 사람들은 그 효과에 기대어 살아갑니다. 그것이 바로 이 시대의 태산입니다. 그 태산이 존경하는 재판장님의 어깨에 올라타 있습니다.

스님, 스님은 착각하시면 안 됩니다. 재판장님은 성현에 대한 책을 쓴 저자 김종대가 아니라 대한민국 법복을 입은 판사님입니다. 그분은 법복을 입은 채 권고안을 쓰고 곧 판결문을 쓰셔야 합니다. 그러니 "이미 결정되어 진행 중인 대형 국책사업"이란 말에는, 국가(정부)가 국민적 동의를 얻어 구성하고 정책으로 시행한, 역시 국민적 동의를 얻은 국회를 통과한 뒤의 국책사업이기에 그 자체가 법적 행위이고 사업 시행에는 법의 준엄성이 엄연히 숨쉬고 있는 것입니다.

"어려운 나라 경제"라고 했을 때는, 죽음으로 내몰려 가는 수많은 영세 자영업자와 존재감의 상실 속에 불안과 공포에서 헤어나지 못하는 청년 실업자들의 존재가 그 속에 있는 것입니다. 국민들은 "진행 중인 국책사업"과 "어려운 나라 경제"를 법의 준엄함과 지금 현재 많은 사람들의 고통 그 자체로 받아들입니다.

바로 이웃과 친척의 삶에서 매일같이 접하는 삶의 고통이 그 말에 고스란히 담겨 있는 것입니다. 그러니 고속철도 사업이 그 고통의 해결책이 전혀 못 되는데도 국민이 그렇게 알고 또 믿고 있다면, 그거라도 너무 가련하게 소

망하지 않을 수 없다면, 천성산을 살려 달라는 스님의 간곡한 호소도 어쩔
수 없는 것입니다. 지금 시대의 태산을 스님도 들어 올릴 수 없고 재판장님
도 혼자 어깨에서 벗겨낼 수가 없는 것입니다.

그러니 스님, 재판장님이 스님의 기대와 믿음을 허물었다고 그분을 미워하
지 마세요.

청년의 이야기는 계속되지만 더는 그의 글을 옮기지 못하겠습니다.

지난 여름 57일 만에 단식장에 찾아온 문재인 수석께 제가 이야기했습
니다. 아픈 자식을 버리지 못하는 부모의 심정으로 천성산 문제를 바라
봐 달라고. 지난 4년 동안 제가 모든 분들께 봐 달라고 했던 것은 다만 한
비구니가 아니라 소리 없이 죽어 가고 있는 이 땅의 뭇 생명들이었는데
사람들은 여전히 다만 한 비구만을 바라보고 있는 것 같아 안타까울 뿐
입니다.

우리 마음에서 '우리'라고 하는 벽이 무너져야 비로소 '우리'라고 하
는 너른 세계가 보일 것 같습니다.

김종대 판사님께

2004년 11월 25일

방금 『국제신문』 배재한 기자님으로부터 판사님께서 하신 이야기를 전해 들었습니다. 지금이라도 조정안을 받아들인다면 배려하시겠다고 하신 이야기를 듣는데 눈물이 핑 돌았습니다.

제가 단식장을 법원 앞으로 옮긴 이후, 판사님께 참으로 많은 편지를 드렸으며 그 편지 속에 한 땀 한 땀 정성 들여 수놓인 도롱뇽 이야기도 함께 실어 보냈습니다.

그러나 마지막 말은 다 하지 못하였습니다.

하지만 이젠 감히 판사님께 말씀드립니다. 제게 남아 있는 상처는 제 몫이라고. 천성산 일을 하면서 저는 돌아나갈 길을 만들지 않았으며 제 운명으로 오는 것을 거부할 수도 없었습니다.

지금 제 곁에는 어린 여동생이 함께 하고 있는데 그 이유는 지난 58일의 단식 중에 『오마이뉴스』에 떠 있던 여동생의 편지 속에 실려 있습니다. 어린 제 여동생은 참으로 잘 견디고 있으며 슬픔을 받아들일 준비를 하고 있습니다.

저는 천성산 문제를 통하여 환경보다 더 깊게 파괴되어 버린 이 시대의 아픔을 읽고 있습니다.

저는 지금도 기억합니다. 대덕연구단지의 지질, 지하수를 전공하신 박사님들께서 천성산 구간을 답사하시며 하셨던 이야기들을.

"이곳은 나라의 녹을 먹는 공무원으로서 차마 건드릴 수 없는 곳이며, 그렇게 아름답고, 그렇게 물이 많고, 그렇게 위험한 구간인 줄은 몰랐다"고 하신 말씀을. (그분들이 천성산을 찾은 것은 고속철도공단에서 용역을 의뢰

했기 때문이었지만 문제가 제기되자 이후 공단은 영향평가 대행기관이 아닌 지질공학회라고 하는 사설 어용학회에 용역을 의뢰하여 조사를 실시하게 됩니다.)

이후 그분들은 2차례에 걸쳐 토론회에 함께하셨지만 마지막 토론회에는 원고만 주시고 참여하지 못하셔서 다른 분께 원고의 대독을 부탁드렸던 일이 있습니다.

박사님께서 토론회에 참석하지 못한 이유는 연구단지의 기관장으로부터 토론회에 나가려면 사표를 쓰고 나가라는 말을 들었기 때문이었습니다. 이후 대덕연구단지에서는 천성산 문제에 대한 의견 표명을 자제하도록 종용받았으며 그 뒤 H라는 대변인이 터널과 지하수 문제의 전문가로 법정에 서기도 했지만 기실 그의 전공은 터널로서 지하수와 무관한 분야였습니다.

만일 이것이 전반에 걸친 국토의 실상이라면 재판장님께서는 어떻게 하시겠습니까. 한 젊은 친구의 말대로 이것이 "태산 같은 이 시대의 무게"라면 우리는 어떻게 해야 할까요.

천성산 일을 하면서 저는 30여 분의 터널과 지하수, 그리고 토목 전공 교수님들과 박사님과 면담을 했으며 그 실명도 확인시켜 드릴 수 있습니다.

제가 만났던 모든 분들은 한결같이 이야기하셨습니다.

터널이 뚫리면 지하수 유출은 당연하며, 특히 천성산 구간은 우리나라에서 가장 위험한 활성 단층으로 지하수의 대량 유출은 상식이라고.

(물론 그분들도 사회의 구조적인 시스템—용역과 외압 때문에 한결같이 저희를 위한 증언대에는 서 줄 수 없다고 하십니다만).

지금 저는 그 상식을 위해—상식이 통하는 세상을 위해 목숨을 걸고 최소한의 환경영향평가 재실시를 요구했던 것입니다.

왜 고속철도공단에서는 환경영향 재평가만은 절대로 할 수 없다고 강경하게 대처하고 있을까요. (제게는 그들이 영향평가를 이행하지 아니한 3번의 파기 문서가 있습니다.)

지난 9월 13일의 마지막 심리에서 판사님께서는 말씀하셨습니다. 양측의 주장이 둘 다 뜬구름 잡는 것 같아서 현장검증을 통한 환경영향 재평가 없이는 재판을 속개하는 것이 불가능하다고. 그리고 이어 저와 고속철도 본부장을 일으켜 세워 그 결과에 승복하는 서약을 하게 하셨습니다.

그러나 그 뒤, 법정에서 했던 그 서약들은 아무런 논의나 진행 없이 문득 파기되었으며 환경영향평가 공동 재조사를 협의했던 환경부 장관은 단 한 번의 통고도 없이 협의서를 한 장의 휴지로 만들었습니다.

이것이 바로 "제 어깨에 걸린 태산 같은 무게"이며 저도 좀처럼 이 무게를 벗어날 수 없습니다. 비록 판사님께서는 조정 권고안을 내셨지만 저는 감히, 진행 절차가 무시된 판사님의 조정안에 대하여 어떠한 신뢰도 할 수 없었습니다.

우리가 도롱뇽을 법정에 세운 것은 천성산의 문화적·역사적·자연환경적 가치나 부산의 경제와 개발 문제 이전에, 환경영향평가의 절차와 내용에 대한, 그리고 시공업자와 건설업자들이 얼마나 법적 절차를 준수했으며 재협의를 이행했는가에 대한 사법적 판단을 원했기 때문입니다.

이제 재판장님께서 권유한 조정안에 대하여 지극히 개인적인 무례한 편지를 마감해야 할 시간이지만, 판사님과 저는 서로 다른 "이 시대의 태산 같은 무게"를 감당하며 천성산을 바라봐야 하는 아픔이 남아 있습니다.

그동안 수고하셨습니다.

盡未來提 度衆生 自他一時 成佛道
지율 합장

법원 앞을 떠나며

2004년 11월 28일

법원의 선고를 앞두고 법원 앞을 떠나 서울로 가고 있습니다.

지금 그들은 거리에 앉아 있던 한 비구니를 어떤 심정으로 보내고 있을까요. 경복궁 입구부터 통행을 제한하겠다는 청와대는 또 저를 어떤 심정으로 받아들일까요.

달빛 속에 적요하던 도시의 기억을 묻으며 인도의 걸식자들이 부른다는 아름다운 노랫말에 사연을 실어 보냅니다.

우러러 사모하는 그 사람을 어데서 다시 만날 수 있을까보냐.

자취도 없이 사라진 그 사람 찾아 나는 끝없이 헤매노라.

아름다운 저 달이 떠올라도, 내 진정 꿈에나 보고픈 저 달이 떠올라도 소용없어라. 이제는 소용없어라.

78

판결문을 보며

2004년 11월 30일

서울로 올라오는 도중 도롱뇽 소송과 내원사 소송의 기각 결정 뉴스를 들었고 변호사님께 전화를 드려 판결문 전문을 팩스로 받아 보았습니다. 저는 이 판결문을 읽으면서 판결문을 쓰신 판사님의 고뇌를 백번도 더 헤아려보았고, 승패를 떠나 최소한 고심 어린 판결문을 기대하였던 제 자신에게 공연히 화가 났습니다.

재판 결과는 이미 한 달 전부터 고속철도공단의 내부 간부회의에서 통고되었다는 공단 실무자들의 이야기가 있었고, 이후 승소를 확신하는 두 번의 기자회견을 통해 공식화되어 있었지만, '시대를 고뇌하는 인간 이순신'에 대한 책을 쓴 저자이기도 하셨으며 재판 도중 늘 가진 사람이 덜 가진 사람을 배려하여야 한다고 하셨던 판사님이셨기에 최소한 소수의 목소리도 배려하시리라는 내심의 기대에 반했던 서글픔도 제 몫이었습니다.

하지만 지금 제가 감히 판사님을 이해한다고 해도 법정에서 재판 도중 진행되었던 모든 절차가 무시된 이 결정문을 받아들이기는 어려운 일입니다.

지금 제 머릿속에는 항고심의 첫 법정을 열며 "이 소송은 국가의 미래를 위한 백년대계의 역사적 재판"이라고 하셨던 모습이 떠오릅니다.

원고 측 증인 신청이 있었던 2심 공판(8월16일)에서는 재판 심리 중인 상황에서 더 이상 공사를 진행시켜서는 안 된다고 하시며 공사 중지 권고안을 내시기도 하셨지요. 지금도 눈에 선한, 마지막 심리가 되었던 9월 13일 재판에서는 때마침 증인석에 나온 고속철도공단의 본부장을 향해

"만일 원고 측이 주장하는 것과 같은 피해가 있다면 그 피해는 누구에게 돌아가느냐"고 물은 뒤 증인석에 섰던 본부장이 "그 피해는 시민들에게 돌아갈 수밖에 없다"고 답하자 "만일 그 피해가 시민들에게 돌아간다면 원고 측이 주장하는 것과 같은 피해가 발생될 시 그 책임은 누가 지느냐"고 물으셨지요.

본부장이 대답을 하지 못하고 어물거리자 판사님께서는 "피해자가 시민들일 수 있고 그 책임을 질 사람이 없는 상태에서 부실한 환경영향평가를 작성한 고속철도공단은 이제 더 이상 환경단체가 국책사업의 발목을 잡고 있다거나 국가 예산을 낭비하고 있다는 이야기를 해서는 안 된다"고 나무라신 후 객관적 검증 절차로 법원에서 환경영향평가를 진행하겠다고 하셨고, 그 진행을 거부하면 거부하는 쪽에 불리한 판결을 할 수밖에 없다고 단호하게 말씀하셨습니다.

이어 도롱뇽 소송의 대변인인 저와 피고인 고속철도 본부장을 법정에 일으켜 세워 법원의 중재하에 환경영향평가의 재실시를 공언하셨고 그 결과에 양측이 승복하겠다는 서약을 하게 하였습니다.

그 뒤 저희는 법원의 요구에 준해 천성산 구간의 감정의뢰인으로 6명의 전문가 명단을 법원에 제출하였고 법원에서도 현장검증과 환경영향평가의 절차를 밟겠다고 했습니다. 개인적으로 저는 이 재판을 여기까지만 기록하고 싶습니다.

58일의 단식 중에 공단, 도롱뇽친구들, 환경부가 함께 참여하는 재협의를 약속했던 환경부 장관이, 한 달 뒤 2박 3일의 환경영향평가 결과를 법원에 제출하면서 극적으로 종결된 이 재판 결과를 우리가 어떻게 이해하고 수용해야 할지 알지 못하기 때문입니다.

협의되고 진행되던 그 모든 과정이 무시되면서 돌연, "부실한 영향평가를 인정하지만 목적에 반하도록 부실하지 않다"는 모순된 논리를 전개하며 30만 도롱뇽친구들에 대하여 역사성과 시대성이 결여된 '소유권 수인한도'를 운운하는 궁색한 이야기를 받아들이기에는 재판에 참여하며 느꼈던 저희들의 기대치가 너무 컸기 때문입니다.

도롱뇽 소송의 진실은 공교롭게도 법정에서 대부분 판사님에 의해 주장되어 전달되었습니다. 그러나 판사님께서 누누이 말씀하신 '역사성'과 "환경 역시 무시되어서는 안 되는 공익적 사안"이라는 말만 허공 중에 남아 있습니다. 저는 재삼 이 판결문을 읽어 보면서, 이것은 판사님 스스로를 납득시키기 위해 만들어 낸 판결문이 아닐까 하는 외람된 생각을 합니다.

판결문을 요약하면,

1. 환경정책기본법, 환경·교통·재해등에관한영향평가법, 자연환경보존법, 수질환경보존법 등 제 환경법은 사인이 사인에 대한 권리 의무를 규정한 것이 아니므로 이 법률에 의거해 사인이 누리는 이익은 사법적 권리로 관념하기 어렵다는 것을 제시하고 있습니다.

2. 이 터널 공사는 신청인들이 주장하는 바와 같이 일부 절차상 미비를 다툴 여지가 있으나, 사업계획 승인이나 그 진행 경과에 있어 환경영향평가의 실시 및 그에 대한 협의 절차, 기타 관계 법규들이 규정한 협의 절차를 미비한 공법상 하자가 있더라도, 신청인들의 사법상 권리에 대한 침해가 없는 한, 그러한 하자가 있다는 점만으로 바로 신청인들에게 민사상의 가처분으로 이 터널 공사의 착공 금지를 구할 권리가 생긴다고 할 수는 없다고 이야기하고 있습니다.

3. 그 뒤 판사님께서는 고속철도공단에서 주장하는 근거가 불충분한 경제 논리를 인용하여 부산 경제 활성화 및 국제 물류 중심 운운하며 막

대한 공공의 이익의 침해를 결론으로 도출하고 있습니다.

저는 법률적 식견이 부족한 한 사람으로, 천연기념물 30종의 서식지이며 10여 개의 보존 지역으로 묶인 22개의 늪과 39개의 저수지에 영향을 미칠 수 있는 터널 건설에 대하여, 단 한 번의 현장검증이나 사실 조회 없이 피고 측(고속철도공단)의 자료만을 가지고 역사적 소송을 운운했던 이 소설 같은 재판과 그 결과를 반영한 판결문을 일러, 기소 편의주의와 심증주의의 한계를 드러낸 '지극히 사적인 판결문'이라고 감히 말씀드립니다.

저는 사법부의 의지와 재판 진행의 절차를 믿었기에 청와대 앞에서 환경영향 재평가를 요구하며 목숨을 걸고 58일의 단식을 견디어 냈습니다. 그리고 환경부가 내놓은 2박 3일의 영향평가를 수용할 수밖에 없다는 궁색한 변명으로 법원이 재판 종결을 선언한 이후 아득한 심정으로 다시 '58+' 단식에 들어가 법원 앞에서 도롱뇽을 수놓으며 날짜를 세는 일을 스스로 잊었습니다.

이제 원고인 30만 도롱뇽의 친구들은 과정을 버리고 오직 결과만을 취한 재판부의 결정에 대하여 이의를 제기할 것이며 재판의 전 과정에 대한 녹취록을 법원에 요청, 공개할 것을 제안합니다.

녹취록을 통해 눈 밝은 이들로 하여금 다시 그 진위를 논하도록 할 것입니다. 도롱뇽 소송은 다음 시대를 준비하는 우리의 몫이며 차별 없는 법적 청구는 우리의 권리이기 때문입니다.

도롱뇽친구 대변인 지율 합장

100인이 쓰는 속기록

2004년 12월 18일

저희는 2심 판결이 끝나고 법원에 속기록을 신청하였습니다.

그러나 놀랍게도 법원은 2페이지짜리 속기록을 저희에게 보내왔습니다.

그 나머지는 파기했다고 합니다. 저는 40만 도롱뇽의 친구들의 알 권리를 위해 법원이 파기했다고 하는 재판 과정을 기록하기 위하여 '100인의 속기록'이라는 이름으로 천성산 홈페이지에 창을 열었습니다.

제가 법원 앞에 서고 청와대 앞에 온 하나의 이유는…… 그들에게도 원칙이 필요하기 때문입니다.

원칙과 규범을 버린 행정 관료들과 녹취와 속기를 파기하고 2페이지짜리 소송 기록을 보낸 법정을 인간의 법정이 아닌 도롱뇽의 법정에 세우고 싶다는 엉뚱한 생각을 합니다. (환경부 장관과 문재인 수석, 그리고 공단의 합의 파기 과정을 기록한 문서도 정리하고 있습니다).

저는 감히 권력과 법의 제복을 입고 있는 재판장님께서 진행 과정과 절차가 전도된 재판의 결정으로 패소한 원고에 대하여 아래와 같은 기자 브리핑을 할 정도로 이 사회가 눈멀지 않았다는 것을 알려야 한다고 생각합니다.

재판장 "사회적 갈등 해소 못해 안타깝다"
김 부장판사는 "순수하게 법리적으로만 따지자면 여러 가지 판례로 볼 때 이미 소송을 제기한 6월에 결론을 내릴 수 있었지만 사회적 갈등 해결에 대한 재판부의 미련이 있었고 재판부도 터널의 안전성을 알아보고 싶었다"고 밝혔다.

그는 "그러나 환경단체가 법원의 조정안을 거부함으로써 약자의 편을 들어
주려는 법원의 의도를 배척했다"고 불만을 토로한 뒤 "결과적으로 사회적
갈등을 법정에서 해결하려 한 법원으로서도 이 같은 결정은 안타까운 일"이
라고 말했다.

또 김 부장판사는 "일단 법원이라는 제도를 이용해 재판을 요구하는 것은
그 결과에 따르겠다는 것이 전제가 돼야 한다"면서 "결과가 불리하다고 실
력 행사를 한다는 것은 소송 제도를 이용하는 사람으로서 부적절한 태도"라
며 결과에 대한 승복을 주문했다. (연합뉴스, 2004년 11월 30일)

우리는 무엇 때문에, 처음 재판을 시작할 때 공개 재판을 하겠다고 했
던 판사님이 속기록을 파기했으며 무엇 때문에 지난 7월부터 줄곧 공사
중지를 요청하고 12월 이후 판결을 내리겠다고 수차례 기자 브리핑을 했
던 판사님이 재판 과정에서 원고와 피고에게 서약하게 했던 현장검증과
환경영향평가 재실시를 중단했고, 무엇 때문에 재판과 심리 도중 그렇게
잦은 기자 브리핑을 하며 스스로를 관용했는지…… 그리고 무엇 때문에
한 비구니는 판사님 앞으로 10통의 편지를 쓰고 법원 앞에서 목숨을 걸
고 단식을 시작했는지 초심으로 돌아가서 생각하려 합니다.

만일 카프카의 말처럼 우리의 법이 은폐된 채 우리를 지배하고 있는
소수 귀족 계급의 비밀이라면…… 그의 말대로 우리는 우리가 알지 못
하는 법에 의해 지배되고 있고, 우리에게 유일하고도 가시적이며 의심할
여지가 없는 법이 귀족이라면, 그리고 그것이 이 사회에 통용되고 있는
지극히 상식적인 일이라면……

그렇다 하여도 이 고통스러운 순간에 선택은 고스란히 제 몫일 뿐입니다.
이 순간 저는 저와 함께 섰던 41만 도롱뇽의 친구들을 기억합니다.

비록 티끌 같은 힘이지만 이 티끌 같은 힘에 의지하여 우리는 법정에 섰던 것입니다.

그동안 재판 과정에 참여했던 모든 분들께 하나의 제안을 드리고 싶습니다. 이제 남은 시간 동안 저는 제 모든 기억을 동원하여 이 극적인 딜레마를 기록해 가려고 하며 만일 제 기억에 오류가 있다면 게시판을 통하여 수정이나 보충을 하여 주시고 이 기록들을 증언하고 함께 써 주시기를 바랍니다. 앞으로 이 창에 써 내려갈 이 기록들에 대해 이의가 있다면 게시판에 반론하여 주셔도 좋습니다. 왜냐하면 모든 것을 제 기억에 의지해야 하는 형편인데다가 제 건강도 극도로 허약하여 있기 때문에 간혹 자의적인 해석으로 오류를 범할 수 있기 때문입니다.

재판 과정을 참관하셨던 분들께서는 실명과 아이디를 써 주시고 기록을 남겨 주시기를 바라며 이 과정의 기록이 정리되면 헌법재판소에 소원할 생각입니다. 관심을 가지고 참관하여 주시기를 바랍니다.

재판장님!
이원은 그냥 원이 아닙
니다。 지구입니다。
사람만이 사는 지구는
아닙니다。 우리 모두
가 함께 살수 있도록
도와 주세요 !

단 식 일 지

2004년 11월 1일 ~ 2005년 2월 1일

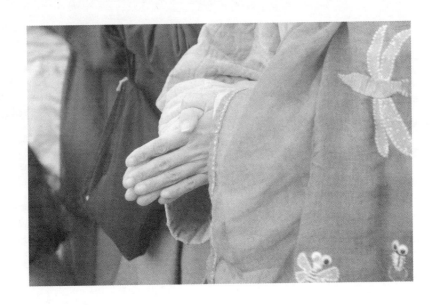

눈을 감으니

법계가 온통 생명의 바다였고

눈을 뜨니

이 땅의 아픔은

온전히 우리의 아픔이었습니다.

바람이 지나가고

구름이 지나가고

풀벌레가 울다 간 자리가

온통 화엄의 바다였고

우리의 기도가 머무는 곳이 정토였습니다.

바라건대 저희를 버리지 마소서.

도롱뇽과 함께 꿈꾸는 세상

2004년 11월 1일

　준비 없이 시작된 '58+' 단식장에 앉아 도롱뇽을 수놓고 있습니다.

　아지랑이 세상으로 떠밀려 다시 이 거리에 앉은 까닭도 잠시 잊고, 도롱뇽을 수놓고 있는 이 순간만이 삶으로 받아들여집니다.

　도롱뇽을 수놓으면서 아흔넷의 연세에도 항상 바느질을 멈추지 않으시는 내원사에 계신 노스님 생각이 납니다. 소품을 만들어 주실 때에는 새 천을 사용하는 일이 거의 없었습니다. 우리가 쓰레기통에 버린 우산의 천을 뜯어 여행 주머니를 만들어 주시고 헌 옷을 기워 멋진 누비적삼을 만들어 주시곤 하셨습니다.

　저희도 이 도롱뇽을 수놓기 위해 부산진 시장으로 천을 탁발하러 다녔습니다. 지금 제가 수놓고 있는 바탕천은 '창'이라는 커튼집에 걸려 있던 고급 커튼 샘플이었는데 마음 좋은 주인아저씨께서 서슴없이 걸어 주셨습니다.

　이렇게 많은 사람들이 정성을 모으고 한 땀 한 땀 도롱뇽을 수놓는 손길 속에서 사랑, 평화 그리고 고귀한 생명의 숨소리가 깨어나는 모습을 보았습니다.

도롱뇽 수놓기

2004년 11월 3일

이 사회의 높은 담을 넘기 위하여
"우리가 무엇을 할 수 있을까" 하는 질문에서부터
도롱뇽 수놓기는 시작되었습니다.

수녀님께서는 말씀하시네요.
100년 후에도 옳다고 할 수 있는 가치를 위하여
지금 우리가 이 일을 하고 있다고…….
누비고 홈치며 바늘의 한 땀 한 땀에 머무는 마음을 저들이 알까요.

비록 높은 담벼락과 열리지 않는 문 앞의
차가운 보도블록 위에 앉아 수를 놓고 있지만
우리의 마음에는 초록이 물들고 있습니다.

함께 나눌 수 있고
기도할 수 있기에 희망은 우리에게 있습니다.

천성산은 제게 세상을 향해 열렸던 문이었고
그 문을 통해 저는 온갖 사회악과 그 악들이
무섭게 커 가며 움직이는 것을 보았습니다.
어둠 속의 메피스토펠레스처럼 인간의 영혼을 유혹하고
영생을 이야기하는 유령들을 보았습니다.

그러나 그 소용돌이 속에서 아름다운 작은 빛을 보았으며
그 빛을 쫓아오면서 사랑과 감사를 배웠습니다.
저는 그 빛을 초록의 공명이라 불렀고 이 공명을 통해
이 땅의 생명과 평화가 실현되리라고 믿고 있습니다.

우리에게 천성산은 무엇이며 도롱뇽은 무엇이었을까요.
마음속에 늘상 그러하다고 생각하는 관념들을 깨는 것에서부터
우리는 출발해야 합니다.

바다를 바다로 보고, 산을 산으로 보고,
도롱뇽을 도롱뇽으로 보는 일에서부터 시작해야 하며
'우리' 라는 높은 담을 허물고
다양한 세계관과 생명관을 인정하고 경험하는 일에서부터
천성산의 이야기가 시작됩니다.

슬픔을 희망으로 바꾸고
희망을 역사로 만드는 것이 우리의 몫입니다.

단식장을 찾은 어린이들

2004년 11월 4일

방과 후 아이들이 단식장을 찾아왔습니다.

이 아이들 중에 도롱뇽을 본 친구는 두 명밖에 되지 않습니다.

모두 생물도감에서 봤다고 합니다.

도시의 많은 아이들은 벼와 보리를 구분하지 못하며 물은 수도꼭지 속에, 쌀은 슈퍼에 있다고 생각합니다.

더 슬픈 것은 벼와 보리를 구분하지 못하는 이 아이들이 지나가는 자동차의 이름은 거의 모두 알고 있으며 그것이 시가 얼마인지도 대부분 알고 있다는 것입니다. 어른들의 경제와 자본의 논리와 물질 중심주의에 물들어 가는 아이들에게 천국의 이야기를 어떻게 해야 할까 생각하니 멍멍해졌습니다.

이제 앞으로 일어날 일들을 어떻게 이 아이들에게 이야기해야 하며, 어른들의 세계에서 일어나는 이 일로 아이들의 마음이 꺾여야 한다는 것을 생각하니 마음이 아팠습니다. 수천 통의 엽서를 썼던 아이들의 마음과 도롱뇽을 수놓던 작은 손들을 생각해 봅니다.

저를 바라보는 이 아이들의 어린 눈망울들을 저는 잊지 못할 것입니다.

생명을 잇는 일

2004년 11월 6일

생명을 잇는 일도 마음을 잇는 일에서부터 시작됩니다.
모든 생명이 조화롭게 공명하는 지구의 미래,
지구라는 외로운 별에 남겨질 우리 아이들의 미래를 위해서
지금 우리는 발걸음하고 있습니다.

우리가 취하고 있는 이 작은 움직임들은
하나의 홀씨를 바람에 날려 봄을 부르는 일입니다.
설령 많은 불합리함 속에
우리가 머물고 있는 이곳과 이 순간이 우리에게 돌아오지 않는다 할지라도
이렇게 오고 이렇게 가는 시간을 아름다운 순간으로 기억할 것입니다.

계절이 머물다 간 자리

2004년 11월 6일

계절이 머물다 가 버리는 것을
이곳에 와서 알았습니다.
떨어진 낙엽들이 바람에 불려 이리저리 뒹굴며
또 다른 계절을 불러오고 있습니다.
뒹구는 낙엽을 보며 매 순간 추억으로만 남은
삶들을 되돌아봅니다.
겨울의 긴 기다림 속에 찾아온
봄은 아름다웠고 여름은 울창했으며
가을은 풍요로웠습니다.
하지만, 계절의 창들이 열렸다 닫히는 동안
우리는 얼마나 서성였던가요.

늘 쌓였던 번민도 어쩌면
계절이 머물다 가 버린 흔적이었을까요.

도롱뇽의 함성 퍼레이드

2004년 11월 10일

(시작기도)

저희는 그동안 당신이 주신 아름다운 자연을 잘 가꾸어 나가기보다

이기심과 탐욕으로 파괴해 왔고,

당신의 얼이 담긴 생명을 소중히 여기지 못했음을 고백합니다.

겸손되이 당신 앞에 통회하고, 모든 피조물을 형제자매로 받아들여,

아름다운 세상을 만들어 갈 수 있도록 도와주십시오.

(마침기도)

우리가 상처 입힌 자연에 대해, 소홀히 한 생명에 대해

진정으로 통회하고 그들을 내 형제자매로 받아들인다면,

우리에게는 희망이 있습니다.

너 없이는 내가 살아갈 수 없다는 것을 깨닫는다면,

우리는 생명의 길로 나아갈 수 있습니다.

그동안 필요 이상의 탐욕을 부렸고

아까운 줄 모르고 너무 많은 것을 버려 왔습니다.

자신을 위해 무엇을 비축하지 않는 자연처럼

가난함을 지녀야 살 길이 보입니다.

욕심을 내지 않는 빈 마음이 생명의 길로 가는 길입니다

낡은 누비옷을 손질하며

오랜만에 옷 손질을 했습니다.
저와 함께 시간의 무게를 견디느라고
늙고 병들고 쭈글쭈글해졌습니다.
늙고 병들고 쭈글쭈글해진 이 옷 속에는
한때는 푸른 물이 들었던 높고 한가로운
이야기가 숨어 있습니다.
돌아보니 평생 살아온 것이
계체(戒體)가 없는 한 벌 누더기였습니다.

내부 회의

2004년 11월 16일

    법원의 중재안을 두고 장시간 토론을 했습니다.

    그동안의 진행 과정을 버리고 결과를 취할 경우에 상황을 낙관할 수 없었고, 여전히 거리에 남아 있겠다고 하는 저를 버려두고 다른 대안이 없었기에 누구도 무어라고 결정을 내리기 어려운 상황이었습니다.

    표현하지는 않았지만 인위적으로 우리가 할 수 있는 일은 아무것도 없어 보이고, 뾰족한 대책이 없는 상황에서 마지막 시간까지 함께 갈 수 없다는 안타까움과 슬픔 때문에 모두가 슬그머니 제 눈길을 피했습니다.

    저는 보이지 않는 섭리에 저를 맡겨 왔고 마음이 내키지 않을 때는 오히려 힘들고 고통스럽다고 고집을 피웠지만 아픈 마음에 슬픈 기억들이 조각조각 떨어졌습니다…….

깊고 어두운 강가에서

이제 다시 어두운 강가에 서서
밀항하듯 탈영하듯 떠나야만 하는 시간이다.
수없이 건너 왔던 강을 또 혼자 건너야 한다.

수심을 알 수 없는 저 어두운 강에 몸을 던져야
이 강을 건널 수 있다는 것은 얼마나 두려운가.
이제 저 강은 나를 건네줄 수도 있고
내 생명을 앗아 갈 수도 있다.

이 슬픔과 두려움에 아랑곳없이
나는 다만 깊고 어두운 천성의 강에
던져지는 자맥질일 뿐이다.

메피스토펠레스

2004년 11월 18일

눈만 감으면……
어둠 한구석에서 조그맣게
메피스토펠레스의 노래 소리가 들려온다.

이곳을 뚫고 저곳을 메우자.
세상은 어차피 성주괴공(成住壞空),
무너지고 텅 빌 때까지
펜대를 굴리자.
법정에도 서고 강의실에도 서고
때로 성전은 우리의 전당
진실은 힘의 논리

가진 것 없는 가난한 자
너희들이 생명이라 부르는
그 오물거리는 더러운 도롱뇽
한때 나도 꿈꾸었지
빛이 내리는 숲길을

너희가 희망이라고 부르는
생각하기 싫은 구질구질한 골목길
고급 승용차에 몸을 기대는 순간

그 잔잔하고 평온한 스피드 속에
약간의 양심은 피로로 풀려 나간다.

명예의 탑에 기대어 바라보니
저 아래 고물거리는 것들
저것들이 나와 동류라는 것을 참을 수가 없군.
때때로 이 높은 곳까지 올라오는 역겨움
그것을 그들은 진실이라 부른다지.

종이 위에 쓰는 온갖 맹서
참이거나 거짓이거나
결과는 마찬가지
이것이 세상의 공식
어차피 역사는 피로 물드는 것
나는 역사를 쓰는 자!
참이든 참이 아니든…….

아름다운 가게

2004년 11월 20일

아침에 비가 오고 눈발 날리더니 급기야 기온이 영하로 떨어져
바람 불고 추운 거리에서 눈인사로 겨우 떨림을 견디었습니다.
시청까지 걷는 행진에 함께하지 못하였지만 오랫동안 마음으로 배웅
하였습니다.

홈페이지를 정리하면서 지난 일지들을 다시 봅니다.
감사의 인사를 드려야겠다고 생각하면서도 늘 미루어 왔던 분들이 계
십니다.
아름다운 가게를 꾸려 왔던 소풍 님과 짱돌 님, 효영 씨, wolfwood
님, 나팔꽃 님, 청산별곡 님, 도롱뇽 티셔츠를 그려 주신 윤호섭 교수님,
노래로 모두에게 도롱뇽 이야기를 전해 주는 별금 님, 통풀이, 그리고 아
꼼다 친구들, 이 대리님, 언제나 섬세한 솜씨로 수를 놓아 보내 주시는 풀
씨 님들, 기억 속의 많은 분들…….

"비님이 오락가락하였지만 행복한 시간이었다"는 말, 제 가슴에도 적
어 두었습니다.
제가 없는 거리에서 저를 기억해 주시는 여러분들이 계셨기에 즐거운
마음으로 낯선 길 위에 설 수 있었습니다.
함께 걸어온 길들 잊지 않겠습니다.

106

아침의 빛

2004년 11월 23일

아침의 빛이 내립니다.

도시의 소음과 희뿌연 광채 너머로 오는

이 아름다운 빛 내림에 눈길을 주며 잠시 길을 잃습니다.

이상하게 제 눈이 담고 있는 많은 기억은 빛에 대한 추억들입니다.

오대산에서 보았던 별빛 쏟아지던 밤 숲,

화엄벌에서 보았던 달빛의 시계(示界),

눈부신 햇살에 깨어나던 커다란 창이 있던 방의 어린 기억들이

아침의 빛에 실려 오며 부서집니다.

누군가 "빛을 돌려준다는 것은 어둠의 반쪽 그늘이 남는다는 뜻"이라

고 노래했지만

이 아침에 문득, 그동안 함께해 주신 모든 분들께

이 빛을 실은 안부를 전하고 싶습니다.

밤새 유령의 집처럼 보이던 법원 건물도 아침 햇살 속에서 깨어나고

부지런한 도롱뇽의 친구들도 법원 입구에 벌써 자리를 잡고 있습니다.

청와대의 보고 사항

2004년 11월 24일

길 건너에 3명의 형사들이 있고 법원 정문 쪽에는 고속철도공단에서 나온 2명의 감시자가 있으며 청와대와 시경과 시청의 정보과에서도 도롱 농을 수놓고 있는 이 작은 손놀림을 주시하고 있습니다.

제가 거리에 나온 지난 2년 동안, 저에 대한 일지는—지극히 사적인 일까지 하루하루 청와대로 보고되고 있다고 하며 아마도 그들은 지금쯤 제 행적에 대하여 저보다도 더 많은 자료를 가지고 있을 것입니다. 그런 데 그들은 왜 그 많은 자료를 가지고 정작 자신들은 들여다보려 하지 않 는 것일까요.

지난 여름 청와대 앞에서 단식을 시작하기 전, 청와대 사회문제실의 남영주 비서관이 했던 한마디가 문득 생각납니다. 스님은 아직 건설회사 에서 하고 있는 공사 방해 배상 소송에서 자유로울 수 없다고.

언제라도 저를 잡아 가둘 수 있다는 한 가지 계산으로 위협하면서 자 신들이 만들어 놓은 모든 동기에 대해서는 어떻게 그렇게 까마득히 잊고 있는 것일까요. 그것이 언제나 의아할 뿐입니다.

아름다운 도롱뇽 가사

저는 참으로 욕심이 많은 사람입니다.

부처님의 가사를 빌어 입고 그 시은을 절반도 갚지 못하였는데

또 다시 이 세상에서 가장 아름다운 한 벌의 가사를 걸쳐 입고

마음으로 여간 기뻐하고 있지 않으니 말입니다.

짐을 정리하며

2004년 11월 27일

서울로 올라가기 위해 짐을 정리하고 있습니다.
뒤적거리는 것이 다만 낡은 옷가지 몇 벌과 약간의 서류가 전부일 뿐
인데 전면전을 위해서 무기를 손질하는 긴장감 같은 것이 손끝에 느껴져
옵니다.

다 떨어진 승복을 손질하면서
혼자 여래(如來)의 온 곳을 물어보곤 합니다.

모든 상이 없음을 알라.
모두가 그와 같이 왔음을.
若見諸相 非相 卽見如來

사람의 몸으로 태어났고 수행자의 모습으로
살아갈 수 있는 소중한 인연을 만났으며
신명을 다 바쳐 할 수 있는 일을 만나서
정진할 수 있었는데 무슨 후회가 있겠습니까.

2퍼센트의 도덕성을 다시 법정에 세우며

2004년 11월 30일

지금 저는 청와대가 내려다보이는 조용한 곳에 머물고 있습니다.

종로 경찰서의 정보과장님 말씀에 의하면 청와대 방침에 의해서 제 출입 경계 구역은 남쪽으로는 경복궁 입구이며 북쪽으로는 경복궁 전철역 부근까지라고 합니다.

저는 한 사람의 시민으로 이제 거리를 활보할 자유마저 박탈된 영어의 몸이 되었습니다. 생각해 보면 이기고도 저를 쫓는 그들의 마음과 쫓기는 저의 마음은 다르지 않을 것입니다.

진실은 신문 1면의 머리기사가 아니며 90퍼센트의 여론이 아님을 그들도 알고 있기 때문입니다. 저는 아직 마음의 평정을 잘 유지하고 있으며 캄캄한 어둠 속에서 더 잘 보이는 빛들을 들여다보고 있습니다.

오히려 저를 이곳까지 이끌어 온 온전한 힘과 살아 있는 에너지를 지금처럼 확연하게 느껴 본 적은 없었습니다.

처음부터 분노와 절망은 제 몫이 아니었습니다.

2퍼센트의 집단에 의해 98퍼센트의 선량한 희생이 강요되는 이 사회에서 천성산이 한 운명으로 제게 다가왔고, 저는 새털 같은 그들의 무게보다 이 땅이 제게 끊임없이 전해 주는 생명의 메시지를 더 잘 듣고 있기 때문입니다.

얼마 전 법원에 탄원서를 제출하신 후 신부님께서 제게 말씀하셨습니다.

사람들이 사는 것을 보면 행복할 권리도 없는 사람들이 너무 많은 것 같다고.

그때 저는 그런 것 같다고 대답했는데 지금 생각해 보니 그때 처음으로 제 안의 분노가 살아나고 있었던 것 같습니다.

그러나 지금 저는 가만히 생각하여 봅니다. 자칫 분노로 인하여 상처 받은 마음을 다른 곳에 함부로 옮겨 놓은 것은 아닐까 하고. 저를 염려하는 많은 분들은 제 단식도 그러한 분노의 연속이라고 생각하고 계신 듯합니다. 하지만 한 가지만은 이야기해 드릴 수 있습니다.

지금 저는 "제 사랑이 머무는 곳"에 있다는 것을.

저는 이 사랑 속에서 제 자신의 가난과 고통을 가장 잘 이해하고 있으며 이 사랑을 실천하여 가는 데 장애는 아무 것도 없다고 생각하고 있습니다.

어둠 속에 잠겨 있는 산의 침묵 때문에 산의 아픔을 더 잘 느낄 수 있었던 것처럼, 저들이 가진 98퍼센트의 힘보다는 제가 가진 2퍼센트의 작은 힘들을 더욱 소중하게 생각할 수 있었습니다.

빛나는 밤

2004년 12월 2일

    지금 저는 청와대와 가장 가까운 곳에 위치한 조용한 수녀원에 있으며 이곳 수녀원의 적요하고 신비로운 분위기에 젖어 때때로 고요하게 앉아 정좌도 하면서 평화로운 마음으로 지내고 있습니다.

    많은 분들은 승려인 제가 수녀원에 머물고 있는 것에 조금 의아해 할지도 모르겠습니다.

    천성산 일을 하면서 제가 어느 때보다 부처님의 말씀과 계율을 잘 이해할 수 있다고 느꼈던 것처럼, 모든 종교인들이 한결같이 지향하는 영적 진보와 선으로 인도하는 첫 번째 길은 바로 이웃의 생명과 모든 자연에 대한 깊은 경외에서 비롯된다는 진리 속에서 우리는 자연스럽게 동료가 되었습니다. 때로는 사람들이 이해관계를 다투고 떠나간 뒤에도 그분들은 언제나 소리 없이 함께해 주셨습니다.

    저는 이곳에서 아주 아름다운 진리가 담긴 한 권의 책을 발견했으며 그 책을 가끔 조금씩 펼쳐 보면서 날이 설 대로 선 제 마음을 다스리고 있습니다. 그 책은 성 요한의 서거 400주년을 기념하여 분도출판사에서 만든 『빛나는 밤』이라는 책으로 영성 입문서입니다.

    이 책에서 성 요한은

1. 현실적인 선으로 부, 지위, 직무, 친척, 혼인 등을 이야기하고 있으며
2. 자연적인 선으로 아름다움, 상냥함, 총명, 판단을
3. 감각적인 선으로 상상의 소산,
4. 윤리적인 선으로는 모든 덕과 선행, 실천, 계명의 준수,
5. 초자연적인 선으로는 기적과 예언, 지식의 식별,

6. 영적인 선으로는 영혼이 하느님에게 이르게 되는 모든 것을 아우르고 있습니다.

현세적인 모든 선을 떠나 영혼이 하느님에게 이른다는 이 말은 무엇을 뜻하는 것일까요.

이 밤의 화두로 여러분과 함께 나누고 싶은 이야기입니다.

사진 이희재

미래를 위한 우리의 선택

2004년 12월 3일

　개인적인 편지를 쓰려던 일을 멈추고 꽃과 내원의 전경이 담긴 플래시 파일을 만들고 사진을 정리하고 있습니다. 굳이 안부하지 않아도 마음의 소식이야 전하여지겠지요.

　지금 저는 제 기력이 허락하는 모든 시간을 천성산의 꽃과 전경이 담긴 영상물을 만들면서 보내고 있습니다.

　천성산 일을 하면서 가장 필요하다고 생각했던 것은 아이들에게 생명과 자연에 대한 감수성을 심어 줄 교육과 문화를 만들어 가는 것이었고 지금처럼 닫힌 공간에서 제가 할 수 있는 실천은 아이들에게 보여 주고 함께할 수 있는 영상을 만드는 일이라고 생각합니다.

　항고심 패소 이후 주위 사람들은 의기소침하여 있지만 그와 반대로 저는 여전히 일을 하고 있고, 소송을 맡고 계신 이동준 변호사님께서도 대법원에 항소를 위한 준비를 하고 있습니다.

　천성산이 보여 주는 하나의 기적은 우리가 싸움의 이기고 지는 일에 관계없이 온전하게 깨어 있다는 것입니다.

　저는 천성산의 아픔과 너무도 깊이 결합되어 있는 이 시대의 아픔을 보고 있으며 천성산을 통해 이 시대의 역사를 쓰고 있기에 한 순간도 다른 곳으로 눈을 돌리지 못하고 있는 것입니다.

　만일 국제 보고서에서 이야기하듯 지구 환경 시간이 이제 3시간밖에 남지 않았다면 환경 지표종으로 멸종 위기에 처한, 인간의 법정에 선 도롱뇽은 바로 우리의 미래입니다.

　그동안 여러분들께서 함께하여 주신 공명은 미래를 위한 우리의 선택

116

이었으며 무(無)에서 일구어낸 일입니다.

저는 이쯤에서 도롱뇽 싸움의 연대체를 해체하고 활동을 정리하는 시민단체들에게 이야기하고 싶습니다.

우리들이 온 곳은 바로 그 무(無)였다고…….

함께하여 주신 마음들 오래 기억하겠습니다.

미행

2004년 12월 5일

어두운 골목길을 돌아서면서
문득 인기척을 느낀다.
언제부터인가 줄곧 미행당했던
그러나 미행이기보다는 위협이었던
거친 눈길이 느껴진다.

나는 나도 모르게 골목으로 몸을 숨기고
한동안 가슴이 두근거렸다.
그 와중에도
정작 저들은 나를 미행하는 것이 아니라
나를 유인하고 있다는 생각이 들었다.

언젠가 그들이 이야기한 대로,
스님은 폭풍우 치는 바닷가에 서 있는
무너지는 판잣집이라고,
언제든지 가둘 수 있다고 하던
그곳이 나를 유인하는 곳이다.

그럼에도 불구하고 피할 수 없는
운명이라는 것이 있다는 것을
나는 안다.

118

다시 거리에 서며

2004년 12월 8일

많은 사람들이 단식을 중지하여 줄 것을 제게 청합니다.

또한 단식이라는 저항 방법에 대하여 회의적이고 냉소적인 시선을 보내는 사람들도 많습니다.

지난 3년 동안 천성산 문제에 대하여 애정 어린 기사를 실어 주셨던 『한겨레』에 실린, 단식 중지를 권고하는 사설을 보면서…… 저 역시도 두리번거리며 저를 내려놓을 한 조각 땅을 찾았습니다.

하지만 제 눈에는 그 사설에서 생명을 아끼고 저를 염려하면서도, 한편으로는 이 사회의 부조리한 아픔을 인정하고 굴복하는 한없이 착한 인성들이 보일 뿐이었습니다.

이루어지지 않을 소박한 꿈과 믿음 속에서 하루하루를 살아가면서도 그 하늘을 덮고 있는 독재와 폭정의 유전을 인정하는―분노를 슬픔으로 바꾸는 착한 마음들을 생각하면 문득 아득하기만 합니다.

지금 이 순간, 천성산보다는 제 목숨이 중요하다고 하는 연민의 착한 눈동자 속에 담긴 한없이 순한 마음들을 기억합니다.

때때로 저는 피의 혈서인 계시록을 쓴 요한의 심정이 어떠했을까를 생각해봅니다. 우리 모두는 국토가 무너지고 황폐화되는 역사 속에 태어났으며 어쩌면 그것이 제 원력이었다고 생각합니다. 제가 보고 느끼는 것은, 절망을 미래에 옮겨놓을 수 없다는 것입니다.

자연의 분노는 이미 시작되었고 이제 이 징조들은 우리 곁으로 선뜩 내려와 있습니다. 공기가 오염되고 물이 병들고 이 땅에 뿌리내렸던 무수한 생명들이 이 땅을 떠나가고 있습니다.

그럼에도 불구하고 이 땅의 법과 행정은 경제 제일주의라는 유령의 지배를 받으면서 스스로 권력이 되어 이 사회의 중심에 서 있습니다. 또한 그 권력은 자신의 실체를 유지하기 위한 악의 세력들을 끊임없이 구축하고 있습니다.

저는 천성산 문제를 통하여 자연이 병들기 전에 먼저 병들어 버린 우리 사회의 구조적인 모순을 보았습니다.

지난 3년 동안 정부와 환경부 장관, 그리고 공단과 법원에서 작성한 재평가 협의서는 단 2박 3일의 졸속 환경영향평가로 마무리되었습니다. 또 환경영향평가에 대한 재검토 없이는 재판을 진행할 수 없다고 했던 법정은—진행을 돌연 중지하고 피고 측의 자료에 의지하여 단 한 번의 현장 검증과 사실 조회도 없이 재판을 속개하여—"법적 절차의 하자와 환경영향평가 미비의 사인이 인정된다 하더라도 40만 도롱뇽의 친구들이 그 직접적인 피해자가 아니라는" '소유권 수인한도'를 운운하며 공사 강행 판결을 내립니다.

많은 사람들은 저처럼 법률에 문외한입니다.

상세한 법적 조항과 판례에 개인적인 사견을 보탤 수 없음은 우리 모두가 잘 알고 있는 사실입니다. 그러나 법정에서 합의되었던 과정과 절차를 이행하라고 요구하는 것은 원고의 법적 권리입니다.

선거 전 대통령의 공약이 정치적이었다면, 이후 두 번에 걸친 문재인 수석과의 협의, 환경부 장관과의 협의는 지켜졌어야 했습니다.

그들은 나라의 안위를 위해 국민을 보호하고, 다른 한편으로는 이 사회의 갈등을 치유하고 공동체적 삶을 지향하기 위해 헌신해야 하는 관료들이기 때문입니다.

생명을 훼손하고 신의를 저버리는 것을 우리는 세상의 악이라고 합니다. 그것은 우리 모두가 일으켜 세우려는 경제보다 더 심각한 문제이며 개인이 범죄에 빠지고 한 가정이 불화하며 한 국가가 붕괴되는 이유입니다.

도덕적으로 병들어 가는 이 사회의 구조적인 모순과 통제되지 않는 권력과 자본 만능주의 사상이 이 사회의 악으로 뿌리내리고 있는 한 이 사회가 올바로 가리라는 희망은 없습니다.

우리의 미래는 정치적으로나 경제적으로 매우 불확실합니다.

그러나 매 순간의 삶은 원칙과 약속, 신뢰와 평등이라는 준칙 속에 올바른 지향점을 찾아 나가야 합니다.

저는 감히 애정과 존경의 눈으로 청와대 높은 담장 너머를 바라보면서 한 사람의 수행자로서 이 땅의 안위를 위해, 백두대간의 골수를 파고 혈과 맥을 끊는 재앙을 막기 위해 기도하지 하지 않을 수 없습니다.

부디 국운이 창성하고 모든 생명이 이 땅에 영원하소서.

비 오는 거리에서

2004년 12월 14일

서울에는 지금 비가 오고 있습니다.
비 오는 거리에서 우산을 받쳐 쓰고
길을 잃는 기쁨과 슬픔이 제 몫입니다.

삼청동에서 도롱뇽 전시회를 하고 계신 신형준 교수님을 잠시 뵙고
'환경과 생명을 지키는 전국 교사 모임' 선생님들과 분위기 좋은 중국 찻
집에서 맑은 차 한 잔을 마시면서 천성산 영상물 CD 보급 문제를 부탁드
렸습니다.

언제나처럼 마음을 열고 귀 기울여 들어 주는 선생님들이 계시기에
먼 길을 올 수 있었다는 생각이 듭니다.

남들도 우리처럼 사랑했을까요

2004년 12월 15일

　한 십 년쯤 전에 뉴스에서 들었던 기억입니다.

　도로 공사로 이장하는 묘에서 400년 전 요절한 남편에게 부인이 쓴 한 글 편지가 발견되었다고 합니다.

　그 편지 중 "남들도 우리처럼 사랑했을까요"라는 한 마디가 잊혀지지 않습니다.

　그 뉴스를 들으면서 우리말이 그렇게 아름답구나 하는 생각에 새삼스레 우리 말과 글에 사랑이 갔습니다.

　죽음과 생명은 당황스러울 만큼 신비적입니다.

　며칠 동안 홈페이지에 들어와 보지 못했더니 많은 분들이 걱정을 하셔서 안부 글을 올립니다. 두통과 멀미, 부종으로 고생하기도 하지만 좋은 시간을 보내고 있습니다.

　자기 머리카락으로 짚신을 삼아 사랑하는 사람을 떠나보내면서 젊은 부인이 쓴 이별의 시가 400년의 시공을 넘어 우리에게 오듯이, 지금 천성산이 겪고 있는 아픔도 말과 꿈으로 다시 우리의 마음에 공명되기를 바라면서 지금 저는 영상물 정리를 하고 있습니다.

　남들도 우리처럼 사랑했을까요…… 까닭 없이 자꾸 되뇌는 말입니다.

도반 스님과 통화

2004년 12월 16일

결제 중인 도반 스님이 전화를 했습니다.
선방에 앉아서도 마음 편치 않다고,
천성산과 함께 죽으리라고 하는 그런 표현은
수행자의 중도가 아니라고.

제가 답했습니다.
내게 불어 닥친 폭풍은 세상의 탁류를 거스르지 못했던
심약함이었다고,
삶과 죽음이라는 양날의 칼날 위에 나를 세워 놓은 저 힘들은
이제까지 수없이 흘린 억울한 피 냄새를 기억하리라고.

도반 스님은 이야기합니다.
생명의 존엄성과 연기의 세계, 법계의 실상에 대하여.
나는 못 알아들은 양 대꾸합니다.
수행자의 풍류는 때로 바람이 되어 버린들 어떠하랴고.

선원에서 정진으로 만났던 눈부심으로
서로를 거울처럼 들여다보고 있지만
우리는 마음에 남아 있는 이야기를 차마 다하지 못했습니다.

전화를 끊고 멍하니 벽을 보고 앉아 있노라니

통도사에서 새벽 예불을 보고 출가했던 일이 생각나서
눈물이 주룩 흘렀습니다.

바람처럼 살아왔던 날과
둥둥 자유인이 되리라 했던
면벽의 시간들을 세월 밖에 못질하여 두고
다만 한 점의 슬픔으로 떠돌며
아직 마음 내릴 곳을 찾지 못했습니다.

돌아앉아
제 가슴을 뛰게 했고 발심하게 했던 『기신론』의 첫 구절을
가슴에 풀어놓아 봅니다.

　　목숨 바쳐 귀의하옵니다.
　　어디서나 어느 때나
　　가장 훌륭한 일 하시오며
　　앎이 없이 온갖 것 두루 아시며
　　걸림 없이 자유자재하시사
　　이 세상 건지시려
　　크나큰 자비를 베푸시는
　　부처님이시여.
　　중생들로 하여금 의혹을 없애고
　　그릇된 집착을 버려서
　　대승의 올바른 믿음을 일으키고

그리하여 부처의 씨앗이

끊기지 않도록 하고자 합니다.

歸命盡十方 最勝業遍知 色無礙自在

救世大悲者 及彼身體相 法性眞如海

無量功德藏 如實修行等 爲欲令衆生

除疑捨邪執 起大乘正信 佛種不斷故

오랜만에 낮잠을 잤습니다.

2004년 12월 18일

이곳에 온 이후 줄곧 날밤을 새우다시피 하며 했던 「초록의 공명」 CD 작업을 거의 마무리하고 난 뒤 쓰러져 잠이 들었습니다.

이 혼란 속에서 제게 필요했던 것은 사고보다는 깊은 휴식이었던가 봅니다. 꿈속에서 저는 천성산과 하나가 된 느낌이 들었고 화엄의 언덕에 누워 있었습니다.

제 모든 근심과 피로가 바람으로 실려 갔습니다.

따스한 햇살과 삶이, 죽음이, 그 순간 함께 물들어 왔습니다.

생각해 보면 태어난 그 순간, 죽음의 연속성에서 벗어나지 못하는 우리들은 결국 죽음을 통로로 사바를 떠나게 되어 있는 것입니다. 누구도 이 터널을 통과하지 않고 갈 수 없습니다.

기실 이 세상에는 억울한 죽음도, 비장한 죽음도 없는 것입니다.

나라가 잘 다스려질 때는 농부가 임금의 이름을 모른다고 했는데, 요즘은 초등학교 아이들도 대통령을 이야기합니다. 그가 가진 카리스마, 정치력, 어리석음, 그리고 재능까지도 이야깃거리입니다.

저 같은 무지렁이 촌중까지 청와대 앞에 앉아 있는 이 현실은 온통 암울하기만 합니다.

언론과 정치인들은 온통 광분하는 시민들의 힘을 상품화하기만을 바라는 것 같습니다.

온통 지면을 메우고 나가는 그 힘!

놀라운 픽션, 새로운 소식, 잔혹한 이야기, 대형 참사와 대형 비리.

사람들은 특종에 목말라 있고 일반인들은 여과 없이 그 일을 받아들입니다. 뉴스 인기 검색어 1위부터 100위까지는 대부분 연예인들의 이야기나 남의 사생활 이야기입니다. 그것이 바로 대한민국의 정치와 언론이 하는 일입니다.

30년 전 육영수 여사가 저격당하셨을 때―대부분의 국민들은 라디오 앞에서 아무 말 없이 눈물만 흘렸습니다. 국모의 죽음을 슬퍼했고 나라의 장래를 걱정했으며 어린 자식들을 걱정했습니다.

이제 우리는 비장함은 있지만 슬픔이 없고 슬픔은 있지만 의기가 없고 의기는 있지만 진실은 덮여 버리는 이상한 시대에 살고 있습니다.

과학과 지식은 넘치도록 상품화되어 있는데 역사와 문화의 뿌리는 잘려져 가고 없고 정의와 진실은 세상의 이야기 밖에 있습니다.

바로 이것이 제가 몰랐던 세상의 이야기이며 제가 알게 된 천성산의 이야기입니다.

「초록의 공명」 영상물을 내며

2004년 12월 18일

　한동안 창을 닫고 말문을 닫았습니다.

　저는 천성산 문제를 통해 자식이 죽으면 그 울음소리를 밖으로 내지 못한다는 부모의 마음이 어떤 것인지 알았습니다.

　항고심 패소 이후 사람들은 그 결과에 무너지고 떠나갔으며

　저는 그 빈자리에 남아 소리 내어 울 수도 없었습니다.

　바람만이 지나가는 12월의 거리에 서서 제게 머물렀던 생명의 작은 풀 꽃들과 어린 눈들과 그 약속들을 생각하며 12개의 영상물을 만들었습니

다. 저는 이 영상물에 '초록의 공명'이라는 이름을 붙였고 사랑할 수밖에 없었던 천성산 이야기를 담았습니다.

저는 이 영상물을 교육 현장에 계신 선생님들과 이 땅의 모든 어머님들에게 드리고 싶습니다. 그리고 이 영상물을 누구든지 열어 볼 수 있도록 천성산 웹하드에 올려놓았습니다. 공명하여 주셔요.

(웹하드 아이디: cheonsung, 비밀번호: 1004, '내려받기' 하시면 됩니다.)

영상물 목록

1. 생명의 그물

2. 자연의 숨소리

3. 물의 정

4. 산과 숯

5. 화엄의 노래(늪 이야기)

6. 도롱뇽의 생태

7. 도롱뇽 법정에 서다

8. 자연의 놀이터

9. 기다림

10. 일천 마리의 도롱뇽을 수놓으며

11. 불꽃

12. 환경 십자가의 길

지난 4년 동안 천성산 일을 하면서 마음속으로 가장 하고 싶었던, 그러나 하기 어려웠던 일을 조금이라도 하고자, 청와대 앞에 머문 지난 보름 동안 마음을 모두 쏟아 부어 영상물 작업을 했습니다.

그동안 틈틈이 찍어둔 사진과 글과 자료들을 모으고 정리하여 1시간 정도 분량의 교육 프로그램을 만들었습니다.

하루 10시간 이상의 고된 작업을 강행하면서도 제 체력의 한계를 느끼지 못할 정도로 열중했던 일이었습니다.

그동안 함께해 주신 선생님들께 전화를 드려 열어 봐 주십사 말씀드리면서 마치 과년한 딸을 시집보내는 부모처럼 오랜만에 몸과 마음을 쉬고 싶다는 생각을 합니다.

저를 걱정하는 분들의 염려와는 다르게 저는 기적 같은 시간을 보내고 있습니다.

아침에 종로 경찰서 서장님께, 이제는 제 자신을 위한 정리의 시간이 필요하다고, 경호와 감시로부터 벗어날 수 있게 해 달라고 말씀을 드렸습니다. 청와대 앞에서 시위할 일도 없고 보고서에 기록되는 일도 이젠 싫다고……. 하긴 지난 4년 동안 그들이 한 일은 보고서를 받는 일이 전부였긴 하지만…….

늘 미행하고 감시하고 있지만, 기실은 스스로를 감시하는 눈이겠지요. 제가 법원 앞에 서고 청와대 앞에 온 하나의 이유는 그들에게도 원칙이 필요하기 때문입니다.

여동생을 보내고

2004년 12월 20일

새벽에 여동생을 보냈습니다. 함께 있었던 지난 열흘 동안 가장 힘들었던 것은 여동생을 바로 바라볼 수 없었던 일이었습니다.

제 작은 등에 업어 키운 동생이었고 아직도 제겐 초등학생으로 보이는, 그 어린 눈에 마음이 흔들리기 때문입니다.

그 어린 동생이 이제 두 아이의 엄마가 되었고 아이 둘을 맡겨 놓고 제 곁에 와 있었습니다. 그 어린 동생의 성장 과정을 나는 누구보다 잘 알고 있습니다. 가족 중에 누구보다 사랑을 많이 받았고 영리하고 침착했으며 가끔 성질이 지랄 같아서 나이 차이가 많은 오빠들도 절절 매곤 했습니다. 그런 유별난 성질머리를 다 놓고 지금 제 곁에 남아 있는 여동생은 앞으로 무슨 일이 일어날지를 직감적으로 알고 있습니다.

그러기에 먼저 말을 거는 일도 없고 누군가의 마음에 상처가 되지 않도록 제 주위의 분들에 대하여도 조심스럽게 배려하는 모습을 봅니다. 슬픔을 나눌 수는 있지만 다 나누지 못하고 남은 몫이 있다는 것을 알고 있기 때문이겠지요.

저는 불안한 마음으로 천성산으로 조심스럽게 걸어 들어오고 있는 여동생을 보면서 문득, 모차르트를 치게 하기 위하여 차가운 골방에 여동생을 가두었던 아주 오래전의 일이 생각났습니다. 모차르트를 좋아하던 저를 위한 일이었지요.

어쩌면 인연이란 그렇게 윤회하여 온 것이 아닐까 하는 생각에 스스로 흠칫 놀랐습니다. 어느 날 문득, 천성산으로 걸어 들어온 제 인연처럼……

132

고요한 밤

2004년 12월 21일

이상하리만치 마음은 고요합니다. 슬픔도 원망도 불안도 배고픔도 허기도 없이 시간들이 정리되어 가고 있습니다.

이렇게 아무런 자각 증세를 느끼지 않을 수 있다는 것이 신기할 뿐입니다. 짠 소금과 따뜻한 물 그리고 가끔씩 홀짝거려 보는 한 모금의 커피, 그것만으로 제 삶은 아직 풍요로워짐을 느낍니다.

누구에게도 침해받지 않는 작은 공간과 그리고 글을 쓸 수 있는 시간이 제 앞에 놓여 있습니다.

아직 다 못한 이야기가 있지 않을까 하고 뒤적거리다가 늘 시간에 쫓겨 뒤로 미루어 왔던 천성산 전경 사진을 정리하기로 합니다.

천성산 홈페이지는 천성산 문제를 다루었던 제 기억의 전부라고 해도 과언이 아닙니다. 인터넷의 세계를 몰랐고 컴맹이었던 제게는 늘 버거운 공간이었지만 천성산 문제에 대한 자료를 정리하고 시사화하기 위하여 많은 시간을 이곳에서 헤매 다녔습니다. 일일이 손 타자를 쳐서 올린 자료들을 스스로 대견하게 느낄 때가 얼마나 많은지.

그래서일까요. 저들은 이제 저를 공격하기에 앞서 때때로 이 홈페이지를 공격하고 있습니다. 치명적인 것은 프로그램을 바꾸는 것으로, 보이지 않는 곳에서부터 하나하나 건드려 보고 있습니다.

그것이 기술적인 일은 전문가에게 맡기라고 했던 그들이 가진 테크놀로지이겠지요. 그들이 가진 전문성으로 홈페이지를 해킹하고 도청하고 언로를 통제하고 조작해 나가고 있습니다……. 때때로 그런 그들에게 느끼는 분노는 슬픈 마음이 됩니다.

그들은 아마도 속기를 파기했듯이 이 홈페이지를 가장 먼저 손댈 것입니다. 그러나 그들이 그렇게 덮고 싶어 하는 것이 있다는 것이 아이러니하게도 제가 이곳에 있는 이유이기도합니다.

며칠 동안 곁에 있어 주었던 여동생은 집으로 돌아가더니 무슨 음모를 꾸미는지, 엉뚱한 전화를 걸어옵니다. 크리스마스가 어쩌고 하면서……하긴 제 등에 오줌을 싸기도 했던 어린 동생이니까…….

늦은 시간에 김재복 수사님을 뵈었습니다. 교육용 CD도 완성되었고 이쯤 해서 단식을 풀고 방향을 선회했으면 하고 말씀하십니다. 저는 언제나처럼 제게는 선택의 여지가 없다고 말씀드렸습니다.

이 길은 제 의지로 걷고 있는 것이 아니라 보이지 않는 힘들이 저를 길 위에 세운 것이라고…….

그러고 보니 지난밤에 꾼 꿈이 생각납니다. 거대한 톱니바퀴 속에 제가 말려 들어가 있었고 기계는 감정이 없어 멈출 수가 없었습니다.

햇볕 쨍쨍 쬐는 오후였고 사람들은 아무 감정이 없이 움직였습니다.

누군가를 소리쳐 부르다가 잠에서 깨었는데 깨어나서도 한동안 가슴이 두근거렸습니다.

한 시민단체장에게 걸려온 전화가 제 신경을 곤두서게 합니다.

그는 스님은 스스로의 그물에 걸렸다고 비아냥거리지만 저는 그물에 걸리지 않고 잘 살고 있는 그들을 경멸하지 못합니다.

다만 저는 그들이 저를 그들의 그물에 가두지 않기를 바랄 뿐입니다. 제 영혼의 자유로움에 손대지 않기를.

그것이 제가 가진 모든 것이기 때문입니다.

잔혹한 구원

2004년 12월 23일

빈속에 커피를 두 잔이나 마시고 천성산을 4백 번 이상 오르내리며 찍었던 풍경을 정리하면서 밤을 꼬박 새웠습니다.

사진들을 정리하면서 천성의 모든 숲과 계곡 속으로 발걸음합니다.

2박 3일의 환경영향평가로 터널을 뚫어도 아무 문제가 없다고 보고서를 작성하고, 하늘에서 비행기로 다섯 번이나 봤다고 하면서 전문적인 일은 전문가들에게 맡기라고 하는 사람들에 의해 잘리어지고 있을 천성산을 생각하면 차마 눈을 붙일 수가 없었습니다.

지난 봄 천성산을 답사했던 '환경과 생명을 사랑하는 교사 모임'의 김광철 선생님께서 말씀하셨죠. 이런 곳에 목숨을 걸지 않으면 어디에 걸겠느냐고.

돌아보니 저는, 후회하지 않기 위해서 사랑을 했습니다. 많은 사람들의 마음을 아프게 했던 고집스럽고 어리석은 사랑이었죠.

하지만 저는 어떠한 경우에도 천성산을 놓으라고 하는 이야기는 듣지 못하겠습니다.

일부 환경단체에서는 사후 모니터링을 운운하기도 하며 포기 못하는 저를 향해 성명서 같은 것을 내기도 하더군요. 저는 결코 그 두 가지 일을 천성의 이름으로 용납하지 않겠습니다. 어떠한 경우에도, 제가 가도 …… 천성은 남을 것입니다.

천성산을 정치적인 사안으로 만들지 않기 위해 저는 밤새워 교육용 CD를 만들었고 천성산의 영상물과 자료를 정리하고 있는 것입니다.

천성산이 지켜지고 이 땅이 살아나는 것은 구호와 이슈 속에 이합집산

하는 머릿속의 운동이 아니라 천성산의 마음, 천성산의 정신인 원칙과 순수와 열정, 그리고 대지와 생명에 대한 경외심이 살아날 때입니다.

이 점 도롱뇽의 친구들은 잘 이해하고 계시리라 생각합니다.

저는 단식 57일째인 어제, 강제 입원시키겠다고 하는 서장님께 버럭 화를 냈습니다. 그것은…… 수차례에 걸쳐 약속을 파기하고 침묵하고 있는 청와대의 지시 사항이며 잔혹한 구원입니다. 하지만 어떠한 경우에도 헐거워진 제게 손을 대는 일에 대하여 용서치 않겠습니다.

화엄벌이 자신을 태워 천성을 지켰던 것처럼 온전한 운명 속에 스스로를 태우고 이 땅을 지키기 위한 길을 걷는 것은 종교인으로서 대단한 일이 아닙니다.

돌아보니 다만 안타까운 것은 재판과 그에 관련된 일을 지속적으로 돌보아 줄 실무적인 손을 주위에 두지 못했던 것입니다. 그동안 저는 4백여 번에 걸쳐 산에 오르며 조사하고 답사하면서 모은 사진과 자료를 정리하고, 토론회를 준비하고, 홈페이지를 관리하고, 메일을 보내고, 행사를 치르는 모든 과정에서 실무적인 일을 직접 관리했습니다.

그래서 그동안 가장 오랫동안 함께했던 손정현 님과, 처음부터 함께했고 그 마음을 한결같이 지켜준 김은정 님, 그리고 멀리 광주에서 누이처럼 거두어 주셨던 행법 스님께 의논드린 결과, 이 일을 여동생에게 전달하는 것이 가장 현실적이라고 결론을 내렸습니다.(물론 여동생은 결코 이 일에 관심을 가지고 싶어 하지 않지만). 또한 홈페이지는 처음 이것을 만들어 주신 임상진 선생님과 여동생, 김택근 님과 김옥이 선생님, 몇몇 지인들께 유지 관리를 부탁드렸습니다.

쓰다 보니 어쩌다 비장한 이야기까지 하게 되었습니다.

앞날을 모르는 시점에서……머릿속을 조금 정리하여 보았습니다.

천성의 마음

2004년 12월 24일

이제 겨우 홈페이지에 천성의 전경을 담은 사진을 올리는 작업을 모두 끝마쳤습니다.

봄, 여름, 가을, 겨울……

사진을 정리하면서 천성산에서 보낸 지난 3년 10개월의 시간의 무게를 느끼지만 돌아보니 얼마만큼 천성의 마음을 이해했는지는 모르겠습니다.

다만, 이 세상에서 가장 쓸모없는 게으른 수행자를 이곳까지 불러 준 인연과 공명하여 준 모든 인연에 감사할 뿐입니다.

저는 어제의 일지에서 사후 모니터링을 반대한 제 의견에 대해, 독단적이고 아집과 독선에 타오르고 있다고 비난한 게시판의 글을 보며 잠시 마음을 흐트렸습니다. 하지만 그분이 말씀하신, 소송에서 진 모든 책임은 제가 져야 한다는 이야기에는 전적으로 공감합니다.

사진을 정리하다가 지금은 조금 잊혀진 두 장의 사진을 보니 눈물이 왈칵 쏟아졌습니다. 처음 찍은 천성산 사진이었는데, 첫 번째 사진은 산의 정상부까지 길을 내서 횡단하는 사진이며 두 번째 사진은 그 뒤 화엄벌에서 있었던 철쭉제 행사 후의 모습입니다.

철쭉제를 위하여 사람들은 산 정상까지 길을 내고, 늪의 가장 깊은 곳에 우물을 팠습니다. 일주일에 10만의 인파가 다녀간 후 아름답던 화엄벌은 마치 겁탈당한 소녀처럼 흐트러져 버렸습니다.

눈물이 많은 저는 화엄벌과 베어진 산을 보며 그냥 울기만 했고, 어느 때는 울기 위해 산에 갔습니다.

소리 없는 슬픔은 그렇게 제게 왔고, 그렇게 한참을 울고 나면 저도 모르게 슬그머니 독한 마음이 일어 산과 거리를 헤매 다녔습니다.

그러나 그 독한 마음은 사람들에게 조금씩 이해되었고, 사람들은 포장까지 되었던 도로를 걷어내고 그 길에 나무를 심었으며 화엄벌은 습지 보존 지역으로 지정되어 보호되고 있습니다.

그것이 천성산이 저를 부른 첫 인연이었습니다. 이제 다시 천성은 저를 부르는데 아직 저는 저를 부른 천성의 마음을 읽을 수가 없습니다.

지난 청와대 앞 단식 농성장에 찾아온, 처음부터 천성산 문제에 관계했던 문재인 수석님께 말씀드렸습니다. 아픈 자식을 버리지 못하는 부모의 심정을 이해해 달라고…….

그러나 그는 여전히 아무것도 이해하지 못하고 있는 모양입니다.

비록 들어 줄 귀가 없는 그들이지만 제게는 아직 할 이야기가 남아 있습니다. 이 창은 바로 들으려고 하지 않고 보려 하지 않는 그들을 위한 창이기 때문입니다.

박명한 사랑

2004년 12월 25일

내원사의 주지 스님이 올라오셨습니다.

저를 만나기 전에 모처에서 청와대 사회문제수석실의 남영주 비서관을 만났다고 합니다. 그는 문재인 수석과 코드가 가장 잘 맞는 비서관으로, 노무현 정부 출범 이후 처음부터 천성산 문제에 관여하면서 고속철도 문제를 제기했던 지역 주민과 이해 당사자를 논의에서 제외하고 부산의 일부 시민단체들과 문제의 노선 재검토 위원회를 구성했던 장본인입니다. 입각하기 전의 운동 경력 때문에 시민사회단체와 가장 코드를 잘 맞춘다는 평이 있는 사람이기도 합니다.

언젠가 저는 그에게 그런 이야기를 했었습니다.

당신들의 첫 번째 실수는 페어플레이를 하지 않은 것이라고.

집권 초기부터 노무현 정부는 공사 강행을 위해 고속철도 문제와 직접적인 이해관계가 있는 부서가 아닌 문화관광부에 천성산 문제의 대책반을 두고 절집을 드나들었고, 고속철도공단의 이사는 내원사를 방문하여 천성산 문제를 덮어 주면 수십억의 보상금을 지원하겠다고 하는 등 제게 영향력을 미칠 수 있는 조직과 집단에 대하여 그들 식으로 정치력을 발휘하고 있습니다.

어떤 의미에서 이 싸움은 바로 그렇게 정치적으로 옮겨간 집단과의 싸움이었습니다.

천성산 문제를 통해 제가 느끼는 본질적인 문제는 이 사회에 만연되어 있는 거짓되고 박명한 사랑으로, 그 본질은 이 사회 권력의 구성원들이 공익과 다른 사람의 아픔에 도덕적으로 무감각하다는 것입니다.

적당한 권모와 술수가 정치적인 능력으로 인정받는 이 사회에서 도덕적 감수성은 한번쯤 앓고 아물어 버리는 생채기 같은 것이 되어버렸습니다.

하지만 우리가 도덕적 감수성과 선에 의지할 수 없다면, 모든 종교와 법과 철학, 예술과 인문학은 이 사회에서 어떤 가치가 있을까요.

또한 국가와 가족, 학교와 직장, 이웃과 형제, 동료와 친구 등 '우리' 라는 울타리는 무엇을 의미하게 될까요.

그것이 바로 제가 빠져 있는 딜레마이며 내려놓지 못하고 있는 십자가입니다. 오늘도 서울 전교조 지부장님과 집행위, 그리고 부산 전교조 선생님들께서 올라오셔서 이제 그만 단식을 풀고 운동 방향을 전환하여 함께할 수 있는 일을 찾자 하시지만, 제 건강을 염려하시는 진정성에도 불구하고 그 마음으로 선뜻 내려설 수가 없었습니다. 제가 내려놓는 아픔에 겹쳐지는 이 사회의 더 큰 재앙들을 생각하지 않을 수가 없기 때문입니다.

밤거리에 서서

2004년 12월 30일

1.

부산에서 올라오신 도롱뇽 친구들의 법적 대리인이신 전교조 박영관 선생님께 의지하여 외출을 하였습니다.

이것은 어둠, 이것은 거리의 불빛, 이곳은 책방, 이곳은 좁은 골목길, 이것은 거리의 포장마차.

눈으로 키워 온 한 세계가 눈앞에 펼쳐 있고
또 한 세계에서는 이방인으로 떠돌고 있지만,

손잡고 가면 나락이라도 함께 가고픈 꿈이
어찌 저라고 없었을까요?

연애나 혁명을 꿈꾼 일도 없는데,
까닭 없이 문득, 고독해지는 시간만이 남았습니다.

그 숙연함 때문에…… 저를 키워 온 모든 것을 떠나
목숨을 바쳐 귀의했던 그 순간으로 마음을 내립니다.

至心歸命禮
至心歸命禮

至心歸命禮

2.
별이 없는 서울 하늘에서 별 하나를 보았습니다.
유성은 길게 꼬리를 물고 관악산 너머로 떨어졌습니다.

눈으로 우주의 신비를 보았던 그 순간
우리는 열심히 소원을 빌었습니다.

여우 우는 소리가 마을을 삼키던
그리 오래지 않은 날들의 이야기입니다.

문득, 어딘가 머리 위에 별이 있다고 하는
진열대의 모형도 앞에 서서 소원을 빌고 있는 저를 봅니다.

―어릴 적 보던 별 하늘을 돌려 달라고.

3.
화려한 불빛을 벗어나
한 발짝만 내딛으면
세상과의 연결은 모두 끊어집니다.

제 가난한 꿈들은 어쩌면 저들에게 빌려 온 것입니다.

천성산에는 아름다운 두 개의 신화가 있습니다.

그 하나는 원효 스님께 불교의 최고 경전인 화엄경을 들었던 1천 명의 제자가 모두 득과하여 성인이 되었다고 하는 인연 설화이고,

또 하나는 같은 시기 한 비구니가 1천 명의 남정네와 잠자리를 한 후 성인이 되었다고 하는 이야기입니다.

여자가 귀했던 당시 가난했던 사람들은 감히 여자를 꿈꿀 수 없었던 때의 이야기입니다.

보살은…… 자신의 원을 이루기 위해 세상에 와서 세상에 물들지 않고 그 마음의 청정함을 따라 국토를 청정하게 한다 하였습니다.

(어쩌면 저는…… 그 두 분에게 몸과 마음을 의지했던 빚을 갚으려고 이곳으로 낙향와 길을 잃어버렸는지도 모르겠습니다.)

至心歸命禮
至心歸命禮
至心歸命禮

첫날입니다 — 노무현 대통령께

2005년 1월 1일

　감히 저는 이 '창'을 당신의 이름으로 열었으며 귀가 있어도 듣지 못하고 눈이 있어도 보지 못하는 높은 담 속의 낮은 창이 되기를 바랐기에 첫날의 문안을 드리지 않을 수 없습니다.

　당신은 올 한 해는 큰일은 없을 것이라고 이야기하셨습니다.

　저 역시도 나라의 국운을 생각하며 같은 마음의 기원을 드렸습니다.

　방금 전 저는 당신을 염려하는 분과 만나고 돌아왔으며 그분의 충정을 알기에 지금 제가 처해 있는 위치가 어떠하다는 것도 잘 느낄 수 있었습니다. 지금 저는 세상의 불길에 던져져 있고 제 주위에는 잘 타는 마른 장작들이 산처럼 쌓여 있습니다.

　선악을 떠나 '우리'가 감당해 내지 못한 '이 시대의 태산 같은 무게'는, 어쩌면 남아시아 지진해일의 재앙에서 보듯이 자연의 분노 앞에 무방비 상태로 있는 티끌과 같은 무게일 뿐입니다.

　돌아보면…… 그 한 티끌을 내려놓는 일이 어찌 그토록 어려운 일이었을까 오히려 의아합니다.

　밝아오는 을유년…… 제게는 그 한 티끌을 내려놓을 한 조각 땅이, 당신에게는 태산 같은 시대의 무게를 내려놓을 지혜가 열리기를 바랄 뿐입니다.

천성산의 수의

2005년 1월 4일

『오마이뉴스』에 실린 '민관 공동 점검팀'의 기사를 보며 문자 그대로 만감이 교차하는 착잡한 심경을 금할 수 없습니다.

지난 2003년 2월 부산 시청 앞 광장에서 있었던 1차 단식 때, 대통령의 뜻을 믿어 달라고 했던 문재인 수석이 방문한 후의 상황과 똑같은 수순을 밟고 있는 정부의 모습을 지켜보며, 그동안의 진행 경과를 정리하여 봅니다.

물론 우리가 이 세상의 모든 일들을 다 알 수는 없지만 참으로 이해할 수 없는 일이 많이 있으며 참으로 잊고 싶은 일들이 때때로 있습니다.

지난 2003년 부산 시청 앞에서 있었던 1차 단식 중에, 제 손을 잡고 백지화 상태에서 원점에서 재검토하겠다고 했던 정부는, 처음 문제를 제기했고 지속적으로 활동하던 천성산 문제의 이해관계자들을 제쳐 두고 부산 환경련이 주도하는 시민 대책위와 '노선 재검토위'라는 이름의 협의체를 구성하여, 평균 최소한 1년 이상 걸리는 영향평가를 겨우 한 달 만에 끝내고는 기존 노선 외에 대안이 없다는 '사회적인 합의'를 끌어냅니다.

그 과정에서 당시 부산 금정산 대책위 활동을 하고 있던 부산 환경연합은, 연대하고 있던 천성산 대책위원장인 저와 내원사 주지 스님의 명의를 도용하여 공문을 작성하고 천성산 문제의 대표성을 위임받았다고 하여 천성산 문제의 정부 협의 통로를 단일화시켰습니다.

당시 저는 노선 재검토위가 구성되고 있었다는 것을 신문 보도를 통해 알았으며, 지역 주민과 이해 당사자가 제외된 협의체에 대하여 지속적으로 공문을 보내 이의를 제기했지만, 남영주 수석은 부산 환경연합에서

146

위증한 문서를 믿었다고 합니다. (그들 사이의 믿음은 언제나 참으로 잘 공감되는 듯합니다.)

이후 부산 환경련이 주도적인 역할을 한 시민종교대책위와 정부 간의 협의체에서 논의가 진행된 45일 동안 저는 7,8월의 삼복더위 속에 협의체의 부당함을 알리기 위해 부산 시청 광장에서 3천배 기도를 봉행하였으나, 민관 공동 협의체는 기존 노선 외에는 대안이 없다는 결론을 내리고 공사 강행과 발주에 들어갑니다.

이후 잘못 진행된 결과를 인정할 수 없었던 내원사 스님 30여 분과 수녀님, 교무님들은 부산역에서 천성산 정상까지 7박 8일 동안 삼보일배에 들어갔습니다. 한편 저는 45일간 2차 단식을 시작했고 이후 도롱뇽 소송을 진행하게 됩니다.

이후 천성산 대책위는 부산 환경련에게 정식으로 공문을 띄워 연대 관계를 해체했습니다. 그 후 2차례에 걸쳐 도롱뇽 소송을 진행하고 100일 동안 현장을 고수하고, 58일간 3차례의 단식을 하고 수차례에 걸쳐 홍보와 문화 행사를 하는 동안 단 한번도 부산 환경연합과 천성산 문제를 논의한 일이 없고 함께 일을 진행한 사실이 없었습니다.

그럼에도 불구하고 지난 1월 7일, 환경부와 낙동강 환경관리청은 천성산 문제의 '민관 합동 점검팀' 구성을 천성산 대책위나 양산 지역 시민단체를 제쳐 두고 부산 환경련에 의뢰하였으며, 『오마이뉴스』 기사에 의하면 천성산 대책위를 배제시킨 이유를 '고속철도 공사 자체를 반대하는 사람들과 함께 조사를 할 수 없기 때문'이라고 했다 합니다.

돌아보면 지난여름 58일 단식 중에 사회문제실의 황 비서관이 이미 시민단체와 협의가 다 끝난 일을 스님 혼자 왜 그러는지 이해가 되지 않는다고 의아해하던 일이 생각납니다.

저는 이것이 이 사회에 만연되어 있는 부조리한 관성이며 정부가 일을 진행해 가는 관행이라고 믿고 싶지 않습니다.

그러나 믿고 싶지 않은 이 일들이 계속 유전되고 반복되고 있는 이 현실을 우리는 어떻게 이해해야 할까요…….

원칙과 도덕성을 물으며 이 산하를 살려 달라고 절규하는 한 비구니의 목소리를 땅에 묻기 위해 정부와 환경부가 돌연 내놓은 카드는, 지난날 민관 협의체를 구성하여 면죄부를 주었던 바로 그 시민단체와의 '민관 공동 점검팀' 구성이었습니다.

돌아보면 지난 4년 동안 제가 요구했던 것은 단 한 가지뿐이었습니다.

그것은 10개의 법적 보존 지역을 관통하여 가는 터널에 대하여 그것이 어떠한 문제가 있는지(혹은 없는지) 제대로 된 영향평가를 받아 보고 싶다는 것이었습니다. 그것이 그토록 힘든 일이었을까요.

비행기에서 5차례 내려다보고 대안이 없다고 하는 그런 검토가 아닌, 2박 3일 동안 현장을 돌아보고 문제가 없다고 하는 그런 보고서가 아닌, 도롱뇽 한 마리 살지 않는 죽은 산이라며 뭇 생명을 돌보지 않는 그런 영향평가가 아닌…….

우리가 정말 이해하기 힘든 것은, 노선 재검토 및 환경영향평가 재검토는 대통령이 공약하고, 경남 도지사와 부산 시장이 공약하고, 건교부 장관과 환경부 장관이 협의하고 약속한 일이며 공단과도 수차례에 걸쳐 협의되었고 심지어 법원에서도 재검토하겠다고 했지만 단 한 차례도 그 원칙이 지켜지지 않은 것입니다.

이것이 진정으로 이 시대가 짊어지고 있는 태산 같은 무게일까요.

이 창을 찾고 저를 찾아오는 많은 분들은 제게 이제 그만 단식을 풀자 하시며, 남아 있는 많은 날들에 대한 꿈같은 이야기들을 하십니다.

148

그러나…… 저의 단식은 도덕적으로 병들어 버린 이 사회에서 제가 짊어져야 할 십자가였습니다.

어처구니없는 일이었지만 부산에서 내려온 손정현 국장님과 전교조 교육위원 박영관 선생님께서 청와대 남영주 비서관을 만났다 합니다.

제 목숨을 구걸하기 위하여 두 분은 최소한 천성산 사후 모니터링이라도 하게 해 달라고 부탁하셨습니다.

그러나 남 수석의 답변은 부산 환경련이 관계하지 않는 모니터링은 함께 할 수 없다는 것이었다고 합니다. 결국 협의는 진행되지도 못하고 무산되었으며 이 일로 선생님께서는 공연히 제게 누만 끼쳤다시며 송구해하셨습니다.(정부는 언제나처럼, 한쪽으로는 대화를 가져 보자고 하면서 다른 한쪽으로는 지난날 노선 재검토위에 함께했던 부산 환경련에게 공문서를 보내 천성산에 관한 민관 공동 점검팀의 문제 등 사후 논의를 계속하고 있었습니다.)

그들은 지난 1년 동안 정치와 조직의 논리로 천성산 문제를 매장시키고 허울 좋은 민관 협의체 구성으로 여론을 무마하고 작금의 상황으로 몰고 온 장본인들과 함께 다시 천성산의 수의를 짜겠다고 합니다.

적의를 가진 사람들은 무기를 들고 오는 것이 아니라 언제나 미소와 이익, 우정을 담보로 했으며 마지막 칼을 꽂은 사람은 적이 아니라 언제나 동지였습니다.

고향의 정기를 끊고 고향에 돌아오지 못할 사람이 되지 않겠다던 노무현 대통령이 그랬고 대통령의 뜻을 믿어 달라던 문재인이 그랬으며 사람 좋아 보이는 남영주 국장이, 부산 환경연합의 구자상이 그러했습니다.

저는 사람들에게 이 문제만은 기억해 달라고 말하고 싶습니다. 제가 천성산 문제에 뛰어 들었던 것은 사회 · 정치 문제가 아니라 생명과 윤리의 문제로서였다고. 그러하기에 천성산 문제는 부도덕한 사회의 현실 속에서 도덕적으로 승리해야 한다고 믿고 있습니다. 또한 이 사회의 보이지 않는 준칙인 도덕은 평등하게 그들을 벌할 수도 있어야 한다고.

선후와 시비를 가릴 수 없는 정치판처럼 이익과 명예를 담보로 움직이는 그들은 어쩌면…… 제가 떠나고 나면 가장 먼저 달려와 마른 눈물로 곡하며 또다시 명분을 축적하려 할 것입니다. 천성산의 수의를 짜기 위하여…….

마음의 빚

모든 것을 놓으라 하신 행법 스님께

텅 빈 머리를 흔들고 일어나
자전거를 타고 어딘가 가고 싶다는 생각을 했습니다.

맑은 공기와 자전거만 있으면
어디든지 갈 수 있다고 믿었던 스무 살의 꿈,
바람, 공기, 햇살, 나무, 텅 빈 논, 논가의 새 한 마리……
그 모든 것들에게 이름을 불러 주며 달리던 자전거 길,
눈을 감으면 아직도 여전히 오르고 내리는 길,
이름을 불러 주어야 할 것들…….
그것이 마음의 빚이었음을 오늘 비로소 알았습니다.

도롱뇽의 친구들께

2005년 1월 7일

　많은 분들이 제 단식 문제에 대하여 여러 가지로 심려하시는 것을 보고 듣고 있습니다. 제 주위에는 저를 회유하기 위해 오시는 분들이 계시며 그분들은 늘 세상이 변하지 않는다거나…… 변한다거나 하는 둘 중 하나의 논지를 이야기하십니다.

　저는 우리가 꿈꾸었던 기적 같은 소망이 이루어지지 않았다고 좌절할 필요는 없다고 생각합니다. 세상은 유전되어 가고 모두가 허상이라 해도, 저는 지금과 같은 순간을 선택하는 데 주저하지 않았을 것입니다.

　사람들은 저도 모르게 모든 것을 자기중심적으로 생각하고 이해합니다.

　저 역시도 그런 면이 있었음을 부인하지 못하며 목적과 수단이라는 두 측면에서 고요하지 못했음을 인정합니다.

　저는 후회하지 않기 위해 천성산 일에 뛰어들었습니다.

　10년, 20년 후에 천성의 늪과 계곡을 지나면서, 예전엔 이곳에 늪과 사철 마르지 않는 계곡이 있었고 많은 생명들이 살았다고, 이 계곡에는 수달과 원앙, 도롱뇽이 살았다고 이야기하며 무너져 가고 있는 산과 강과 하늘을 바라 볼 용기가 없었습니다.

　겁 많고 소심하고, 수선스럽고…… 그러나 마음을 옮기는 일에는 서툴렀던 수행자로 기억하여 주시기를 바랍니다.

　제가 보고 겪었던 모든 일들은 지금 이 사회에서는 늘상 있어 왔던 일이며 아무렇지 않게 통용되고 있는 일이라는 것이 오히려 제가 물러서지 못하는 이유이기도 합니다.

　믿음을 주시고 함께해 주신 시간들 잊지 못할 것입니다.

한결같이 지켜 주시고 기도하여 주신 모든 분들께 감사드립니다.

제가 머무르고 싶었던 곳을 기억하여 주셔요.

여윈 마음의 답글을 드립니다.

2005년 1월 8일

珊瑚寢牀行淚

半思君半恨君

산호 베게 위에 흐르는 두 줄기 눈물이여.

반은 그대를 사모함이며 반은 그대를 원망함이네.

(어지러운 마음을 풀고 시창〔詩窓〕을 열어 봅니다. 새 글은 읽혀지지 않고, 게
시판에 글을 남겨 주신 분들께 빛바랜 사진첩의 사진들처럼 기억에 남아 있는 한
편의 시로 여윈 마음의 답글을 올립니다.)

다시 벗에게

2005년 1월 10일

푸른 산과 흰 구름으로 수행처를 삼고 소나무 바람 소리를 마음을 아는 벗으로 삼으라 했던 옛 어른들의 말씀을 버리고 세상 밖에 나와 4년의 시간을 허송했습니다.

모름지기 중은 칭찬할 덕도 비방할 허물도 없어야 한다 했는데 어쩌다 아지랑이 세상에서 길을 잃고 보니 발길 닿는 곳마다 형극의 길이었고 마음 닿는 곳마다 애증의 길이었습니다.

그 속에서 저는 조석예불을 잊었고 부처님이 말씀하신 중도를 버렸습니다. 벗들도 머리를 돌리고 마음은 갈등하고 몸은 야위고, 어쩌다 인고의 자리까지 떠밀려 왔습니다…….

그러나 천성의 늪가에서 맺었던 언약을 위해 천성의 물길을 따라 걸어왔던 길이었으며 꿈에서는 언제나 부처님 그늘을 그렸고 낮은 침상에서 마음 쉰 날 없었습니다.

그러나 벗이여 슬퍼하지 마셔요. 어지러이 날리는 허공의 꽃에 마음을 헛갈리며 때때로 바람을 좇고 구름을 좇고 있으나 저 하늘 어딘가에 구름과 바람 아직 남아 있으니…….

지난 4년 동안 거리에 섰던 이야기를 누가 물으면 무엇이라고 말해야 할까요. 죽음에 이르도록 달리면서 바람에 머리를 헹구지 않으면 숨이 막혀 버릴 것 같았다고 이야기하면 누가 믿어 줄까요.

날이 선 칼날 단두대 아래서 한 몸이 둘로 나누어지는 그 찰나의 순간을 생각하며 항시 긴장해야 했습니다. 우리는 둘이라고…… 동지와 적

154

도 둘이었고 사랑과 분노도 둘이었고 꿈과 현실도 둘이었고 칭찬과 비난도 둘이었고 수행자의 초졸(憔悴)함과 아만(我慢)도 둘이었습니다.

그러나 70일의 허기를 견디어 내고 난 후, 제가 가져가야 할 둘의 절망이 갑자기 보이지 않습니다. 사랑해야 한다는 생각이 문득 들었습니다
…….

원장 스님께

2005년 2월 1일

조계사 대웅전에서 철야 정진 기도를 한다는 이야기를 들었습니다. 집 나간 탕자처럼 떠돌던 마음을 거두어 주시니 오히려 몸과 마음을 내릴 곳이 없습니다.

티끌처럼 낮아지고 가벼워져야 제 원력도 끝이 날 것 같습니다.

바라건대 천성산과 함께 한 모든 인연을

자애로운 마음으로 거두어 주소서.

초록의 공명

세상이 빛과 소리로만 다가오던

투명한 유년의 기억으로

빛처럼 한번 날아 봤으면…….

해오름

천성의 정상에서
해오름을 보았습니다.
어둠에 갇혀 있던 생명들을 향해
빛이 온화하게 번져 가는 것을 보았습니다.
고요한 바다를 황금빛으로 물들이고
구름 위로 날아가는
한 조각 빛을 보았습니다…….
아침마다 들창으로 찾아오던
밝은 빛들이 하늘 높이
날아오르는 것을 보았습니다.
그 빛들을 안고 높이 나는 새처럼
밝고 가벼운 마음으로
웃으며 만났으면 좋겠습니다.

안적암 가는 길

안적암 가는 길엔 언제나 꽃비가 내렸습니다.
땅 위에서나 하늘에서나…….

마당엔 항상 풀이 가득했지만
그것이 가꾸지 않은 아름다움인 것을 알았습니다.

주지 스님께서는 저를 보고 늘 말씀하셨죠.
스님은 천성산을 지키기 위한 원력으로 이 땅에 온 것이라고,

저는 그럴 때마다 힘들다는 이야기를 못했습니다.

3년 전 저희는 이 아름다운 작은 암자의 법당 안에서
천성산 수호를 위해 '생명의 대안은 없다'고 하는
모임을 가졌습니다.

하지만 생명의 대안이 없다고 하는 명제에서 시작된
천성산 문제는 아직도 그 답을 찾지 못하고 있고

제게는 아직 지켜야 할 약속이 있습니다.

안적의 계곡을 오르다

이 아름다운 계곡에 빨간 측량 깃대가
꽂혀 있는 것을 보았던 순간,

제 가슴에 느꼈던 진동을
저는 잊을 수가 없습니다.

사람들은 제가 무모하게
천성산에 목숨을 건다고 이야기하지만

그것은 제가 세상의 아름다움에
탐닉했던 벌이었고

저는 그 벌을 피해 다른 세상으로
옮겨 갈 자신이 없었습니다.

천성산은 제가 사랑한 세상의
아픔이었기 때문입니다.

입춘

두터운 얼음장 밑으로
봄물 흐르는 소리

푸른 빛일까 검은 빛일까
아프디 아픈 검붉은 빛일까

아직 겨울잠에서
깨어나지 못한 도롱뇽의 꿈처럼

이 모든 것이
지나가는 겨울바람이었으면

기도하여 주셔요
홀로 피운 마음의 꽃

겨울바람이
꺾어 가지 못하듯이

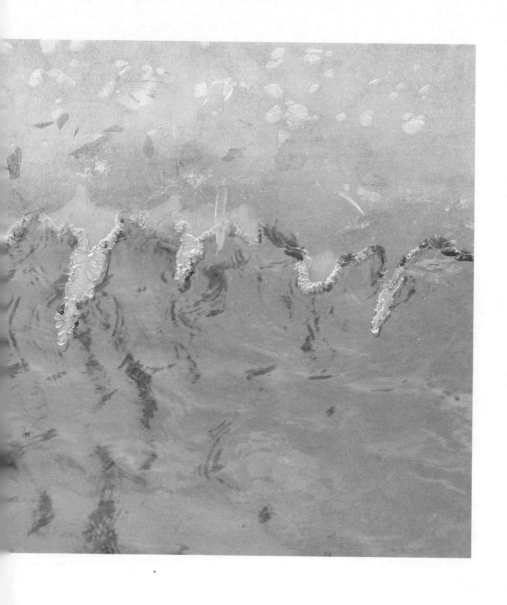

평산 저수지에서

무지개 폭포 끝자락에 앉아
물수제비를 던져 넣습니다.
한 점,
두 점,
세 점,
물은 그림자를 만들지 않고
공연히 나무 그림자만 흔듭니다.

7월의 빛

살아있는 모든 것이 빛으로 흩어지고
죽어 버린 모든 기억들이 다시 살아나는
숨 막히는 7월의 빛 속에서 길을 잃었습니다.

금강 하구에서

낙조가 아름다운 금강 하구에 배가 한 척 떠 있습니다.
우리의 꿈을 실어다 바다에 풍덩 빠트리기 위해
배는 지금 꿈꾸고 있는 듯합니다.
꿈꾸는 사람들을 실어 가기 위해
어쩌면 오늘 밤은 서해의 끝머리를 비행하는
새들의 군무를 싣고 우리의 꿈으로 올지도 모르겠습니다.

생명의 숨소리

혹자는 전쟁과 살인, 대규모 참상이 자행되고 있는 세상에서
풀잎과 풀벌레의 이야기는 동화라고 저를 비난하기도 합니다.

하지만 이 풀잎과 풀벌레의 이야기가 아니라면 우리 마음에 작은 자비
의 씨앗이라도 심을 기회는 영영 없어져 버리고 말 것입니다.
작은 풀이나 풀벌레를 함부로 밟지 못하는 사람은 결코 살상의 무기를
들지 못하며, 다른 이의 불행을 지나치지 못하며, 자신의 양심을 속이는
일을 쉽게 하지 못합니다. 그들의 마음이 자비로 무장되어 있기 때문입
니다.

새만금 걷기에 함께하며

'환경과 생명을 지키는 전국 교사 모임' 선생님과 학생들이 함께하는
새만금 바다길 걷기에 참여하면서

아픔의 땅에서 사람을 만나는 것이
바로 희망이라는 생각을 했습니다.

만경의 갯벌에서 무지개를 보고
비 개인 하늘을 날아가는 바닷새를 보았습니다.

부지런히 기어가는 작은 게는 바다의 넓이를 모르고
얕은 물에서 노는 망둥이는 바다의 깊이를 모르려니 했더니
바다의 깊이와 넓이는 바람이 전해 준다 합니다.

해창 갯벌에서 만난 나무 장승에게
'이 작고 여린 생명들을 단단히 지켜 내라고'
슬그머니 주문을 걸어 두고 떠나왔습니다.

(기적 같은 하나의 바람은,
우리 모두가 이 땅이 살아 있다는 것을 깨닫고
바다와 숲의 영성으로 깨어났으면…….)

운문사에 다녀와서

솔숲이 아름다운 운문사에 다녀왔습니다.
도반(道伴)이 있다는 것은 참 행복한 일입니다.
혼자가 아니라고,
아픈 눈으로 배웅하고 돌아서는 뒷모습과
고요한 산사의 적요함을 뒤로 하고

열차를 타고 돌아오면서
마음에 그어지는 사선 하나를
차창 밖의 풍경에 실어 보냈습니다.
마음의 고향을 떠나오는 길입니다.

학교 앞 헌책방

낮보다 더 화려한 도시, 서울, 밤거리.

추억이라곤 없는 곳이라고, 길을 잃었다고 생각했습니다.

그렇게 걷다 문득 불이 켜져 있는 낯익은 헌책방이 눈에 띄었습니다.

설마…… 하고 기웃거리니 서점 아저씨께서 나오셔

'필요한 책이 있습니까' 하고 물으십니다.

제가 당황하여 물었습니다.

혹시 저 기억하세요.

글쎄요…….

낯선 이방인의 이 질문에 아저씨의 얼굴에는 당황한 빛이 감돌았습니다.

저는요…… 국민학교 4학년 때부터 이 책방 단골이었는데요.

용돈이 귀했던 어린 시절 이 헌책방은 우리들의 물물교환 장소였습니다.

그 뒤로도 수십 번을 더 드나들었던 단골을 아저씨는 기억 못합니다.

그러셨군요……. 그때는 경기가 좋았죠.

환하게 웃음이 퍼져 가는 아저씨의 모습에서 스무 살 청년의 모습이
번져 갔습니다.

아주 어린 추억이지만 아저씨는 지금처럼 말씀하셨죠.

책을 좋아하다 보니 책방을 하게 된 것이라고.

아시나요.

아저씨는 지난 40년 동안 두 평 남짓한 헌책방을 지키고 계셨던 것이
아니라 우리들의 어린 추억을 지키고 계셨다는 것을…….

불꽃

천성산은 아무 말 하지 않았으나
정부는 갖가지 모습으로 여섯 번을 다녀갔다.
그들에게 요구하지 않았으나
그들 스스로 국민에게 했던 여섯 번의 약속을
힘과 권력 혹은 자본의 논리로 회유하며 스스로 돌보지 않았다.

생사를 넘나드는 단식 현장에서
죽어가는 한 생명에게 무릎 꿇었던,
믿어 달라던 그 마음들은
목숨을 걸고 살려 달라고 외치던 한 중생에 대한
가엾은 눈 흘김이었던가.

그러나 우리는 본다.
원칙과 신뢰를 저버리고 굳게 빗장 친
그들의 문 앞에서 소리 없는 분노로 일어나는
생명의 움직임을
대통령, 문재인 수석, 환경부 장관, 관변 단체
그리고 스스로 법정의 엄중함을 버린 사법부의 관행을

어제의 일이라면
우리의 몸짓은 오늘이다.

파도가 가만히 일렁이는 것을 보라.
첫 번째 파도는
가만히 두 번째 파도를 불러온다.
그러나 일곱 번째 파도는 살아 있다.
여섯 번의 약속 파기가 하나의 화살이라면
이제 그 마지막 화살이 날아간 곳을 보라.

이제 40만 도롱뇽 친구들은
부정이 만연한 이 사회에서
무너지고 있는 이 산하를 위하여
생명의 불이 되고 물이 되고 역사가 될 것이다.

원흥이 마을에서

친구를 만나기 위하여 원흥이 마을에 갔습니다.
도롱뇽의 유일한 양서류 친구인 청주 원흥이 방죽의 두꺼비.
봄이면 산란하기 위하여 내려왔던 이 작은 늪이
원흥이 마을의 마지막 희망입니다.
그러나 두꺼비 친구가 살았던 아름다운 작은 늪은
지금 거대한 포크레인에 의해 무너져 가고 있었습니다.
원흥이 마을은 지금 힘겨운 싸움을 하고 있고
돌아오는 내내 마음이 아팠습니다.
누군가는 수십만 평의 골프장을 건설한다며
산을 허물고 바다를 메우는데
우리는 생명이 살 수 있는 작은 방죽 하나 지키기 위해
수십만 배의 절을 올리고 단식을 하고
때로는 둔기에 맞아 피 흘립니다.
절망만이 우리의 몫이라고,
무관심하게 멀어져 가는 사람들 속에서…….

그러나 우리 다시 한번 생각해 봐요,
원흥이를 지키기 위하여 빛나는 눈망울들과 낮은 발걸음들을.
우리가 돌아올 수 있도록 길을 만들어 주세요.

아픔의 땅 계화도에서

부안에서 버스를 타고 아픔의 땅
계화도에 내렸을 때는 어둠이 내리고 있었으며
갯가에는 갯벌에 나갔던 우리의 아버지, 어머니들이
돌아오고 계셨습니다.

그분들은 갯벌이 죽어 가는 것을 보면서
비로소 갯벌이 생명의 땅이라는 것을 알게 되었습니다.

그들은 뒤늦게 찾아온 이 회한으로 바다를 더 잘 알게 되었으며
바다가 부르는 노랫소리를 더 잘 듣게 되었습니다.

세상의 아픔에 참여한다는 생각을 하며 계화를 떠나오면서
계화에서 만났던 사람들을 생각하니 릴케의 시구가 떠올랐습니다.

─너를 사랑하노라
아직도 사랑하노라
세상이 무너져도
갈갈이 깨어진 그 조각에서
내 사랑의 불꽃은 타오르거니……

우리가 할 수 있는 일은 이렇게

갈갈이 깨어진 불꽃으로
타오르는 일인지도 모르겠습니다.

옛 마을을 지나며

영주 강연 길에 오래전에 잠시 머물렀던
산촌 마을을 찾아가 보았습니다.
20리 길을 걸어가면 만나는
소나뭇길이 아름다운 작은 오지 마을입니다.

토굴은 무너질 듯 기울어 있었고
문짝은 뜯겨 나갔고 마당엔 풀이 가득했습니다.

창고 문을 여니
박쥐가 이미 주인이 되어 있었고
처마 밑엔 벌들이 집을 짓고 있었습니다.

마을에 풀어 놓은 닭들도 저를 피해 달아나고
송아지는 놀랐는지 엄마소를 부릅니다.
그들에겐 이방인이 되어 버린 제 방문이 반갑지만은 않은 듯합니다.

그래도 동네 어른들은 모두 나오셔
TV에서 봤다시며 눈물을 글썽이며
한동안 잡은 손을 놓지 않으십니다.

등을 떠밀려 들어가니 때도 아닌데 밥상을 차리십니다.
짠지 반찬 한 가지로 오랫동안 참아 왔던 허기를 채웠습니다.

돌아오는 길은 할아버지 경운기에 몸을 실었습니다.
마음의 고향을 떠나오는 길입니다.

나무 이야기

몸은 연일 계속되는 폭염의 열기 속에 갇혀 있으면서
마음은…… 살이 나간 부채를 들고
하늘이 파랗고, 뭉게구름 둥실 흘러가던
어릴 적 고향, 미루나무 정자 아래로 나가 봅니다.

동네 어귀의 커다란 미루나무와
나무 위에서 보던 세상의 이야기
나무 타고 놀던 동무들과
귀밑머리 하얀 할머니께서
나무 아래서 우리를 기다리고 계신 곳
그곳이 우리의 마음의 고향입니다.

계절을 옮기는 비

폭염 뒤에 쏟아지는 한 줄기 빗줄기가
분노와 슬픔에 내리는 해갈의 기운이면 좋겠습니다.
하늘은 평등하게 만물을 사랑하라고 하는데
우리의 사랑은 언제나 조각이 나고 맙니다.

변호사님께서 배려하여 주셨던 사무실을 인사도 없이 옮겼습니다.

창밖으로 보이는 회색 건물들, 그리고 법원 건물을 마주하고 있는 것
이 문득 문득 힘들 때가 있었습니다.
저는 아직도 마음속 깊은 곳에서 누구를 용서하지 못하고
사람을 잘 의지하지 못하여 주위에 계신 분들이 힘들어 합니다.
용서는 신의 일이라지요.
그동안 천성산 문제로 너무 많은 짐을 지워 드린 일,
늘 마음 써 주시고 배려하여 주심 감사드립니다.
도룡뇽의 친구분들께도…… 안부를 전해 드립니다.
모두 평안하시지요?

여름의 추억

둑을 쌓거나 돌다리를 놓는 남자 아이들과는 달리
여자 아이들은 조약돌을 모아 집을 짓습니다.

그날 밤 폭우가 쏟아져 아이들이 쌓아 놓은
둑과 돌다리는 무너져 내리고
조약돌 집엔 물이 들었지만
오랜 시간이 지난 후에도 여전히
추억의 성으로 남아 있을 것입니다.

겨울 숲

겨울 숲에서 길을 잃어 본 일이 있나요.
해는 저물어 산그늘은 더욱 적막해지고

텅 빈 골짜기에서 울려오는 물소리, 바람소리
짐승들이 낙엽을 밟으며 뛰는 소리

삵일까, 노루일까, 멧돼지는 아닐까
나무 둥지로 새들이 돌아오는 소리…….

구름마저 산등성 너머로 돌아가고
일행들은 아직도 기다리고 있을까

어둠이 내려 마른 가지 부서지는 소리에도 흠칫 놀라고
그래도 이른 달빛에 길은 희미하게 보이는데

이 길이겠지, 물길을 따라 걸으며

문득,
길을 잃었다는 것
오랫동안 숲을 잊고 있었다는 것…….

꽃씨 이야기 1

오랫동안 아픈 친구를 문병 가면서
우리는 작은 화분 하나를 가지고 갔습니다.

아픈 친구는 화분을 병실 밖의 뜰에
옮겨 심고 날마다 그 꽃에 물을 주었습니다.

그러나 꽃은 그리 오래가지 못하고 시들었고
가을이 깊어지자 친구의 병도 깊어 갔습니다.

친구는 그 뒤로 몇 달을 더 입원해 있다가
햇살이 부신 늦가을 아침에 눈을 감았다 합니다.

친구가 떠난 뒤 우리는 친구가 전해 달라고 했던
까만 꽃씨가 담긴 하얀 봉투를 받았습니다.

그 봉투에는 이렇게 적혀 있었습니다.

이 꽃을 가져 온 사람들은 자네들이니까
이 꽃씨는 자네들의 것이라네.
나는 그 꽃이 시들 때까지 기다렸고
다행히 꽃들은 튼튼한 열매를 맺었지.

꽃씨 이야기 2

1.
—본래 땅이 있는 까닭에 땅으로부터 꽃이 피니
만일 땅이 없다면 꽃이 어찌 피어날까

지금 우리는 인연의 땅을 만났고
함께 씨앗이 될 친구들을 만났습니다.

비록 우리의 마음은 가난했지만
우리의 꿈은 가난하지 않았습니다.

바람이 불고 비가 오고 어둠이 내리고 이슬이 내리는 길 위에
우리가 뿌린 생명의 씨앗들은 꽃으로 피기 시작할 것입니다.

2.
—꽃과 씨앗은 땅에 의지하지만
종자를 뿌리는 이 없으면
꽃과 땅이 모두 없다.

우리는 척박한 땅에 씨앗을 뿌리는
부지런한 일꾼입니다.

내원의 길

우뚝한 공룡 능선 뒤로
한 고개를 더 넘어가면
내원사가 있습니다.
어둠 속에서 더 잘 보이는
내원의 길입니다.

내원의 언덕에서

가을빛이 깊어 가는 내원의 언덕에 서서
무지개 내린 연못에 머리를 감고 출가한 일을 생각했습니다.
푸른 산과 흰 구름으로 사는 곳을 삼고
물과 달과 소나무 바람으로 마음을 아는 멋으로 삼으며
꿈에도 아지랑이 세상에는 내려서지 말라던 경책은
노스님의 꾸지람으로 남았습니다.

무문관

천성산을 떠나오기 전 조계암 무문관에서 하룻밤을 보냈습니다.
주지 스님께서는 말씀하셨습니다.
이제 세상의 연을 놓고 얼마 동안이라도 무문관에 들어와 정진하라고.
그러게요…….
저는 슬그머니 눈길을 피하며 가슴을 쓸었습니다.
스님,
진리에는 문이 없다지요.
이것이 천성산과 함께한 제 화두였습니다.

도반 스님의 토굴에서

비를 핑계로 도반 스님의 토굴에서 사흘을 묵었습니다.
스님은 아직도 번뇌 속에 살아간다고 푸념하지만
풀숲 우거진 길 없는 길에 서 있는 스님이 오늘은 부러웠습니다.

저는 밤새 아픈 몸 뒤적이며 잠을 못 이루고
몇 번이나 깨어나 마당에 앉아 달과 벗했습니다.
가을밤의 한기는 뼛속에 스며들고 달빛은 창백한데
가을 풀벌레는 왜 그렇게 슬프게 울어 대는지

떠나오는 아침 삭발을 해 주며
지난번 거리에서 만났을 때 성근 머리 밑이 가슴이 아팠다고
또다시 길 위에서 배웅하는 스님께 합장하고 돌아서면서
문득 까칠한 머리에 손이 갔습니다.

기다림

저는 이곳에서 줄곧 옛 인연들을
다시 만나게 되기를 바랐고
견고한 사고와 행위와 물질들을 넘어
기억과 꿈과 신화로 1천 년의 시공을 건너
오리라고 믿고 있었습니다.

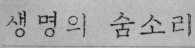
생명의 숨소리

이제라도 멈추라, 그대들은 한없이 작고 약하니.

물음만 있고 답이 없는 세상이지만

머잖아 사람들은 그대들의 잘남이

풀잎 하나 보듬지 못함을 알 것이다.

― 김택근

초록의 공명

때때로 사람들에게 그동안의 제 운동은 현실에 뿌리를 내리지 못한 말과 꿈처럼 비추어졌다고 이야기하곤 합니다. 천성산 운동은 혹자들의 비난처럼 제 안의 감성과 내성의 부름을 좇았으나 분명히 '이건 아니다' 라고 느껴지는 시점에서 시작되었습니다.

(만일 누군가 자신의 주변을 돌아보고 문득 '이것은 아니다' 라는 내심의 목소리를 듣게 되었을 때…… 자신의 주변 세계가 자신에게서 떨어져 나가는 아픔을 겪을 용기가 없는 사람에게는 술이라는 명약도 있다고 이야기해 주고 싶습니다. 때때로 저 역시도 그러한 만용 속에 머리를 담그고 천성산 문제를 잊고 싶을 때가 있었기 때문입니다.)

요즘 사람들은 지성과 감성을 이분화하는 경향이 있지만, 과학이라고 하는 것이 하나를 둘로 나누고 둘을 넷으로 나누면서 그 뿌리와 근원을 버리는 일을 보면 참담할 때가 참으로 많습니다.

이는 환경문제에서뿐 아니라 모든 부패한 제도권이 가지고 있는 일반적인 현상이기도 합니다. 근본을 버리고 지말(枝末)을 좇는 어리석음은 우리가 스스로를 대지에 뿌리를 내린 직립보행의 생명체가 아니라 하늘에 머리를 둔 만물의 영장이라고 착각하기 때문이 아닐까 생각합니다.

저는 종교와 정치 교육은 평등과 자유, 그리고 생명 존중이라는 하나의 큰 틀 안에서 이루어져야 하며 사람과 자연의 원리를 조화롭게 제어하는 데 그 목적을 두어야 한다고 생각합니다. 또한 법과 모든 제도 역시 그러한 시도에서 출발하여야 한다고 생각합니다.

사람들은 제가 종교인이라는 이유로 어떤 종교적 세계관과 생명관에서 이 운동을 계속하고 있다고 기대하기도 할 것입니다. 그러한 기대를 가지고 계신 분들에게는 대단히 실망스러울 일이지만 기실 저는 특정한 모양이나 형체의 종교관을 가지고 있지 않습니다.

조주 스님께서는 "깨달음이란 무엇입니까" 하고 묻는 물음에 "깨달음이라는 한마디는 내가 가장 싫어하는 말이다"라고 답하셨는데, 저 역시도 누군가 천성산에 대하여 물으면 제가 가장 싫어하는 한마디는 천성산이었다고 답하렵니다.

그러나 그럼에도 불구하고 지금 제 눈과 마음에는 이 세상 모든 것이 천성산으로 보입니다.

거리를 걸어도 사람을 만나도, 이야기를 하고 신문을 보고 뉴스를 봐도 모두가 천성산 이야기일 뿐입니다.

이 병은 스스로 앓아 보지 않으면 죽음도 어쩌지 못하는 상사병 같은 것이라는 데 저는 동의합니다.

조금 벗어난 이야기이지만, 사람들이 제게 가장 많이 묻는 질문 중에 하나는 출가 동기입니다.

특별한 동기가 없었다고 하면 사람들은 믿지를 않습니다.

기억이 안 난다고 하면 의심합니다. 『기신론』을 읽고 발심했다고 하면 사람들은 안심을 합니다.

사랑에 실패했기 때문이라고 대답하면 아마 금방 베스트셀러 한 권이 나오겠지요.

처음 시사화된 천성산 문제는 활성화 단층대를 통과하는 안전 문제였는데 사람들은 믿지를 않았습니다.

늪과 계곡의 고갈을 이야기하자 조금 의심하기 시작했습니다.

도롱뇽을 이야기하니까 비로소 사람들은 관심을 가지기 시작했습니다. 단식으로 목숨을 걸고 거리에 나오니 무슨 대단한 일이라도 되는 양 세상이 떠들썩해졌습니다.

어쩌면 지난 4년간의 제 행보는 세상에 맞는 대답을 가지고 있어야 한다는 것을 학습하는 일이기도 했습니다. 그러한 학습은 세상일에 관여한 벌이었으며 세상에 뿌리내리기 위해 치러야 할 첫 번째 과제였습니다.

그러나 독선적이라는 주변의 비난에도 불구하고 저는 이웃하고 나누는 즐거움 속에서 일을 했으며 이 즐거움을 번져 가게 하고 싶어 '초록의 공명'이라는 창을 열었습니다.

하지만 지금 제가 문을 열고 있는 이 초록 가게에는 주인이 없습니다.

저 역시 손님이고 주인입니다.

왜냐하면, 누군가에게는 비난과 조롱거리가 되는—듣기 싫은 제 안의 감수성, 어쩌면 잃어버린 우리 안의 감수성에 대한 이야기를 저는 하고 있기 때문입니다.

인간의 역사와 문화가 사라지고 기계만이 돌아다니는 세상, 돈과 권력이 진실이 되고 정의가 되는 세상이 무섭기 때문입니다.

초록의 공명과 생명의 숨소리
2005년 세계여성학대회에서

먼저 세계여성학대회를 준비하여 주신 많은 분들과 대회에 참여의 창을 열어 주신 분들께 감사드립니다.

현대를 살아가는 우리는 이렇게 쉽게 만날 수도 있지만 다른 한편으로는 서로 상대를 보지 않고 버튼 하나로 대규모 전쟁을 일으킬 수도 있는 거리에 있기도 합니다. 때문에 이러한 국제적인 만남을 통해 학술적으로 교우할 뿐만 아니라 서로 다른 전통과 문화를 이해하고, 인간뿐 아니라 모든 자연물이 지구 가족이라는 보편적인 세계관과 윤리관 그리고 생명관을 만들어 가야 한다고 생각합니다.

그러나 문제를 제기하기는 쉽지만 그 기준을 어디에 둘 것이냐 하는 것은 통일된 언어를 상정하는 것 못지않게 어려운 일이며 함께 궁구해야 할 문제입니다.

그러나 최소한의 공약수는 인류가 진화해 온 문화와 역사의 뿌리를 더듬어 내려가는 데서 찾을 수 있다고 생각됩니다. 우리가 살아가는 생활의 습관들은 우리 선조들이 오랫동안 지구적인 관습에 순응하면서 이루어 온 것이며, 자연에 순응함으로써 인간은 지혜와 선을 최상의 가치로 이해하게 되었습니다. 우리의 지혜와 지식은 자연의 섭리를 이해하고 모든 생명과 평화롭게 공존하며 더불어 살아가는 데서 출발했기 때문입니다.

그러나 근래에 들어 이 지구적인 관습은 급격히 파괴되어 자연의 섭리를 따른다는 생각은 매우 고루하게 보이고 인간이 자연을 지배하고 군림하는 데 아무런 저항을 느끼지 않으며, 인류 전체의 운명을 위협하고 있는 환경문제에 실제 위험을 느끼는 사람은 극소수에 불과합니다.

지금 저는 천성산이라고 하는 아름다운 늪과 계곡이 있는 산을 통과하는 16킬로미터의 터널에 대한 반대 운동을 하고 있는데, 이 문제는 우리 사회의 다양한 집단의 이익과 가치관이 얽혀 있는 아주 복잡한 사건이기도 합니다.

우리는 자연을 파괴하고 산에 치명적인 상처를 주는 행위를 막기 위하여, 이 터널이 뚫릴 경우 늪과 계곡의 지하수 고갈과 진동, 전자파로 인하여 사라져 버릴 위기에 있는 많은 생물들을 대표하여 도롱뇽을 원고로 자연의 권리 소송을 진행 중입니다. 이 운동은 전국적으로 확산되어 현재는 41만 명의 친구들이 소송 대리인으로 동참하고 있습니다.

이 소송은 한 생명의 생멸은 지구 생태계에 치명적인 영향을 줄 수 있으며 그 영향은 인간에게도 미친다는 단순한 인식에서 시작되었습니다.

우리는 이 소송을 통하여 인간만이 지구의 주인이라는 인식 아래 진행되어 온 개발과 성장 위주의 정책으로 인하여 금수강산이라고 불리었던 아름다운 땅이 마르고 황폐해진 것에 의문을 제기하고, 미래를 위해 보다 생태적인 생명관과 세계관을 열어야 한다는 것을 일깨우고자 합니다.

도롱뇽의 이야기는 지난 50년 동안 양서류의 32퍼센트가 지구상에서 사라져 버렸다는 통계에서부터 비롯됩니다. 지구 환경 지표종이라 부르는 양서류의 32퍼센트가 사라져 버렸다는 것은 우리 환경의 32퍼센트가 사라졌다는 것과 같은 이야기입니다. 더구나 하위 포식자들이 사라지고 있는 것은 생태계 전반에 걸쳐 공룡의 멸종 원인과 맞먹는 큰 위험이 됩니다.

물론 고속철도 건설로 인해 생산될 부가가치를 묵과할 수는 없을 것입니다. 하지만 우리가 멸종 위기에 처하여 있는 작은 도롱뇽 한 마리에 마음을 모을 때, 우리의 생명 에너지는 증폭되며 더 많은 창조적 부가가치들이 생겨날 수 있습니다.

'자연의 권리 소송'이라 부르는 도롱뇽 소송의 주인공들은 대부분 아이들과 교사들입니다. 선생님들이 이 운동에 적극적으로 참여하는 것은 바로 이 소송이 미래 세대의 소송으로, 문명이 만들어 놓은 길을 아무런 선택의 고뇌 없이 받아들여 밤거리에서 늦도록 방황하고, 날마다 전쟁과 살육의 뉴스를 들어야 하는 우리 아이들에게 생명의 소리와 자연의 놀이터를 돌려주어야 한다는 순수한 의도 때문입니다.

하지만 이 사회는 아직 도롱뇽이라는 작은 생명체에게 관대하지 못하며 이 문제에 냉소적이고 비판적입니다. 저는 이 풀기 어려운 문제의 답이 아이를 기르는 어머니들에게 있다고 생각하며 환경운동은 여성의 몫이라는 생각을 자주 했습니다.

동양에서는 음과 양(여성과 남성)의 서로 다른 역할과 조화에 대하여 가르칩니다. 음을 땅이라고 하고 양을 하늘이라고 표현합니다. 양의 힘은 역동적으로, 그 힘은 수직적이고 파괴적이나 그 속에는 창조의 능력이 있습니다. 음의 힘은 텅 비고 고요하며 넓고 평탄하고 따뜻하고 온화하고 평화롭고 균등합니다. 낳고 기르는 지구적이고 모성적인 본능은 여성적인 역할입니다.

저는 남성과 다른 관점으로 이 사회를 보는 것, 그 자체가 여성의 힘이라고 생각하며 여성의 정치적·사회적 진출은 바로 그런 점에서 의미 있는 일이라고 생각합니다.

얼마 전 제주도에서 아토피 자녀를 둔 부모님을 만났습니다. 이 원인 모를 질병의 치료를 위해 오랫동안 그 원인을 연구했던 아이의 부모님들은 마침내 자신의 아이가 아픈 것은 지구의 아픔이 아이를 통하여 일어난 것임을 깨닫고 환경문제에 관심을 가지게 되었으며 자신이 살아왔던 생활 습관을 반성하게 되었다고 이야기하였습니다. 이제 우리는 이러한 자연의 경고에 이 아이의 부모님처럼 겸허하게 귀 기울여야 합니다. 우리가 작은 생명에게까지 마음을 회향할 수 있을 때 개인적인 평화와 지구적인 평화를 되찾을 수 있다고 생각합니다.

저는 최근 한 유치원에서 생명의 소리를 듣기 위해 청진기를 나무에 대고 나무가 수액을 빨아올리는 소리를 듣는 교육 프로그램을 진행하고 있다는 이야기를 들었습니다. 저 역시 때때로 나무를 껴안고 교감을 나누는 버릇이 있습니다. 나무를 껴안고 있으면 거칠지만 따뜻한 나무의 마음을 느낄 수 있습니다. 부드러운 땅속에서 제 뿌리와 나무뿌리가 엉키는 것을, 우리가 이 땅에 뿌리내린 같은 생명체라는 것을 느낄 수 있습니다. 그렇게 나무를 껴안고 눈을 감으면 바람에 흔들리는 나뭇잎의 작은 소리도 느낄 수 있으며 그 소리를 들으면 나는 바람이기도 하고 구름이기도 하며 바위이기도 하고 풀잎이기도 합니다. 그러한 체험 속에서 바람소리, 물소리가 깨달음의 소리라고 연관의 세계를 말씀하신 선인들의 이야기를 더 잘 이해하게 됩니다.

행복에 도달하기 위하여 끊임없이 무엇인가 추구하는 대신 욕망을 버리고 조촐하게 살아가며 자연의 빛과 자연의 소리에 귀 기울이는 일은 황금 이상의 가치가 있으며 최소한의 것을 누리고 최대한의 것을 이웃과 나누는 곳에 진정한 평화가 있습니다.

최소한의 물질적 생활로 최대한의 영적 기쁨을 누리는 것은 신앙의 아름다움입니다. 동양에서는 이를 '안빈낙도, 소욕지족'(安貧樂道, 小欲知足)이라고 말합니다. 청빈한 사람에게는 고뇌가 없으며 순리를 이해하고 우주가 나와 한 몸이라고 생각하는 사람에게는 생사가 없습니다.

많은 사람들이 환경문제를 이야기하면 경제라는 몽둥이를 들고 나오지만 빈곤의 직접적인 이유는 부의 분배가 제대로 되지 않았기 때문입니다.

오히려 물질적 풍요는 빈부의 격차를 한없이 벌리고 빈부 차가 큰 사회는 많은 부조리를 안고 있습니다.

가진 자가 이 사회의 주역이 되는 것은 가난과 인권 침해, 폭력, 전쟁의 문제를 일으킵니다. 빈곤과 전쟁은 풍요의 또 다른 이름이라고 저는 생각합니다.

우리가 아무리 많은 것을 소유하고 있다 하여도, 우리의 과학과 학문이 아무리 발전하고 진보하였다 하여도 자연의 순리에 역행할 때 우리의 에너지는 파괴적으로 돌변합니다. 더구나 자연 그 자체를 훼손하는 대규모 개발 행위는 지구의 운명을 위협합니다.

이제까지 우리 사회는 언뜻 보기에 개발과 보존이라는 두 가지 가치관이 서로 첨예하게 대립해 온 듯하나, 실제로는 대부분 가진 자들이 일방적으로 승리하는 싸움일 뿐이었습니다. 국가가 주역이 되고 기업이 함께하고 언론이 그 중재 역할을 하여 정당성을 얻는 수순을 거치면서 진행되는 도로, 터널, 댐, 방조제 등 대규모 환경 파괴 사업은 이 땅을 황폐한 죽음의 땅으로 만들고 있습니다.

그러한 대형 국책사업은 그곳에 터 잡고 살았던 생물뿐만 아니라 지역민의 오랜 전통과 문화, 역사를 파괴합니다. 환경의 위기와 도덕성의 위기는 같은 것임을 우리의 사회상을 보면 알 수 있습니다.

소유에 집착하는 풍요는 인간의 영혼을 고독하고 메마르고 병들게 하며, 자연의 빛과 소리와 향기를 잃어버림으로써 인간의 영성과 근골은 점점 나약해지고 있습니다.

1백 일 단식 중에 제가 느낀 것은 기적이 아니라 자연의 에너지는 무한하다는 소중한 체험이었습니다. 자연의 에너지는 결코 부족함이 없으며 누구에게나 평등한 것으로, 병들게 하거나 사고 팔아서는 안 된다는 것을 더욱 절실하게 느꼈습니다.

혹자는 이제 먹고살 만 하니까 환경을 이야기하기 시작한다고 잘못 이해하고 있습니다. 그러나 우리가 환경을 이야기하고 있는 현재 이미 과거로의 복귀가 불가능해졌을 만큼 환경이 악화되었으며, 불과 50년 동안 지구 환경의 60퍼센트가 파괴되어 이제 지구 환경 시계가 3시간밖에 남지 않은 시점입니다. 이 시점에서 우리의 선택과 행동은 지구의 미래와 깊이 연관되어 있습니다.

이제 우리의 선택은 개발이냐 보존이냐가 아닙니다. 이제 더 이상 한 발자국도 이대로 나가서는 안 된다는 경고의 목소리에 대하여, 그 해답을 찾기 위해 우리 모두가 지혜를 모아야 할 때입니다.

감사합니다.

병든 산하를 돌보는 마음으로

2004년 조계사 대웅전 법회에서

부처님께서는 삼라만상 두두물물(頭頭物物)이 다 화엄의 세계요, 바람소리 물소리가 다 깨달음의 소리라고 하셨습니다. 깨닫지 못했기에 중생의 세계, 번뇌의 세계, 업의 세계라고 합니다. 그러나 그것을 싫어하지 못하고 버리지 못하는 것이 보살의 행원(行願)입니다.

지난 3년 동안 산과 들, 거리를 헤매며 보낸 시간을 뒤로 하고 무너져가는 산자락의 포크레인 앞에 앉아 날마다 번뇌를 안고 서원을 세우고 있지만 아마도 이 일은 제 업이 다할 때까지 끝나지 않을 것 같습니다.

제가 천성산 문제에 뛰어든 것은 저의 무지와 게으름 때문이었습니다. 저는 주어진 삶 외에 다른 세계는 없다고 믿었고, 좋은 일도 없느니만 못하다는 게으름으로 수행을 삼았습니다. 어쩌면 제 앞에 일어나는 모순된 세계를 보지 않았다면 저는 그 안에서 그럭저럭 잘 살아왔을 것입니다.

지난 도롱뇽 소송 중에, 고속철도공단의 변호사는 저를 향해 "산이 울고 있다는 감성적 표현으로 국민을 호도하고 건국 이래 최대의 국책사업에 발목을 잡고 있는 한 비구니"라고 맹렬한 비난을 퍼부었습니다. 그들은 언제나 제가 전문 지식이 없다는 이유로 저를 비난했습니다. 그럴 때마다 저는 "당신들이 자와 컴퍼스를 가지고 책상 앞에서 보낸 시간보다 훨씬 더 많은 시간을 나는 산에서 살아왔고, 당신들보다 훨씬 더 산이 하는 이야기를 들으려고 노력했다"고 응답하곤 했습니다.

주위의 도반들도 수행자로서 환경문제에 집착하는 저를 만류하기도 하고, 세상의 흐름을 거스를 수 없다고도 이야기합니다.

그러나 저는 우리 국토의 현실에 눈을 뜬다면 누구라도 저처럼 행동할 것이라고 생각합니다.

산줄기가 끊어져 물이 마르고 강과 바다는 썩어 있고 생물들은 하나 둘 신화의 세계 속으로 떠나고 있습니다.

사람들은 모든 생명들이 살아가는 데 가장 중요한 것이 물이라는 것은 누구나 잘 알고 있지만, 물은 수도꼭지에서 나오고, 생수는 슈퍼마켓에서 살 수 있다고 믿고 있는 우리 아이들처럼 생명의 근간이 되는 물의 근원이 파괴되는 것에 대하여 별다른 인식이 없는 듯합니다.

물론 물이 마르고 오염되는 데는 여러 가지 복합적인 이유들이 있습니다. 그러나 그중에서도 가장 중요한 이유는 녹색의 댐이라고 하는 산을 함부로 훼손하기 때문이며, 지금 저희가 문제 삼고 있는 터널이 국토를 마르게 하는 주범이라는 것을 인식하고 있는 사람들은 별로 없는 듯합니다.

오히려 건교부 관계자들은 우리의 터널 기술이 세계적이라고 자랑하고 있습니다. 현재 우리 국토에는 5백 개 이상의 터널이 뚫려 있으며 민족의 영산인 지리산과 설악산, 국립공원인 북한산 등 이름 있는 모든 산에도 이미 터널이 뚫려 있고 앞으로 그 수는 계속 증가할 것입니다.

터널이 뚫리면 반경 2~10킬로미터 사이의 지역에 지하 수맥이 변하고 1백~8백 미터 이상 지하수가 하강하며 터널 주변의 겨울잠을 자야 하는 생물들은 소음과 진동 때문에 사라져 간다고 합니다. 이렇게 터널로 인해 늪과 계곡이 마르고 지하수위가 하강하여 국토가 사막화되고 생태계가 무너진다면 이러한 훼손으로 인한 손실은 개발로 인한 경제적 가치 이상입니다. 더구나 그 피해가 미래에 이르고 복구할 방법과 대안이 없다고 한다면 우리는 어찌해야 할까요?

대동여지도를 제작한 김정호는 "산줄기는 땅의 힘줄[筋]과 뼈대[骨]이고, 물줄기의 흐름은 땅의 혈맥(血脈)"이라고 하였으며 물이 병들면 사람도 병든다고 하였습니다. 그러나 환경문제를 바라보는 사람들의 시각은 이익과 가치 창출에 국한되어 있고 정부는 자본의 논리, 시장의 논리, 조직의 논리, 정치적인 논리로 환경문제를 바라볼 뿐입니다. 지금 천성산에는 18개의 늪과 6개의 계곡을 가르는 16킬로미터의 터널 공사가 강행되고 있으며 그 참혹함은 말로 할 수 없습니다.

하지만 무엇보다 염려되는 것은 지금 천성산에서 일어나고 있는 일이 앞으로 전 국토에서 일어나리라는 것이며, 천성산 문제를 바라보고 풀어 가는 우리의 생각과 행동은 국토의 미래와 깊이 연관되어 있다는 것입니다.

만일 우리가 오늘 우리의 산하가 겪고 있는 일을 방관하고 이 상태로 국토 파괴 행위가 계속되도록 내버려 둔다면 훗날 우리의 후손들은 우리를 가리켜 "세상에서 가장 비옥하고 아름다웠던 땅을 돌이킬 수 없도록 파괴하고 떠난 사람들"이라고 할 것입니다.

우리 각자가 자연인으로 이 땅에 왔다는 것을 겸허히 받아들이고 병든 노모와 같은 우리의 산하에 애정을 가져 주시기를 부탁드립니다.

자연의 권리 소송에 대하여

2004년 5월 천성산 홈페이지에서

얼마 전 고향인 지리산 자락 생초에 다녀온 일이 있었습니다.

생초는 외가가 있는 곳이어서 어린 시절 그곳에 가면 맨 먼저 하는 일은 냇가에 내려가 물장구를 치고 피라미를 잡는 일이었습니다.

가랑이 사이로 송사리며 피라미들이 떼 지어 다녀 고무신 한 짝으로 넉넉히 피라미를 낚아 올렸고, 그 피라미들은 저녁 반찬으로 밥상에서 다시 만날 수 있었지요.

하지만 20년 만에 가 본 냇가에는 검은 물이 잔뜩 거품을 물고 흐르고 있었고 강바닥은 방죽을 쌓기 위해 파헤쳐져 있어 추억으로 내려섰던 마음은 산산이 깨어져 버렸습니다. 가슴에 아득한 것이 밀려왔고 달아나고 싶었고 울고 싶었습니다.

많은 사람들이 제게 천성산 문제에 뛰어든 이유에 대해서 묻곤 합니다.

그것은 지리산 자락의 냇가의 일과 무관하지 않습니다.

하지만 그것은 추억을 잃어버려서가 아니라 '이것은 아니다'라는 생각 때문입니다.

높은 산 위에 올라 도시를 바라보면 뿌연 연기 속에서, 거품을 물고 썩어 있는 시커먼 강바닥과 다르지 않은 곳에서 사람들이 살고 있습니다. 누군가 "저것을 공기라고 마시고 살아가는가?"라고 머리를 저으며 푸념합니다.

개구리가 울어 주지 않는 봄, 새 울음소리가 사라진 숲, 나비나 벼메뚜기 한 마리 볼 수 없는 가을 들길.

토끼의 발자국조차 만나기 어려운 눈 산을 타면서, 지금 나는 어디로 가고 있는가 하고 묻는 질문에 대하여 '자신을 질문에 던져 넣지 말기' 하고 슬그머니 회피하여 왔던 많은 순간에 대한 질책들이 저를 천성산 문제로 향하게 하였습니다.

손톱으로 튕기면 쨍하고 금이 갈 것 같던 맑은 하늘과 별이 총총하던 은하수 길이 머리 위에서 사라진 후 밤하늘의 아름다움보다는 밤거리의 현란함에 길들여지고 있는 아이들을 보는 안타까움을 저는 천성산 문제를 통해 이야기하고 싶습니다.

지금 파괴되고 있는 우리 국토의 실상을 들여다보면, 함부로 터널을 뚫고 길을 낸 뒤 산은 물길을 잃고 계곡은 물을 깊이 간직하지 못하여 규모가 작은 하천은 대부분 건천화되고, 맑은 물이 흐르는 산간 지류가 마르면서 강은 자체적인 정화 능력을 잃어버려 썩어 가고 있습니다. 바다 역시 제방과 방조제를 쌓은 뒤 자체 정화 능력을 잃고 썩어 가고 있으며 이제 대부분의 산과 강과 바다는 다양한 생명을 기를 수 없는 지경입니다.

누군가 인간이 있는 세상이 인간이 없는 세상보다 더 아름다워야 한다고 했지만, 인간의 발길이 닿는 모든 땅은 병들어 가고 수많은 생명들이 인간의 간섭으로 멸종의 길을 걷고 있습니다. 지구상에서 하루 한 종의 생물이 멸종의 위기를 맞이하고 있다고 합니다. 그 맨 마지막에 남는 종이 인간이라는 보장도 없지요.

이대로 간다면 멀지 않은 시간에 자연이 우리에게 어떤 경고를 내릴지 우리는 알지 못합니다. 이 알지 못함이 바로 이대로 더 나아가서는 안 된다는 경고임을 사람들은 깨닫지 못하고 있습니다.

많은 사람들이 풀이나 풀벌레, 도롱뇽의 이야기는 감성적이며 논리적이지 못하고 반사회적이라고 이야기합니다. 하지만 우주의 연관과 연기

216

를 말씀하신 부처님께서는 유정(有情)·무정(無情)이 모두 진화엄이라 말씀하셨고 살아 있는 모든 생명에 대하여 동체대비(同體大悲)의 마음을 일으켜야 한다는 뜻에서 불살생의 계율을 제정하셨습니다. 만일 불교가 소이(小利)와 소아(小我)에 국집(局執)하여 제1의 계율인 생명 문제의 접근을 포기한다면, 우리 마음밭에 영원히 자비의 종자를 끊는 것이며 스스로 불종자라 이르지 못할 것이고 대승을 논하지 못할 것입니다.

우리는 2003년 10월 15일, 천성산을 지키기 위한 법률적 대응의 방법으로 천성산에 서식하는 멸종 위기종인 꼬리치레도룡뇽을 원고로 '자연의 권리' 소송을 법원에 제기하였습니다. 사람들은 이것이 역사적으로 유례가 없는 '양서류의 인간에 대한 권리 요구'라는 점, 그리고 '건국 이래 최대의 국책사업'이라는 고속철도 건설 사업을 우리가 미물(微物)이라고 부르는 도룡뇽이 막아서고 있다는 것에 적지 않은 호기심을 보였습니다.

그러나 우리는 세간의 관심을 끌기 위해 도룡뇽 소송을 진행하는 것이 아닙니다. 다만 이제 우리 곁에서 영영 사라져 갈지도 모를 작은 생명의 외침을 통해, 그동안 자연과 생명에 대한 배려 없이 극단까지 와 버린 우리 사회와 문화를 돌이켜 보고 인간 중심으로 기록되어 온 지구의 역사를 다시 씀으로써 모든 생명이 함께하는 조화로운 세상으로 만드는 작은 단초가 되기를 바랍니다.

도룡뇽 소송의 변론을 맡고 계신 이동준 변호사님은 말씀하십니다. "도룡뇽 소송은 이 시대가 안아야 할 새로운 법의 창조"라고. 천성산의 아픔은 결코 천성산만의 아픔이 아니며 이 땅에 살아 있는 모든 생명들의 신음 소리이기 때문입니다.

천성산 살리기 도보 순례를 마치며

2002년 2월 27일 『법보신문』 기고글

눈을 감으면 아직도 불안한 마음으로 거리에 서 있는 꿈을 꾼다.

갑자기 길이 사라지기도 하고 낭떠러지가 나타나기도 하고 커다란 거인이 앞을 막고 있는 꿈을 꾸기도 한다. 거리는 쓰레기로 덮여 있고 여기저기 달리는 차에 치어 피 흘리는 짐승들의 모습도 보인다.

깨어나도 한동안 가슴이 두근거린다. 산중에 은거하던 수행자들이 어깨띠를 두르고 전단을 뿌리며 거리로 나서야 할 만큼 환경은 무너져 있고 시민들은 대체로 무관심하다. 결제(結制) 중임에도 불구하고 5명의 스님들이 안타까운 마음으로 25일 동안 추운 거리를 걸어 올라가 고속철도관리공단 이사장과 간신히 면담을 해서 들은 것이라고는, 천성산 문제를 도저히 이해할 수 없다는 냉담한 반응이었고 늦어도 6월 말부터는 공사를 시작하겠다는 선전포고였다.

그동안 공동 조사단을 구성하여 충분한 조사를 한 뒤 타당성을 검토하겠다고 제안하여 왔던 것은 우리의 시간과 시선을 다른 곳으로 돌리기 위한 회유책이었을까. 환경문제를 정치적으로 풀려고 하는 관료주의적 사고 앞에 우리는 절망하고 또 분노했다.

생태계 보전 지역으로 지정된 무제치 늪을 비롯하여 20여 개의 늪과 6개의 계곡을 자르고 가는 16킬로미터의 긴 터널의 현장에서 침묵할 수만은 없었던 것이 정말로 이해할 수 없는 일이었을까.

산이 무너지고 그 산을 의지하여 사는 생명들이 사라지면 그 오염된 공기와 물을 마시며 우리 아이들이 살아가야 하는데 그것을 이해할 수 없는 일로 받아들이는 것을 정말로 우리도 이해할 수 없다.

생명체가 살 수 없는 곳에는 인간도 살 수 없다.

숲의 파괴는 인간을 파멸로 인도하는 마약이나 다름없다. 우리는 늪과 숲을 파괴하고 얻는 행복은 원치 않는다. 조금만 덜 가지려고 노력하고 조금만 더 느리게 살고, 조금만 더 '우리'를 생각한다면 물, 공기, 흙, 햇살 같은 것만으로도 충분히 평화롭고 가난하지 않은 삶이 될 것이다.

처음 천성산 운동을 시작했을 때, 산 정상까지 굴삭기가 올라오고 철쭉제 등으로 화엄벌이 파괴되는 현장에서 까닭 없는 눈물이 흘렀고 그 눈물은 좀처럼 그치지 않았다. 나는 그때 산이 울고 있다고 느꼈고 살려 달라고 하는 애원의 소리를 들었으며 도와주겠다고 약속했었다. 개인적으로 신의가 없고 남의 비밀을 잘 지키지 못하는 게으른 수행자였지만 이 약속만은 지키려고 노력했다.

왜냐하면 그 약속은 늪에 놀던 수많은 곤충과 나비, 나무와 이름 모를 꽃들에게 한 약속이기 때문이었다. 만일 고속철도가 들어오고 늪과 늪의 수많은 생명들이 사라진다면 나는 약속을 지키지 못한 죄로 세세생생 곤충으로 태어나 목말라하며 살 것이다.

절망의 이유

지난 30년 동안 양서류의 32퍼센트가 이 지구상에서 사라져 갔다고 한다. 그러나 세계적으로 멸종해 가고 있는 양서류 문제를 심각하게 고민하는 사람은 만나기 어렵다.

더욱 암담한 것은 양서류의 몰락이 우리와 무슨 상관이 있을까 하고 의아해하는 사람들보다, 환경 지표종이라 부르는 이 양서류의 멸종이 무엇을 뜻하는지 알고 있으면서 그것을 학술적인 용어로 포장하기만 하고 행동하지 않으려는 사람들에 의해 이 사회가 아무도 책임지지 않는 암담한 미래로 흘러가고 있다는 것이다.

양서류뿐만 아니라 이 땅에서 사라져 가는 생명들이 이제 급속히 늘어나고 있지만 그것을 직접적인 위협으로 받아들이는 사람은 거의 없다. 사람들이 받아들이는 것은 여전히 "그깟 도롱뇽과 환경문제"일 뿐이다. 그것을 우리의 문제로 인식하려고 하지 않는 것이 심각한 것이다.

인간이 아닌 다른 종의 생명에 얼마나 관심을 가지고 있느냐 하는 것은 그 사회의 도덕과 문화의 척도가 될 수 있다. 내 집 안의 쓰레기와 집 밖의 쓰레기의 차이에 대하여 사람들이 무감한 것처럼, 자신의 생명과 주변의 다른 생명의 관계에 무감한 것만큼 부도덕한 사회는 없다.

하긴 사람 중심에서 보면 자연은 영구할 것 같다. 오염된 자연도 자연이니까. 그러나 정작 문제되고 있는 것은 이 작은 양서류에게 일어나는 일이 지금 우리 주위에 일어나고 있다는 것이다. 특히 아이들은 그 직접적인 피해자이다.

통계 수치를 떠나 지금 우리 아이들의 습관과 행동과 일상을 눈여겨보면 우리 미래가 어떨 것인지 알 수 있다.

이것은 보다 직접적인 이야기이지만, 최근 내가 보고 놀란 것은 많은 사람들이 "이런 환경을 버리고" 외국으로 이민을 가고 싶어 한다는 것이다. 부모들이 아이들을 좋은 환경에서 교육시키기 위하여 일 년에 들어가는 교육비가 7조 원이라고 한다. 그것은 아픈 부모를 버리고 좋은 조건의 부모에게 양자로 들고 싶다는 이야기와 다를 게 없다.

더구나 이 땅을 버리고 이 땅에서 심어 놓은 나쁜 종자를 가지고 다른 땅에 가서 다시 그곳을 오염시킨다는 이야기는 나를 경악하게 했다.

환경문제는 우리 삶의 근본적인 문제이다.

건강, 질병, 폭력, 사회의 모든 무질서와 비리는 우리가 어떤 세계관, 우주관, 생명관을 지니고 있느냐에 달려 있기 때문이다.

최근 정치적인 이유로 수년간 옥살이하시고 나오신 분께서, 정치적인 민주주의를 위해 자신은 청춘을 다 바쳤지만 정작 출소하고 보니 정치적인 독재보다 더 무서운 것은 자본의 힘이었다고 말씀하시는 것을 듣고 우리 사회에 자본이 얼마나 깊게 뿌리내리고 있는지를 절실히 느끼게 되었다.

최근에 와서 느끼는 것들 중에 하나는 광음의 속도로 달리는 것을 아무렇지도 않게 생각하는 현대인에게는 절망의 속도도 그만큼 빠르다는 것이다.

수차례에 걸쳐 회의에 참석하면서 느끼는 것 중의 하나는 사람들의 마음에 아픈 절망이 아닌 타성화된 절망이 팽배하여 있다는 것이다.

사람들은 단 한 번도 행동하여 본 일이 없으면서 이성적으로 훈련된 절망을 안고 사회문제를 들여다보고 개혁을 이야기한다.

대부분의 실패는 시도해 보지 않은 실패이다.

이 땅에 아무렇게나 빨간 측량 깃대가 꽂히고 누구도 그 깃대에 대하여 문제 삼지 못하는 나라, 무너지고 있는 이 산하와 같은 속도로 우리의 역사와 문화도 열정과 미래도 무너져 버렸다.

조금 다른 이야기지만, 최근 한 젊은 친구가 한 여자를 사랑하게 된 이야기를 상담하러 왔다. 그 사랑은 어쩐지 불륜의 여러 정황을 연출하고 있었는데 왠지 그것이 그 청년의 끼에서 비롯된 것이라는 느낌이 들었다.

나는 그 친구가 마치 고뇌에 빠진 것처럼 자신의 사랑 이야기를 상담하러 온 것 같지만, 실은 그 비밀스런 에너지를 감추고 있기 버거워 무감한 내게 사랑이라는 것을 하게 된 것을 자랑하러 왔다고 생각했다.

조금은 두려우리라. 자존심 강한 자신의 내면이 너무나 무참히 드러나 버리는 일이기에…….

사랑은 실패할 수 있다. 개혁도, 민주주의도 실패할 수 있다. 돌아보면 온 생을 다 바쳐 쌓아 온 일들도 대부분 실패로 돌아가는 일이 많다. 역사는 그렇게 씌어 간다.

하지만 시련과 실패의 기억은 아름다울 수 있다. 그곳에서 지혜가 빛나기 때문이다. 그러나 시도해 보지 않은 실패는 그 자체가 절망이다.

나는 영어의 가장 아름다운 문장은 'must be'라고 생각한다. 영어가 짧은 내겐 그것은 아름다운 주문이다.

조건 없이, 까닭 없이 가슴이 뛰기 시작한다면 그것이 하여야 하는 이유이기 때문이다. 나의 천성산 이야기는 그렇게 내가 살아왔던 세상에 대한 이유 없는 두근거림으로부터 시작되었다.

천성산은 내가 가슴 두근거림을 받아들인 아름다운 형벌이었다.

진정한 자유는 원리에 순응하는 관조 속에 있다고 나는 믿는다.

역사의식은 살아 있어야 하고 매 순간 경이로워야 한다.

사랑은 찬탄에서, 역사는 진실에서 비롯된다.

그러나 그 탄생은 고통스럽다.

새들이 날아가는 법

2004년 다큐멘터리 영화 「곡선」 중 인터뷰

절에 사는 스님들은 얘기가 없어야 하는데 말을 해야 되는 세상은 힘들어요. 어떤 상황에 대해 설명을 해야 되는 것이 힘들고, 남들이 들으면 어떻게 생각할지 모르지만 저는 말없는 산이 하는 이야기를 들었다는 그것 때문에 여기까지 왔어요.

만약 산이나 도롱뇽이 저를 보고 얘기해서 아프다든지, 정말로 도와달라고 얘기했으면 저도 그걸 피해 갔을 거예요. 그런데 말하지 않았기 때문에 제가 그 소리를 들으려고 더욱더 귀 기울일 수밖에 없었습니다.

사진작가들이 나비를 찍으려면 하루 종일 나비를 따라다닌다고 하네요. 그런데 그러지 않고 가만히 앉아 있으면 나비가 얼마만큼 간격을 두고 같은 자리에 와요. 같은 곳에 앉고. 그런 것을 관찰하면서 올 때를 기다리는 거죠. 우리가 가는 길이 있듯이 동물들도 곤충들도 한번 봤던 자리에서 기다리면 기다리는 시간에 꼭 오지요.

어떤 큰 나비는 빨리 오기도 하고, 조금씩 속도의 차이는 있지만 바위에 앉더라도 꼭 앉던 자리에만 앉아요. 그런 것을 보면서 그 자리에서 기다리면 찍을 수 있는 거지요. 나비만 쫓아 다니면 아무리 쫓아 다녀도 몇 장 찍지 못하고 하염없이 나비만 쫓아 다니게 되는 거죠.

세상에는 이름 있는 것만 예쁜 게 아니라 거미줄에 걸려 있는 물방울도 자기 세계를 잘 표현해요. 거미줄을 보면 거미줄 자체가 아름답다기보다는 거기에 걸려 있는 기하학적인 에너지를 느낄 수 있어요. 거미줄을 보면 에너지가 분산되어서 아름답다는 느낌을 받습니다. 그래서 물방울이 맺혀 있는 거미줄을 보면서 살아 있다는 걸 느낄 수 있어요.

자연은 우리가 답을 얻으려고 하는 모든 것들을 가지고 있어요. 스쳐 지나가는 풀, 풀잎 끝에 맺힌 물방울에도 말이죠.

학생들이 깨어났으면 하는 생각을 참 많이 해요. 기성세대보다는 그래도 학생들이나 미래 세대에 희망이 있으니까요.

많이 안타까운 게, 요즘 아이들이 너무 자연을 잃어버리고 살아요. 자연을 잃어버린다는 게 땅강아지나 나비, 이런 것들을 못 봐서 잃어버리는 게 아니지요. 자연이 주고 자연이 베푸는 영성을 잃어버리는 거지요. 정말로, 푸른 하늘을 잃어버리는 것이 얼마나 큰 것을 잃어버리는 것인지를 사람들이 모르는 것 같아요.

가을 하늘을 어느 한 시인은 '손톱을 톡 튕기면 쨍하고 금이 갈 것 같다.'고 표현한 적이 있어요. 우리 어렸을 때 운동장 땡볕에서 조회를 서다가 하늘을 보면 하늘이 파래서 그림을 찾고 그러면 거기에 하얀 구름, 새털구름이 올라가고, 그 속에서 우리는 자기 자신의 존재와 우주에 대한 꿈을 만들어 가고요.

요즘 초등학교 1학년들 하교 시간에 엄마들이 골목에 가득 있는 걸 봐요, 유괴당할까 봐 애들을 집으로 데려가는 엄마들, 그런 걸 보면 가슴이 메어지게 안타까워요.

산의 나무가 베어지는 것도 안타깝지만 우리 문화가 어떻게 잘못 들어오기는 한 것 같은데 이것을 어떻게 풀어가야 될까요.

잘못된 문화 중의 하나가 속도의 문제 같은 것들인데 이를테면 산을 파괴하고 개발하는 것, 생명을 얘기하면서 소유를 얘기하는 것들이지요. 우리 문화가 가지고 있는 반생명적인 문제의 중심에 속도의 문제가 있어요. 새들이 날아갈 때 보면 곡선을 그리면서 날아가지 일직선으로 하늘을 날아가는 법이 없어요.

그리고 큰 맹금류들은 소용돌이마냥 빙빙 선회하면서 날지요. 그러니까 살아 있는 모든 생명체들은, 아까 얘기했듯이 거미줄을 보고 에너지를 느낀다고 하는 게 어떤 거냐 하면 거미는 원을 그리면서 거미줄을 쳐요. 점점 에너지가 퍼지는 쪽으로 넓어지면서 치는데, 그리고 하다못해 네모나게 거미줄을 칠 때도 있어요. 그리고 거미줄의 끝을 항상 갈라놓아요. 에너지를 분산시키는 방법을 아는 거지요.

우리가 어디에 길들여지느냐는 것이 중요한 문제인 것 같아요.

저 같은 경우에는 비둘기호 세대니까 용산에서 하루에 두 번 다니는 밤 열차를 타고 서울에서 부산까지 달리고 했습니다.

대부분 밤 9시 15분 기차를 타는데, 그래도 즐거웠지요. 기차를 탄 것만으로도 즐거워하던 세대니까요. 어딘가 떠나고 싶을 때 홀쩍 유일한 교통수단인 기차를 타고 떠나는 것만큼 큰 기쁨이 없었어요. 밤에 기차에 올라서 잠이 들었다 깼다를 반복하다가 아침 5~6시쯤 되면 물금 쪽으로 기차가 들어가거든요. 그때는 공기가 좋으니까 물금 쪽에서 물안개가 피어올랐고, 낙동강변을 쭉 타고 부산까지 들어가면 부산이라는 도시 자체가 환상이었어요. 물론 지금은 모래를 퍼다 나르는 곳이 되었지만, 그 당시는 해운대 해변이 굉장히 아름다웠어요. 지금은 호텔이나 횟집밖에 없어 안타깝지만. 그러니까 문화가 그렇게 만들어져 가는 거예요. 제방을 쌓은 후 해운대도 예전의 아름다운 해운대가 아니게 된 거죠.

지금 서울에서 부산까지 고속철도만 해도 터널을 칠십여 개를 지난다고 하고, 그 속도 때문에 터널과 바깥, 터널과 바깥을 교차하다 보니 두 시간 반 동안 정서적으로 거의 공간에 대한 개념이 없어진다 하고⋯⋯ 터널에 들어갈 때까지 평균 지속 시간이 13초 정도라는데 바깥 보고 조금 있으면 터널, 또 조금 있으면 터널이니, 정상적인 사람들이라도 이렇게 급한 속도로 터널로 들어갔다 나왔다 하면 정신적으로도, 육체적으로도 멀미할 것 같아요. 또 많은 분들이 뒤로 가는 것 때문에 어지럽다 하는데 그 얘기는 왜 안 하는지 모르겠어요.

물금의 물안개를 보고 저런 곳에 살고 싶다고 수없는 꿈을 꾸고, 마음 속에 자기 고향 같은 것을 그려 나갈 때와 도시에서 도시로 총알같이 이동하는 고속철도의 문화를 생각해 보면 많이 답답해요. 그런 건 제가 얘기하면 한이 없어서 이제 그만 해야겠네요.

권정생 선생님을 찾아뵙고

2005년 5월 천성산 홈페이지에서

안동 성당의 강연을 준비하여 주셨던 신부님과 함께 환경문제로 심각한 논란이 되고 있는 임하 댐과 석산 개발 현장을 둘러보고, 상주에 거주하고 계신 권정생 선생님을 찾아뵈었습니다.

사실, 책읽기를 게을리 하는 저로서는 권정생 선생님의 글을 한 번도 읽어 본 적이 없었기에 선생님에 대하여 어떠한 선입관도 없었습니다.

그럼에도 불구하고 권정생 선생님의 무너질 듯한 오두막으로 발길하면서 오래전에 잊혀진 길을 더듬어 가고 있다는 생각이 들었고, 병약하여 보이시는 선생님께서 침침하게 보이는 방안의 풍경을 배경으로 미닫이문을 열고 나오셨을 때…… 왜 문득 조주 스님의 관음원이 생각났는지 모르겠습니다.

낡은 의자를 권하시면서 선생님께서는 "단식 50일이 넘어가자 이젠 그만 좀 했으면 하는 생각이 들었다"고 느리게 말씀하셨습니다.

"자연이 병들면 사람도 병이 드는데…… 조금 더 불편하고 덜 가지면 모든 사람이 부족함이 없을 텐데 요즘 사람들은……"이라고 말씀하시며 끝말을 잇지 못하셨습니다.

도로가 나고 골프장이 들어선 후 그렇게 맑은 물이 흐르던 개울은 내려가 손을 씻을 수도 없게 되었으며 요즘은 개구리 우는 소리도 통 들을 수 없다고, 이맘때쯤이면 지천으로 피던 냇가의 박하도, 할미꽃도, 나락나물, 대나물, 오이꽃도 피지 않는다고 말씀하실 때는 호흡이 가빠 보이셨습니다.

시계를 보는 저희를 향해 선생님께서는 읍에 국수하는 집이 있다시며

방에 들어가 무엇인가 챙겨 나오셨습니다.

　단촌의 작은 읍에서 칼국수를 먹고 헤어지면서, 선생님께서는 국수 살 돈은 있으니까 언제든지 지나는 길이 있으면 찾아오라시며 천천히 손을 흔들어 주셨습니다.

　맑고 슬픈 하늘이었습니다.

십이시가

　조주 스님께서는 80살이 되던 해 처음으로 관음원이라는 작은 암자의 주지 살림을 맡으면서 가난하고 초졸한 수행자의 일상을 노래한 「12시가」(十二時歌)라는 아름다운 시를 지었습니다.

　저는, 가난한 수행자의 모습으로 늙어가는 조주 스님의 천연스런 가풍과 초졸함의 미학에 반해 남모르게 「12시가」를 제 계행(戒行)으로 삼았고 선원에 나가 마음껏 무위의 시간을 보낼 수 있었으며 지난 4년 동안 두려움 없이 거리에 설 수 있었습니다.

　이 시는 자칫 근본을 잃어버리기 쉬운 우리 수행자들과 나누고 싶은 이야기이면서 저잣거리에 나온 제가 언제나 돌아가고 싶었던 마음의 길이기도 합니다.

　저는 현대 문명이 걸어온 길은 우리 수행자들이 잘못 살아온 길이라고 생각합니다. 종교가 가진 신비적이고 형이상학적인 담론은 세속을 떠난 초월 속에서만 이루어지는 것이 아니라 실천적·도덕적으로도 완성되어야 한다고 생각합니다.

　또한 전도된 가치관에 의해 고통 받고 있는 사람들에게 무관심한 채로 기복을 비는 종교 행위는 이 사회의 위기가 깊다는 것을 느끼게 하여 줍니다.

　수행자는 비록 산속 깊은 곳에 숨어 지내도 남모르는 선행을 익혀야 하며 세상 밖에서도 세상의 이치를 꿰뚫어 보는 통찰력을 가져야 합니다.

　조주 스님께서는 「12시가」에서

　　유위공덕(有爲功德)은 속진(俗塵)에 덮이나니
　　무한전지(無限田地)를 일찍이 쓸어 본 적 없어라

라고 노래하셨습니다.

　예전에 저는 그 구절을 참으로 좋아해서 늘 암송하고 다녔습니다.

　번뇌를 버리지 않고 열반에 든다고 할 때 우리는 스스로의 성품으로 번뇌를 다스릴 수 있습니다. 천성산은 제 수행에는 장애였지만 그 장애를 통해서 제 자신과 이 사회가 극복해야 할 것이 무엇인지 알았기 때문입니다.

　비록 이 글을 쓰고 있는 이 순간도 제 마음은 끝없이 무너져 내리지만 그 세계를 이해하는 보편적인 질서에 대한 믿음이 있었기에 돌아보면 후회 없는 삶이었습니다.

닭 우는 축시(丑時)

깨어나서 추레한 모습을 근심스레 바라본다.
군자(裙子)도 편삼(褊衫)도 하나 없고 가사(袈裟)는 형체만 겨우 남았네.
속옷에는 허리 없고 바지에는 주둥아리 없구나.
머리에는 푸른 재가 서너 말
도 닦아 중생 구제하는 이 되려 하였더니
누가 알았으랴! 이렇게 변변찮은 꼴로 변할 줄.

이른 아침 인시(寅時)

황량한 마을 부서진 절은 참으로 형언키조차 어려운데
재공양은 고사하고 죽 끓일 쌀 한 톨조차 없다.
무심히 창문과 가는 먼지만 가만히 바라보니

참새 지저귀는 소리뿐, 친한 이 아무도 없다.
호젓이 앉아 때때로 떨어지는 낙엽 소리를 듣는다.
누가 말했던가, 출가인은 애증을 끊는다고.
생각하니 모른 결에 눈물이 난다.

해 뜰 녘 묘시(卯時)

청청함이 뒤집혀 번뇌가 되고
유위공덕(有爲功德)은 속진(俗塵)에 덮이나니
무한전지(無限田地)를 일찍이 쓸어 본 적 없어라.
눈썹 찌푸릴 일만 많고 마음에 맞는 일 적나니
참기 어려운 건 동촌의 거무튀튀한 늙은이
보시 한번 가져온 일이란 아예 없고
내 방 앞에 나귀를 놓아 풀을 뜯긴다.

공양 때의 진시(辰時)

사방 인근에 밥 짓는 연기만 부질없이 바라보노라.
만두와 찐빵은 작년에 이별하였고
오늘 생각해 보니 공연히 군침만 돈다.
생각을 지님은 잠깐이요 잦은 한탄이로다.
백 집을 뒤져 봐도 좋은 사람 없어라.
찾아오는 사람은 오직 마실 차를 찾는데
차 마시지 못하고 가면서는 발끈 화를 낸다.

오전의 사시(巳時)

머리 깎고 이 지경에 이를 줄을 누가 알았으랴.
어쩌다 청을 받아 촌중 되고 보니
굴욕과 굶주림에 허망한 꼴, 차라리 죽고 싶어라.
오랑캐 장가와 검은 얼굴 이가는
공경하는 마음은 조금도 내지 않고
아까는 문득 문 앞에 와서 한다는 말이
차 좀 꾸자, 종이 좀 빌리자고 할 뿐이네.

해가 남쪽을 향하는 오시(午時)

차와 밥을 탁발하여 도는 데는 정한 법도가 없으니
남쪽 집에 갔다가 북쪽 집에 다다르고
마침내 북쪽 집에 이르는 그 수를 헤아릴 수 없다.
쓴 가루, 소금과 보리초장,
기장 섞인 쌀밥에 상추무침.
오로지 아무렇게나 올린 공양이 아니니
스님은 모름지기 도심이 견고해야 한다고…….

해 기우는 미시(未時)

이때는 양지 그늘 교차하는 땅을 밟지 않기로 한다.
한번 배부르면 백날의 굶주림을 잊는다더니

오늘 이 노승의 몸이 바로 그렇도다.
선(禪)도 닦지 않고 경(經)도 논하지 않나니
헤진 자리 깔고 햇볕 쬐며 낮잠 잔다.
생각커니, 저 하늘의 도솔천이라도
이처럼 등 구워 주는 햇빛은 없으리로다.

해 저무는 신시(申時)

오늘도 향 사르고 예불하는 사람은 있어
노파 다섯에 혹부리 셋이라
한 쌍의 부부는 검은 얼굴이 쭈글쭈글
유마차(油麻茶)라 참으로 진기하구나.
금강역사(金剛力士)여, 애써 힘줄 세울 필요 없다네.
내 바라노니, 내년에 누에 오르고 보리 익거든
라홀라 아이한테 돈 한 푼 주어 봤으면.

해지는 유시(酉時)

쓸쓸함밖에 무얼 다시 붙들랴
고상한 운수납자(雲水衲子) 영영 끊기고
절마다 찾아다니는 사미승은 언제나 있다.
격식을 벗어난 말 입에 오르지 않나니
석가모니를 잘못 잇는 후손이로다.
한 가닥 굵다란 가시나무 주장자(柱杖子)는

산에 오를 때뿐 아니라 개도 때린다.

황혼녘 술시(戌時)

컴컴한 빈방에 홀로 앉아서
너울대는 등불을 영영 보지 못하고
눈앞은 온통 금주(金州)의 옻칠이네.
종소리도 듣지 못하고 그럭저럭 날만 보내노니
들리는 소리라곤 늙은 쥐 찍찍대는 소리뿐
어디다가 다시 마음을 붙여 볼까.
생각다 못해 다시 바라밀을 외워 본다.

잠자리에 드는 해시(亥時)

문밖의 밝은 달, 사랑하는 이가 누구인가.
집안에는 오직 잠자러 갈 때가 걱정이다.
한 벌 옷도 없으니 무얼 덮는담.
유가(劉家) 유나(維那)와 조가(趙家) 오계(五戒)는
입으로는 덕담하나 정말 이상하구나.
내 걸망을 비게 하는 건 그렇다 하더라도
모든 인연 물어보면 전혀 모르는구나.

한밤중 자시(子時)

마음 경계가 잠시라도 그칠 때 있더냐.
생각하니 천하의 출가인 중에
나 같은 주지가 몇이나 있을까.
흙자리 침상 낡은 갈대 돗자리
늙은 느릅나무 목침에 덮개 하나 없다네.
부처님 존상에는 안식국향 사르지 못하고
잿더미 속에서는 쇠똥 냄새만 나는구나.

지율의 질문과 우리의 대답

지율 스님의 질문을 이 사회는 어떻게 이해했을까

우석훈(초록정치연대 정책실장, 경제학 박사)

1. 지율 스님 사건

지율 스님에 대해서 평가하거나 한 마디 거드는 것만큼 어려운 일은 없다. 폄하하거나 욕하거나 혹은 손가락질하기는 쉽다. 그렇지만 '온전하게' 이해하려고 노력하는 순간에 '지율'은 그야말로 하나의 난해한 질문처럼 꼬여 들어가기 마련이다. 고속철과 관련된 일련의 절차나 천성산 지하수에 대한 전문적 평가 같은 얘기들은 사실은 지율 스님이 던진 질문의 대단히 제한된 일부에 불과하고 거기에 사태의 본질이 숨어 들어가 있는 것 같지도 않다.

개인적으로 나는 지율 스님을 만나 뵌 적이 한 번도 없다. 물론 내가 만나지 않았던 사람은 지율만은 아니다. 사실 난 사람을 거의 만나지 않고, 대부분 드러난 몇 개의 언행과 직접 쓴 글, 그리고 여러 가지 정황을 통해서 판단하려고 하는 편인데, 사실은 내가 별로 유명한 사람도 아니라서 그렇게 잘 알려진 사람을 직접 보게 되는 일은 별로 없다. 그러나 직접 보았다고 해서 평가가 바뀌거나 새로운 사실을 알게 되는 일도 별로 없는 것 같다. 그만큼 사람에 대한 평가가 어렵고, 얼굴 한번 보았다거나 얘기 몇 마디 나누었다고 해서 사람을 이해하거나 더 잘 알 수 있을 만큼 나는 사람에 대한 깊은 이해를 가지고 있지는 않다.

지율 스님을 하나의 사건으로 생각하는 것은 지율 스님이 이 사회에 던진 질문이 단순히 국책사업 하나의 절차에 대한 문제 같은 것이 아니기 때문이다. 그는 복잡하게 얽힌, 그 어느 누구도 편안할 수 없는 질문을 그야말로 포괄적으로 던졌다. 신자유주의의 흉내를 내어 '신 개발주의' 라는 말을 쓰거나 혹은 건설업 위주의 경기 부양책 때문에 지율 스님 사건이 생겼다고 단순하게 얘기하기에는 너무나 복잡한 사건이다.

이렇게 질문을 바꾸어 보자. 만약 현 정부가 노무현 정부처럼 대화하기 어렵고, 한번 하기로 한 건 어쨌든 밀어붙이는 그런 정부가 아니라서 조금 더 타협적이고 전향적으로 사태가 진행되어 고속철 노선이 천성산을 관통하는 형태가 아니라 다른 방향으로 진행되었다면 지율 스님의 질문에 대해서 이 사회가 답을 한 것일까? 나는 지율 스님의 질문은 그렇게 단순한 것은 아니라고 생각한다. 그것은 지율이 더 현명하거나 혹은 더 많이 배워서, 아니면 더 많이 깨달아서 질문을 하게 된 것이 아니기 때문이다.

다른 방식으로 질문을 바꾸어 보자. '도롱뇽' 이라는 이름으로 대변된 생태계의 한 생명체에 대한 재판에서 도롱뇽을 원고로 채택할 수 있다는 '원고 적격' 판정이 나왔다면 이 사회는 지율의 질문에 대답을 한 것이고 나름대로 문제를 풀게 된 것일까? 그렇지도 않다고 생각한다. 지율이 사회에 던진 질문은 그렇게 단순한 것이 아니기 때문이다.

역사상에 지율 사건과 비슷한 사건이 무엇이 있을까 생각해 보면 소크라테스의 신탁 사건이 떠오른다. 어느 날 아테네 여신은 신탁을 통해서 '세상에서 가장 현명한 사람은 소크라테스이다' 라는 말을 한다. 소크라테스가 가장 똑똑한 사람이었는지 아닌지는 알 길이 없고, 어쨌든 이 신탁의 결과로 소크라테스는 독배를 마시고 죽게 되지만, 그 대신에 '로고스' 라고 하는 '절대 진리' 의 한 역사가 열리게 된다.

지율이 공사음 속에서 '살려 달라'는 목소리가 묻혀 있는 것을 들었다는 이야기는 신탁의 구조를 가지고 있다. 이 경우 지율은 신의 매개체 혹은 자연의 영매와 같은 존재이다. 지율이 무엇을 생각하고 어떤 사람인가가 중요한 것이 아니다. 지율의 몸을 통해 자연이든 혹은 신이든 우리들에게 전하고자 했던 메시지가 무엇인지가 중요한 것이지 그것이 누구의 입을 통해서 나왔는가는 '신탁 구조'에서 그렇게 중요하지 않다. 그렇지만 이 사회는 여전히 지율의 말보다는 지율이라는 사람에게 더욱 많은 관심을 기울이고 있다.

지율은 한 종교인이며, 구도자이고, 한 여성이고, 가진 것이 많지 않은 이 시대를 우리와 같이 살아가는 한 사람일 뿐이다. 그러나 사람들은 지율에게 관심이 많고, 지율이라는 몸을 빌려서 던져진 질문에 대해서는 전혀 관심이 없다. 소크라테스를 죽여야 한다고 결정한 그리스 사회와 전혀 다르지 않다.

2. 도롱뇽이 상징하는 것

사람들은 지율을 바보로 간주하는 경향이 있다. 혹은 순수한 마음이 예쁘다거나 '요승'으로 취급하거나 했지 어쨌든 우리와 똑같은, 그 역시 시대의 짐을 지고 평범하게 살아가는 사람으로 잘 보지 않는다. 지나치게 신격화시키거나 지나치게 폄하하거나 그 극단을 달리고 있다. 도대체 지율의 도롱뇽이 무엇을 상징하는가 하는 질문에 대해서는 생각하지 않으려고 한다.

2003년 『녹색평론』 5~6월호에 지율 스님이 단식을 종료하면서 당시 심경을 한 페이지로 정리한 글이 하나 있다. 그 글에는 도롱뇽이 주인공

이 아니다. 여러 단체 사이에서 복잡한 이야기들이 오가던 당시의 상황으로 보면 상당히 복잡한 심경이었을 터인데, 그때의 지율의 심경을 토로하는 글에는 도롱뇽 대신 피부병에 걸린 쥐에 대한 이야기가 나온다.

도롱뇽에서 쥐에 이르기까지 지율의 몸을 빌려 이야기하는 그 '주체'는 과연 누구일까? 피부병에 걸린 쥐 한 마리가 죽어가던 모습을 상상해 보자. 이건 사람인가, 혹은 동물인가, 그도 아니면 생명을 가지고 있지 않은 그야말로 순진무구한 자연에 관한 이야기인가? 그 어느 편이라도 좋다. 무엇인가가 상당히 위기에 빠져 있다는 이야기이다.

이야기를 조금 더 전개시키기 위해서 '피부병에 걸린 쥐'를 우리 아이들에 대한 메타포라고 잠깐 가정을 하고 지율의 심경을 그려 보자. 우리나라에는 기형아 출산율에 대한 통계가 공식적으로는 없지만 대체적으로는 그렇게 급격하게 늘지 않는 것이 추세라고 알고 있다.

그러나 이러한 일반적 상황을 우리나라의 다른 제도와 연결시켜 생각해 보자. 낙태 금지법이 있지만 그렇다고 해서 우리나라에 낙태가 줄어들고 있지는 않다. 미숙아나 기형아에 대해 양수 검사 등을 통해서 다양한 방식으로 낙태 시술을 하고 있다. 불과 50년 전의 상황과 비교한다면 실질적인 기형아가 많이 늘었겠지만, 양수 검사와 낙태로 이 사회는 기형아 출생률을 억지로 낮추고 있는 셈이다.

태어난 아이들에게도 문제는 사라지지 않는다. 2004년도 국회 국정감사의 자료에 의하면 우리나라 병원 진료 기록으로 0~4세의 아이들 중 16퍼센트에게 아토피가 발생하고 있으며, 광역 단위로는 제주도가 가장 높은 22퍼센트를 기록하고 있다. 대구 중구는 65퍼센트, 서울 강남구도 34퍼센트 정도로 심하면 세 아이 중에 두 명, 낮으면 세 아이 중에 한 명이 아토피로 고생하고 있는 것이 지금 우리나라의 현실인 것이다.

피부병에 걸린 쥐는 어쩌면 바로 우리 아이들의 '아픔'을 상징하고 있는 것인지도 모른다. 인간 중에 가장 약한 존재가 아이들 혹은 영아들이지만, 그 동안에 다른 생태계에는 아무런 문제가 없을까? 아이들이 예민한 것처럼 생태계의 존재들도 예민하고, 이러한 것들은 심정적·정서적·물질적으로 서로 연계되어 있다. 이러한 연계성이 바로 '생태계', 즉 'eco+system'이 가지고 있는 근본적인 특징인 것이다.

그래서 지율의 도롱뇽은 사람에 대한 이야기이기도 하고, 아이들에 대한 이야기이기도 하고, 자연에 대한 이야기이도 하며, 동시에 우리나라 전체에 대한 이야기이기도 하다. 도롱뇽이 죽어서 문제가 되는 것이 아니라, 도롱뇽도 살 수 없는 상황, 즉 지금의 흐름이 계속되었을 때 우리나라는 '아픈 아이들의 세대'에 직면하게 될 것이라는 질문이기도 하고, 또한 어른들에 관한 이야기이기도 하다.

물론 지율이 이 모든 변화에 대한 통계와 자료들을 가지고 있거나 하물며 우리나라 인구의 출생률에 대해서 알 것 같지는 않다. 그렇다고 해서 지율이 던진 질문이 의미가 없어지는 것은 아니다. 그래서 나는 지율의 도롱뇽이 일종의 델파이 신전의 신탁과 같은 것이라고 이해한다.

3. 지율과 에코 파시즘?

지율의 단식이 끝나고 사회에서 내리는 평가는 상당히 다양하다. 대부분이 지율 개인에 대한 평가에 쏠려 있다.

가장 평범하지만 진솔한 평가는 법륜 스님이 남기신 말씀인 것 같다. 정토회의 법륜 스님은 마지막 장면에서 등장하는 사람인데, 이전에 지율 스님과 교분은 가지고 있지 않았다고 하신다.

"지율이 얘기하는 도롱뇽은 눈에 보이지 않지만, 지율이 죽어가는 것은 보이더라……."

솔직하고 가장 평범하지만, 대부분의 사람의 생각을 법륜 스님이 대변하고 있는 셈이다. 지율을 살리고자 했던 사람들도 지율을 중심으로 생각하지만, 지율과 대척의 자리에 섰던 사람들도 지율을 중심으로 사유하는 것은 마찬가지이다.

'요승'이라는 표현은 정부에서 주로 지율을 비공식적으로 평가할 때 사용하는 용어인데, 많은 사람들은 정부의 공식적인 국책사업을 한 개인이 막아서서 결국 일시적으로라도 정지시켰다는 점에서 비슷한 유형의 반감을 가지고 있다. 이들은 지율과 고속철이라는 두 가지를 대척점으로 이해하고 있다. 역시 평범하고 일상적인 이해이다.

이러한 두 개의 견해가 입장을 달리한 평범한 두 개의 시각이라면, 조금 궤를 달리하는 극단적인 평가가 '에코 파시즘'이라는 평가이다. 정부 측에서도 이렇게 평가하는 사람이 아주 없는 것은 아니지만, 그보다는 환경단체 쪽에서 지율을 평가할 때 에코 파시즘이라는 용어를 자주 목격하게 된다.

이러한 평가는 실제로는 조금 과도한 평가이다. 우리나라는 에코 파시즘에 대한 논의를 할 정도로 높은 생태 의식이 있는 나라가 아니다. 때때로 이명박 서울시장의 청계천 복원 등 환경과는 아무런 상관없는 토목공사에 대해서 에코 파시즘이라는 평가를 내리지만 이러한 평가도 실제로는 과도하다. 이명박 시장의 경우는 '환경 친화적 개발론자' 정도로 평가하는 것이 적당하다.

이명박 시장이 없던 사업을 새로이 한 것도 아니고 지금까지 '환경 친화적 개발론자'들이 오랫동안 주장했던 것을 서울시에서 받아서 시행한 것에 다름 아니다. 이명박 시장이 특별히 문제가 더 있어서 서울시의 문제가 불거진 것이 아니라, 오히려 지금까지의 허울 좋은 '환경 친화적 개발론자' 들의 담론 자체가 가지고 있던 문제가 서울에서 불거진 셈이다. 그래서 나는 이명박 시장의 독단에 대해서도 에코 파시즘이라는 비판이 정확한 것은 아니라고 평가하는 편이다.

이러한 흐름에서 지율 스님에게 내려진 에코 파시즘이라는 평가는 과도하고, 사태의 본질과는 별로 맞지 않는다고 생각한다.

4. 나는 지율을 어떻게 평가하는가?

어려운 질문이다. 인간 지율 혹은 성직자 지율 혹은 환경운동가 지율, 이렇게 복잡한 상황에 놓여진 지율을 어떻게 평가할 것이냐고 나에게 물어본 사람은 아무도 없었다. 그리고 나도 지율을 평가하는 '가혹한' 상황은 피하고 싶었다. 나는 공식적으로 지율을 평가하거나 재단할 만한 위치에 있지도 않고, 얼굴도 한번 못 본 한 성직자를 평가할 만한 능력을 가지고 있지도 않다.

그럼에도 불구하고 나에게 던져진 이 곤란한 상황을 피해 나가고 싶지 않은 것은 지율에 대한 과도한 평가들 때문이다.

나는 지율은 '백지'와 같은 사람이라고 평가하고 싶다. 백지와 같은 사람은 신탁의 조건인데, 그리스 시대의 초기에는 처녀들이 신탁을 주로 받았지만, 신전에서 불미스러운 사건이 몇 번 생기고 난 뒤 소크라테스 시대에는 이미 늙은 여인들로 신탁의 영매들이 대체된 이후였다. 어쨌든 신탁을 받기 위해서는 백지와 같아 신의 목소리를 받아들일 수 있는 투명성이 요구된다. 나는 지율을 이 백지와 같은 사람이라고 생각하고, 그래서 지율의 '도롱뇽'을 이 혼돈의 시대에 이 땅의 생태계가 던져 준 신탁과 같은 것이라고 이해하고 싶다.

지율이 던진 질문을 전파하는데 '초록의 공명'이란 말이 사용된 것은 이와 무관하지 않다. 여기서 공명이란 '지율의 주장'이나 지율 개인에 대한 것이 아니라, 일종의 신탁 관계에서 생태계와 미래 세대의 아픔에 대해서 공명하는 것이라고 나는 이해한다.

그래서 천성산과 관련된 일련의 사건은 '지율 사건'이라고 불리는 것이 옳고, 이 지율 사건의 본질은 과연 지금 우리나라가 겪고 있는 문제의 본질이 무엇이냐는 질문과 관련되어 있다. 지율 스님을 지지하느냐 혹은 지지하지 않느냐의 문제가 아니라, 지율 스님의 질문을 '느꼈는가' 혹은 느끼지 못하였는가를 놓고 개인들에 던져진 시대의 질문 같은 것으로 이해되어야 한다.

문제는 고속철이 경주를 경유하면서 이미 경제적인 최적 노선과는 멀어져 버린 상태에서, 이미 우회했는데 한 번 더 우회하는 게 뭐가 문제냐와 이미 우회했으니까 더는 우회해서는 안 된다는 그야말로 말꼬리 잡기 싸움 같은 것이 아니다. 고속철이 필요한가 아닌가, 혹은 그 노선은 어떻게 되어야 하느냐에 지율의 질문이 있는 것도 아니다. 그래서 지율에 대한 평가도 고속철 사업이 어떻게 되느냐, 혹은 천성산을 살릴 수 있느냐 없느냐에 대한 문제가 아니다.

5. 천성산 이후는 어떻게 될 것인가?

죽음 끝에 내몰렸던 지율이 극적으로 살아났듯이 천성산의 도롱뇽이 극적으로 살아날 수 있을까? 지금으로서는 불가능해 보인다. 지율 스님의 공명에도 불구하고 지하수를 평가할 수 있는 능력을 갖춘 몇 명 되지 않는 우리나라의 지하수 전문가들이 천성산에 대한 평가 작업에 참여하지 않았고, 현 상황에서 재평가를 한다고 해도 제한된 역량으로 종합적인 평가가 이루어지기는 적어도 내가 아는 한에서는 곤란하다.

지율 스님이, 만약 있다면 신탁이라고 표현할 수밖에 없는 그 어떤 메시지를 '초록 공명'으로 사회에 전파하기 위해서 노력하고 있는 그 몇 달 동안에도, 이 사회는 '반 생명'으로 더욱 더 급하게 내달리고 있는 상황이다.

대한민국의 지도를 따라 천성산에서 반대편으로 넘어가면 천수만이 있다. '관광단지' 개발에 방해가 된다고 주민들이 나서서 직접 철새들의 서식지인 갈대밭에 불을 지르는 일이 벌어진 현 상황에서, 도롱뇽을 살려야 한다는 작은 신탁으로 세상을 조금이라도 '푸르게' 바꿔 보고 싶은 소망에서 비롯된 천성산 사건은 불과 몇 달 전의 일임에도 불구하고 아득하게 오래전의 일처럼 느껴진다. 예전에도 철원군의 두루미 때문에 피해를 받던 농민들이 쥐약을 놓아 두루미를 죽이거나, 북한산의 뉴타운 개발을 위해서 환경평가가 진행되기 전에 습지를 몰래 메우거나, 혹은 골프장을 건설하면서 밤에 몰래 보호수종들을 베어낸 것과 같은 음성적인 행위들이 전혀 없었던 것은 아니다. 그러나 환경영향평가 1등급을 받으면 관광단지로 개발될 수 없다는 이유로 공공연히 철새 서식지에 불을 지른 적은 없었다.

지금과 같은 사회 분위기에서 석 달로 예정되었던 천성산 환경영향 재평가의 결과가 어떻게 나오든지 간에 도롱뇽이 천성산에서 살아남기는 곤란해 보인다. 결과가 어떻게 나오든 간에 이제 고속철의 노선을 돌리기는 어렵다.

그 다음을 준비해야 한다는 것은 지율이나 시민단체, 생명 평화 세력 모두에게 가혹한 일이다. 그렇지만 지금 같아서는 그것이 엄연한 현실처럼 보인다. 이 정부가 반드시 다른 정부보다 더 '생태적 문제'에 문맹인 개발주의 정부라서 그런 것만은 아니다. 정부 국책사업에 대한 평가와 추진 절차가 지나치게 사업자에게 유리한 방식으로 정해져 있기 때문에 이런 일이 생겨나는 것만도 아니다. 문제는 장치가 아니라 장치를 구성하는 사람들의 시대 인식에 있는 것인지도 모른다. 철새들이 머무는 갈대밭에 불을 지르면서 '생태 관광지'를 만들어 달라고 하는 주민들이 국민이라면, 지율이 던졌던 '피부병에 걸린 쥐'라는 화두는 그야말로 호사가 극에 달해서 던진 질문 그 이상도 이하도 아니다.

그래서 감히 평가하면 지율 스님 그 이후는 없는 것인지도 모른다. 적어도 사람들이 지율이 던진 질문을 보지 않고, 단식과 관련된 일련의 '지율 현상'과 자연인 '지율' 개인만을 보려고 한다면, 더 이상 지율 이후는 없고, 지율 사건도 아무 사건도 아닐지도 모른다. 사회적으로 지율 사건은 이미 종료된 것인지도 모른다.

그렇지만 지율이 던진 질문의 시효는 아직 끝나지 않았다. 도롱뇽은 생태계만을 상징하는 것이 아니라 지금의 '개발 정국'에서 생명을 잃어 가는 '그 무엇'을 상징하는 것인지도 모른다. 그 무엇은 '잘 살아 보자'를 구호로 외치고 있는 사람들의 아이들까지 같이 노리고 있는 것인지도 모른다.

지율에게 에코 파시즘이라고 분노하는 일련의 사람들이나 혹은 요승이라고 분노하는 또 다른 편의 사람들에게 지율이 '영매'와 같은 역할을 하고 있고, 도롱뇽은 일종의 신탁 현상이라는 것을 설명할 수 있을까? 대단히 어려워 보인다. 그럼에도 불구하고 살려야 할 것은 살려야 하고, 지

248

켜야 할 것은 지켜야 한다. 지금 이 땅의 '잘 사는 지역 건설' 국면에서 상식이 어디로 사라진 것인지 알 수가 없지만, 지율의 질문은 여전히 상식을 가지고 있는 사람들에게는 아픈 질문으로 지금도 그리고 앞으로도 오랫동안 남아있을 것이다.

그것이 아테네의 시민들에게 소크라테스가 세상에서 제일 똑똑한 사람이라고 지혜의 여신인 아테나가 던진 질문이었다. 아테네의 번영이 영구하지는 못했지만, 이로써 철학이 탄생하게 되었다. 지율 사건은 이 땅의 파괴를 단 한 달 정도 늦추었을 뿐이다. 그 이상도 그 이하도 아니다. 그렇지만 질문은 남아서 '이 죽음의 국토에서 과연 생태계 혹은 생명은 무엇인가'라고 끝없이 묻게 될 것이다. 성급한 에코 파시즘이라는 평가와 요승이라는 평가 모두 개인에게 맞추어져 있다. 그러나 지율이 보라고 한 것은 지율 자신이 아니라 도롱뇽이고 도롱뇽으로 상징되는 그 무엇이다.

그 무엇의 마지막에는 바로 자기 자신이 있다는 것, 나는 그것을 지율의 질문이라고 이해하고 싶다.

[『영대문화』, 2005년 7월]

희생

지율과 예수

박경미(이화여대 기독교학과 교수)

1

지난 2월 초 우리 사회는 한 여승이 1백 일을 굶으면서 목숨을 내놓고 무언가를 호소하는 모습을 보았다. 지율은 1백 일을 굶으면서 무언가를 호소했다. 그는 무엇을 호소했던가? 우리는 그가 무엇을 호소했는지 기억하고 있는가? 아니 우리 사회는 그가 무엇을 호소했는지 이해했었나?

대부분의 주류 언론은 단식 70일이 되어 갈 때까지 숨죽이고 있다가 90일이 넘어가서야 '단식 며칠 째'를 대문짝만 하게 뽑아서 기사화했다. 그들은 단식 1백 일이 되기를 카운트다운하면서 백주에 한 비구니가 서서히 굶어 죽어가는 엽기적 사건에 대한 대중의 관음증적 호기심을 자극했다. 아이러니컬하게도 이러한 속물적인 호기심 유발 덕분에 지율의 단식은 대중들에게 알려졌고 그로 인해 동정적인 여론을 얻게 되었다. 눈앞에서 사람이 죽어가는 모습을 어떻게 보고 있느냐는 선량한 마음도 있었겠지만, 1백 일이라는 단식 실력에 대한 존경심 역시 지율을 살리는 데 한몫 했을 것이다. 지율은 이번 1백 일간의 단식에 앞서 2003년 1~2월에 38일, 10~11월에 45일, 2004년 6~8월에 58일간 단식을 했으니, 2003년 1월부터 2005년 2월 사이에 천성산 문제로 총 241일간의 단식을 한 것이다. 단식으로 말하자면 인간의 한계를 오래전에 넘었다고 할 수 있다.

지율의 질문과 우리의 대답 251

지율은 이러한 초인적인 단식을 통해 대부분의 환경운동가들이 일찌 감치 포기했던 것을 이루어 냈다. 지율 측과 경부고속철도 사업단은 경 부고속철도 천성산 구간의 관통 터널과 관련된 환경영향조사를 위해 공 동조사단을 구성하고 3개월 동안 터널 공사와 천성산의 지하수 지질 생 태계와의 상관관계 등을 조사하기로 2005년 2월 4일 합의했다. 조사 결 과에 따라서 정부는 천성산 관통 터널을 뚫는 것을 포기할 수 있고, 반대 로 환경에 별다른 영향을 미치지 않는다는 결론이 나오고 지율 측이 승 복하지 않을 경우 조사단의 모든 자료를 대법원에 넘겨 대법원의 판단에 따르기로 합의했다. 이와 별도로 정부는 이번 일을 계기로 앞으로 환경 에 영향을 미치는 국책사업을 계획할 때 사회적인 합의와 의견 수렴의 과정을 거치는 제도적이고 법적인 장치를 마련하겠다고 발표했다. 천성 산 터널 공사를 아예 원점에서 포기하거나 뚫어 놓은 터널을 다시 메우 는 것이 아니라, 단지 3개월간의 제대로 된 공동 환경영향조사를 한다는 것이 합의 내용의 골자다.

1백 일간 목숨을 건 단식을 통해 얻어 낸 것 치고는, 그리고 천성산 도 롱뇽을 살리기 위해 수많은 사람들이 가슴 졸이며 애태워 이루어 낸 것 치고는 지극히 당연한, 최소한의 사항들이다. 우리 사회는 이 정도의 합 의를 이끌어 내는 데 한 사람의 목숨을 건 '희생'을 요구했다. 진즉에 이 루어졌어야 할 일을 이루기 위해 지율은 수백 일 동안 생사를 넘나들며 영육간의 싸움을 겪어야 했으며, 도롱뇽의 친구들은 절망과 희망 사이를 오가며 십만 마리가 넘는 도롱뇽을 접어야 했다. 최소한의 합의를 이루 어내기 위해 그런 피나는 고투가 있어야만 했다는 사실은 우리 사회의 정신적 파탄 상태를 단적으로 보여준다.

이제 '지율 스님 문제'는 일단락된 것처럼 보인다. 정부는 공동 환경영향조사를 하기로 '양보' 했고, 지율은 얻을 것을 얻었으니 앞으로 어떤 결과가 나오든 승복해야 한다. 더 내놓을 카드도 없다. 어찌 단식을 또 하겠는가? 그러나 단식 90일을 넘기기까지 "할 일은 했다", '더 이상 요구를 들어줄 수 없다"고 하던 정부와 두 손 놓고 바라보기만 하던 우리 사회의 상황은 지금도 달라지지 않았다. '지율 스님 문제' 라는 정부와 언론의 조어에서도 나타나듯이 지율을 '문제' 로 보는 우리 사회의 문제적인 정신 상태는 전혀 달라지지 않았다. 이 점은 지율이 단식을 푼 후 청와대 시민사회수석이 사회 갈등 조정기구 설립의 필요성을 언급하면서 "수도하는 스님이 단식이라는 극단적인 방법을 통해 막대한 예산 집행을 가로막고 당초 계획을 변질시키는 일이 있어서는 안 되겠다"고 말한 데서도 분명히 드러난다. 여러 차례에 걸친 지율의 단식으로 인해 그동안 막대한 예산이 낭비되었으며, 앞으로 또 환경영향조사 기간 동안 국민의 혈세가 낭비될 수 있으니 앞으로는 사전에 조정 장치를 마련하겠다는 것이다. 이것은 외견상 정책 입안자로서의 상식과 합리성을 반영하는 말 같지만, 실제로는 지율을 바라보는 우리 사회의 곤혹스러움과 불편한 심기를 드러내고 있다. 지율은 여전히 '골칫거리' 요, '문제' 다. 이것은 오로지 경제와 발전만을 최우선 가치로 여기고 그 앞에 가로놓인 모든 것을 없애야 할 장애물로 여기는 우리 사회의 분위기가 아니었더라면 불가능했을 발언이고, 분명히 그러한 분위기에 기대서 한 발언이다.

그러나 정말로 문제인 것은 지율이 아니라, 당초 노선 변경을 약속해 놓고도 헌신짝 버리듯 약속을 파기하고, 공동 환경영향조사를 합의하고도 제멋대로 합의를 무시하는 정부와 경부고속철도 사업단이며, 또한 거기에 대해 무심하고 모른 척하는 우리 사회다. 정말로 문제는 돈이라면 사람 하나 죽어 나가도 상관없고, 국익을 위해서라면 안됐지만 모래 바람 속에서 사람 목 하나쯤 잘려 나가도 어쩔 수 없다고 생각하는 우리 마음이다.

지율이 2년여에 걸쳐 일관되게 주장했던 것은 산에 터널을 뚫지 말라는 것이 아니라, 뚫어도 되는 산인지를 제대로 확인하고 뚫으라는 것이었다. 지율은 무슨 어마어마한 요구를 한 것이 아니라 아주 소박한 요구를 했고, 천성산지기 소임을 맡은 내원사 산감으로서 당연히 할 일을 했다. 당연하고 소박한 요구였지만 이것은 좀체 받아들여지지 않았고, 지독하게 오랜 시간을 끌었다. 그래서 모든 사람이 지쳤고, 함께했던 환경단체들도 그만하면 됐으니 포기하고 대화와 타협을 하라고 했다.

지율은 물러날 데 없는 벼랑 끝에 홀로 서 있다고 느꼈을 것이다. 벼랑 끝에서 뒷걸음치며 밀려 떨어지면 패배지만, 하늘을 우러르며 힘껏 앞으로 발을 내딛으면 벼랑 아래로 '날기'가 된다. 날아서 제 몸을 화살로 삼아 온 우주의 과녁 한가운데를 적중시키면, 그것이 '희생'이다. 스스로 희생한 자는 자신의 삶을 통해 진리의 빛을 발한다. 강요된 희생이 아니라 스스로, 자발적으로 희생한 자는 어떤 방식으로든 자신이 몸담아 살고 있는 세계와 우주적 생명의 근원적 진리를 보여주고, 삶을 통해 사람들이 가야 할 길을 비춰 준다.

2

지율은 천성산과의 인연이 계기가 되어 우리 사회의 실상을 똑똑히 보게 된다. 지율은 노무현 대통령에게 보내는 편지에서 "개인적으로 천성산의 가치에 눈을 뜨고 천성산의 보존을 위해 일했던 지난 2년 동안 천성산 문제를 통해서 도덕적으로 병들어 가는 사회의 모습을 보았으며 이 사회에 만연되어 있는 구조적인 모순이 어떤 것인지 들여다보게 되었다"

254

고 했다.(지율, 「대통령님께 드리는 편지」, 『지율, 숲에서 나오다』, 숲, 2004)천
성산과 한 몸이 되고 숲에서 나와 세속의 거리에 서기 전 그는 오로지 수
행에 전념하는 수도자였다. '새만금'이 무슨 새 이름인가 했고, 자신을
전태일에 빗대어도 전태일이 누군지 몰랐다고 한다.

　그러던 그가 포크레인에 산이 잘려 나가는 모습을 보면서 주체할 수
없는 신비롭고 충격적인 경험을 하게 된다. 지율은 산의 생명들로부터
도와 달라는 소리를 듣는다. 지율은 자신이 천성의 신음 소리를 들은 순
간을 이렇게 쓰고 있다.

　　산이 게으른 수행자였던 저를 불러 세운 순간을 저는 잊을 수가 없었습니다.
　　바위를 깎는 포크레인 소리에 묻혀
　　그 소리는 아주 가느다랗게 들렸습니다.
　　'거기 누구 없나요? 살려 주세요……'라고.
　　어린 아이의 울음소리 같기도 하고
　　늙은 어머님의 신음 같기도 한 이 소리는
　　지금 전국의 산하에 울리고 있습니다.
　　애처롭게 울리는 이 소리는 제게 신의 음성보다
　　더 무섭게 들렸습니다.
　　아픈 산하가 우리에게 도와 달라고 말을 건 이 순간이
　　생명에 대한 사랑과 희망을 이야기할 수 있는
　　마지막 순간일지 모른다는 조바심 때문에
　　낯선 거리에 서는 부끄러움도 차마 싫어하지 못했습니다.
　　(지율, 「아침의 여명」, 앞의 책)

고속철도가 천성산의 심장부를 관통한다는 소식을 들었을 때 지율은 산이 울고 있다고 느꼈고, 산이 도와 달라고 애원하는 소리를 들었으며, 도와주겠다고 약속한다. 그는 늪가의 작은 벌레들, 이름 모를 꽃들과 약속했고, 숲을 지키는 새들과 달아나는 고라니를 향해 자기도 모르게 중얼거리며 약속했다.(지율, 「사바의 꿈」, 앞의 책) 그 뒤 지율은 천성의 뭇 생명들과 하나가 되어 그들을 제 몸 안에 담은 채 그들이 아파하면 자신도 아파하고, 기뻐하면 자신도 기뻐하게 된다. 지율은 마치 자신의 구원을 갈망하듯이 천성의 구원을 갈망하게 된다. 생명의 완전한 일치, 완전한 사랑에 이른 것이다.

이러한 지율의 체험은 로마서 8장에서 바울이 말하고 있는 것과 일맥상통한다. 바울은 로마서 8장에서 다가올 하나님의 구원과 이에 대조되는 현재의 고통에 대해 말하면서 이러한 구원과 고통은 전 피조물을 포괄한다고 말한다. 그는 "우리는 모든 피조물이 이제까지 (우리와) 함께 신음하며, 해산의 고통을 함께 겪고 있다는 것을 압니다. 그뿐만이 아니라, 첫 열매로서 성령을 받은 우리도 자녀로 삼아 주실 것을, 곧 우리 몸을 속량하여 주실 것을 고대하면서, 속으로 신음하고 있습니다"(22~23절, 표준 새번역을 따랐음)라고 썼다. 인간의 타락 때문에 자연 세계 역시 허무에 굴복하고 사멸의 종살이를 하게 되었으며(21절), 자신의 구원을 위해 탄식하고 신음한다. 인간 역시 다른 모든 동식물과 마찬가지로 몸을 지니고 있으며, 인간 자신이 곧 몸이므로, 몸적인 존재, 피조물로서 인간은 다른 피조물들과 함께 허무와 사멸에 종속되어 신음하고 있다. 몸으로서 살아갈 수밖에 없는 인간 존재의 기본 조건은 인간이 피조세계와 한 몸임을 끊임없이 상기시키며, 이 때문에 피조세계의 구원을 떠나서 인간의 구원은 완성될 수 없다.

그러므로 이 세상의 고통, 피조세계의 고통은 세상으로부터 분리된 그리스도인의 삶의 영광을 돋보이게 하기 위한 어두운 화석이 아니라, 세계와 그리스도인과의 하나됨의 표징이다. 또한 성령은 신자들로 하여금 교회의 창문 너머 "사멸의 종살이"에 매여 있는 피조세계로 눈을 돌리게 하여 그들의 신음소리를 듣게 한다. 그리고 하나님은 영을 통해 소망을 주셔서 모든 "피조물이 사멸의 종살이에서 해방되어, 하나님의 자녀가 누릴 영광된 자유를 얻게 되는" 희망을 가지게 한다. 영이면서 동시에 몸인 인간은 사로잡힌 다른 몸들의 울부짖음을 들을 수 있으며, 또 거기서 메시아적 고통이 일어나는 것을 볼 수 있다.(18~23절)

이처럼 피조세계와의 근원적 일치감 속에 살아가는 인간은 구원의 미래에 대한 열광주의적 승리의 흥분감에 도취되기보다는 세상을 어둡게 체험하게 된다. 예언자 이사야는 "사막이 백합화같이 피어 즐거워하며, 소경의 눈이 밝아지고, 귀머거리의 귀가 열리며, 저는 자가 사슴같이 뛰고, 광야에 물이 솟고, 사막에 시내가 흐르는" 가슴 벅찬 새 세상의 비전을 보여 주었다.(이사야 35장) 그러나 그의 이 환상은 토기장이의 항아리가 깨져서 산산조각이 나듯이 모든 것이 무너져 내리고, 땅이 완전히 텅 비어 황무하게 되며, 세상이 생기 없이 시들며, 땅의 주민들이 불에 타서 살아남는 자가 얼마 되지 않으며, 모든 기쁨은 슬픔으로 바뀌고 땅에서 즐거움이 사라지는 묵시적 전망을 배경으로 하고 있다.(이사야 30장) 대체로 예언자들은 이러한 묵시적 종말의 환상 때문에 괴로움에 시달리며, 주변의 세계와 불화한다.

그리스도인들 역시 마지막에는 그리스도가 우주를 통치하리라는 믿음과 희망 속에 살아가지만, 그러한 희망과 고백은 이처럼 어두운 배경 속에서 그 윤곽을 얻는다. 박해와 고통으로 사방에서 위협받는 가운데 그리스도인은 담대함과 용기를 배워 가며(로마서 8:35~36), 권세자들의 요구가 환상임을 깨닫는다. 시련 가운데서 신앙인은 겉으로 드러나는 모든 것에도 불구하고 그리스도의 사랑을 신뢰하는 법을 배운다. 바울은 빛과 어둠이 교차하는 그리스도인의 내면을 이렇게 힘 있게 묘사하고 있다. "그러나 우리는 이 모든 일에서 우리를 사랑하여 주신 그분을 힘입어서, 이기고도 남습니다. 나는 확신합니다. 죽음도, 삶도, 천사들도, 권세자들도, 현재 일도, 장래 일도, 능력도, 높음도, 깊음도, 그 밖에 어떤 피조물도, 우리를 우리 주 예수 그리스도 안에 있는 하나님의 사랑에서 끊을 수 없습니다."(로마서 8:38~39)

이러한 그리스도인의 실존의 본질적 성격은 지율의 경험과 놀랄 만큼 일치한다. 바울이 피조물의 탄식 소리를 들었듯이, 지율 역시 천성(千聖)의 신음소리를 들었다. 예언자들이 모든 것이 파괴되는 종말에 대한 환상에 시달렸듯이, 지율도 아름다운 천성이 황량한 불모지로 변하는 악몽에 시달리며 "눈에 흙이 들어가도 천성산에 구멍을 내지 않겠다고 버럭 소리를 지르며 새벽잠에서 깨어나기 일쑤였다."(지율, 「슬픈 꿈」, 앞의 책, 81쪽) 자기 자신을 산 제물로 바치는 사람들은 남달리 처참한 묵시적 환상을 본다. 예언자들이 그랬고 예수가 그랬으며 지율이 그러했다. 예수가 예루살렘이 무너져 돌 위에 돌 하나도 남아 있지 않은 환상을 보고 어미닭이 병아리를 품듯이 세상을 품고자 했다면, 지율은 피 흘리며 파괴된 천성산의 환상 때문에 홀로 산길을 걸으며 눈물 흘렸고, 속세의 거리로 나섰다.

스스로 희생하는 사람들은 이러한 묵시적 환상 때문에 상황을 누구보다도 철저하게, 근원적으로 이해한다. 자신이 살아가고 있는 세계의 어두운 실상과 감춰진 살의를 보아 버린 사람들은 온몸을 바쳐 이를 막고

자 한다. 따라서 이들의 행동에는 상식과 당연함을 넘어서는 비장함, 생명을 얻기 위해 생명을 버리는 결연함이 있다. 선한 목자 예수가 양들인 공동체를 위해 목숨을 버렸듯이, 그래서 공동체가 영원한 생명을 얻었듯이(요한복음 10장), 지율은 천성산과 그 안의 뭇 생명들을 위해 자기 목숨을 바치고자 했고, 살아남아 천성의 어머니가 되었다. 예수는 스스로 목숨을 버림으로써 목자의 모범이 되었고, 지율이 한 일은 그 발자취 위에 있다. 이것은 목숨을 버리는 큰 사랑이며, 서로 통함, 서로 꿰뚫림, 완전한 앎이다. 그러므로 근원적인 관점에서만 나올 수 있는 통찰은 늘 인간 정신의 고양에 보탬이 되며, 고결하다.

3

예민한 영혼들은 온 우주에 가득 찬 생명들과 영혼들의 생각들, 의식들, 느낌들과 공명할 수 있다. 그들에게 우주는 생명의 기운들로 가득 차 있고 상처 받은 영들의 탄식과 기쁨으로 가득 차 있다. 우리의 생명 속에 생명의 물결이 파도처럼 와 닿고 있다. 사랑과 자비의 하나님은 아픔에 민감하게 반응하며, 아픔에서 치유와 구원이 시작된다.

어찌 보면 고통을 감당하고 이겨 내는 것이 생명의 본질이다. 대자대비(大慈大悲), 동체대비(同體大悲)의 하나님은 큰 아픔에서 큰 자비가 나오고, 큰 아픔에서 하나가 된다고 우리에게 가르쳐 준다. 모든 것을 무자비하게 집어 삼키고 파괴하는 시간의 수레바퀴는 그 아래 깔린 개인의 감정이나 선악 관념 따위에 아랑곳하지 않는다.

근원적인 시각에서 보면 우주는 끊임없이 존재하고 폭발하여 해소되었다가 다시 생성하는 가운데 유지된다. 그러나 그 안에 살아가는 덧없는 개체 생명들이 경험하는 것은 전쟁과 살육, 고통의 비명 소리이다. 신과 인간, 선과 악, 나와 너의 대립 속에 살아가는 인간은 살아있는 한 늘 고뇌하고 시련을 겪을 수밖에 없으며, 삶의 비극과 처참함에서 벗어날 수 없다. 인간은 누구나 시간 안에서 '나'와 '나 아닌 것'을 구분하며 불안한 존재로 살아갈 수밖에 없고, 종교 역시 이러한 고뇌와 시련을 부정하지 않는다. 그러나 개체 생명으로서 느끼는 삶의 부정성, 비극과 처참함이 궁극적으로 세계에 대한 온전하고 현실적인 인식이라고 생각되지는 않는다.

오히려 종교적 통찰의 놀라운 신비는 삶의 비극과 처참함을 생명에 대한 찬미로 바꾸어 놓는 데 있다. 종교의 본질은 개인의 의식과 우주적 의지를 화해시킴으로써 삶에 대한 무지와 무명(無明)을 추방하는 데 있다. 이 목적은 시간에 종속된 덧없는 개체 생명 현상과, 삶과 죽음이 병존하는 불멸의 삶과의 진정한 관계를 자각해야만 달성될 수 있다. 그리고 이 지점에서 자발적인 희생은 가능해진다. 거기까지 이르러야 복수심으로부터 자유로워질 수 있고, 그래야 먹고 먹히는 아비규환의 세상 한가운데서 자신을 먹이로 내어줄 수 있으며, 우주의 육체 속에 살아있는 생명으로, 등신불로 현존할 수 있다.

지율은 이와 비슷한 내적 경험을 다음과 같이 감동적으로 쓰고 있다.

지난 4년 동안 거리에 섰던 이야기를 누가 물으면 무엇이라고 말해야 할까요. 죽음에 이르도록 달리면서 바람에 머리를 헹구지 않으면 숨이 막혀 버릴 것 같았다고 이야기하면 누가 믿어 줄까요.

날이 선 칼날 단두대 아래서 한 몸이 둘로 나뉘는 그 찰나의 순간을 기억하며 항시 긴장해야 했습니다. 우리는 둘이라고…… 동지와 적도 둘이었고 사랑과 분노도 둘이었고 꿈과 현실도 둘이었고 칭찬과 비난도 둘이었고 수행자로서의 초졸함과 아만도 둘이었습니다.

그러나 70일의 허기를 견디어 내고 난 후, 제가 가져가야 할 둘의 절망이 갑자기 보이지 않습니다. 사랑해야 한다는 생각이 문득 들었습니다.

(지율, 「다시 벗에게」, 이 책 154~155쪽)

십자가의 예수 역시 이러한 생명의 역설적인 진리를 보여주고 있다. 예수는 십자가의 희생을 통해 복수심과 두려움을 극복하고, 광대하고 무자비한 우주의 걷잡을 수 없는 비극을 자기 존재의 존엄성 속에서 해소시킴으로써 완전한 사랑의 화신이 되었다.

스스로 고난을 당하는 하나님, 자기 자신을 제물로 바친 하나님에 대한 이 이야기는 우리로 하여금 사랑이 가능하다고 믿게 만들고 사랑을 희망하게 만든다. 믿는 자는 죽음의 형틀인 십자가에 이미 부활의 생명 꽃이 핀 것을 보기 때문이다. 이 믿음과 소망 안에서 우리는 바울처럼 힘차게 외칠 수 있다. "죽음을 삼키고서 승리를 얻었다. 죽음아, 너의 승리가 어디 있느냐? 죽음아, 너의 독침이 어디에 있느냐?"(고린도전서 15:54~55) 죽음을 이기고 부활한 예수와 함께 독수리처럼 힘차게 솟구칠 수 있게 된다.

4

십자가 위 예수의 우주적 싸움은 시공간 안에 구체적인 전선을 가지고 있었다. 예수는 로마제국과 예루살렘 성전지배체제에 맞섰고, 유대 통치자들과 로마제국에 의해 정치범으로 십자가 처형을 당했다. 그는 모든 것을 정결한 것과 부정한 것으로 나누고, 모든 사람을 죄인과 의인으로 갈라놓는 유대 정결법 체계를 간단히 무시해 버렸다.

예수에게 정결법은 '거룩'에 대한 공경심과는 아무 관련이 없고, 종교 엘리트들인 사두개파와 바리새파가 자신들의 계급적 우월성을 보장하기 위해 쳐 놓은 빈틈없는 그물망으로 보였을 것이다. 예수가 보기에 그것은 '이데올로기'에 불과했다. 그래서 그는 아무 거리낌 없이 죄인들과 함께 밥을 먹었고, 그들의 병을 치유했다.

복음서들이 그려 주는 바에 따르면 예수는 창과 칼을 들고 싸우거나 무슨 유별난 지식을 설파한 것이 아니라, 로마제국과 거기 기생한 유대 성전지배체제 아래 힘겹게 살아가던 1세기 팔레스타인 농부들과 함께 밥을 먹고 함께 병을 치유하며 생명의 기쁨을 나누었다. 세상은 원래 이랬고, 앞으로도 이럴 수밖에 없다고 절망한 사람들에게 그렇지 않을 수 있음을 온몸으로 보여 주었다. 아무것도 아닌 것 같아 보이는 그의 이 행동은 유대 민중들 사이에 크나큰 반향을 일으켰고, 이에 두려움을 느낀 유대 당국과 로마 총독부는 공모하여 그를 십자가에 처형했다.

예수의 사체 소생 장면을 그리고 있는 복음서는 없는 대신, 복음서들은 하나같이 빈 무덤에 대한 이야기를 전한다. 부활 장면에 대한 묘사는 없고, 예수의 시체를 찾으러 무덤에 갔던 여인들이 빈 무덤을 발견했다는 이야기만을 전한다. 그리고 부활한 예수를 만나는 그들의 '경험'에 대해 이야기한다. 예수의 시체를 찾으러 갔다가 무덤이 비어 있는 것을 발견하고 무덤 밖에서 울고 있는 마리아에게 예수가 나타나서 "마리아야!" 하고 말을 건넨다. 마리아는 "라부니!", "선생님!" 하고 부른다.(요한복음 20:16) 여기저기서 두려움에 떨고 있던 제자들이 살아있는 그리스도를 만나 용기를 얻고 담대하게 된다. 수없이 반복된 이러한 신비로운 체험 끝에 그들은 확신하게 된다. "그는 살아있다!", "그는 무덤 속에 있지 않고 지금 우리와 함께 있다!", "예수는 부활했다!"

그러나 이와는 다른 이야기도 있다. 부활 신앙만이 빈 무덤에 대한 납득할 만한 설명인 것은 아니다. 유대 대제사장들과 장로들은 예수의 제자들이 밤중에 와서 경비병이 잠든 사이에 예수의 시체를 훔쳐 갔다는 소문을 퍼뜨렸다.(마태복음 28:11~15) 시체를 도둑질해 가서 무덤이 비었다는 것이다. 복음서에는 이 두 가지 전승이 다 들어 있다. 기독교의 역사 속에서는 예수의 시체를 도둑맞았다는 상식적이고 상투적인 설명이 부활 신앙에 의해 삼켜졌다. 기적이 일어난 것이다. 그리고 이 믿음의 기적이 예수의 죽음과 부활을 조잡한 것으로 만들려는 모든 공격들을 막아 냈다.

지율에게도 이 기적이 일어날 것인가? 예수는 스스로 희생하고 부활하여 영원의 시간 속으로 고양되었고, 믿는 사람들의 마음속에 하나님의 표상으로 자리 잡았다. 그러나 지율은 아직 지속되는, 아니 영원히 지속될지도 모르는 남루한 옛 세계시간 속으로 다시 돌아왔다. 그래서 지율은 그의 싸움을 조잡하게 만들려는 공격들에 노출되어 있다.

무슨 수를 써서라도 경제성장을 이루어야 하며 속도와 양만을 유일한 가치척도로 생각하는 사람들은 타고난 그들의 부질없는 부지런함으로 민첩하게 지율의 싸움에 대한 손익계산서를 쓰고 있을 것이다. 지율은 그들의 손익계산서를 향해 이렇게 부르짖을 것이다. "국가를 위한 사업이라면, 그 안에는 억조창생을 함께 살리는 도리가 있어야 한다. 우리의 국책사업은 과연 그런 도리에서 이루어지는가?"

또한 '운동가적인' 관점에서 보더라도 지율의 싸움은 공격받을 수 있다. 서로 주고받을 수 있는 선을 냉철하게 계산하고 피차 도망갈 곳을 마련해 줄 줄 아는 상식 있는 운동가라면, 정확히 자신이 물러서야 할 때를 알고 차선을 얻어 내는 것으로 만족해야 한다. 그러나 지율은 도를 지나쳤다. 도를 지나쳐서 곁에 있던 많은 사람들이 지겨워할 정도로 오래 싸움을 끌고 갔다. 어쩌면 지율은 자기 수행을 위한 단식을 투쟁의 도구로 삼았다고 비판받을 수도 있다. 지율은 천상의 싸움을 벌였지만 지상의 전선에서 이런 공격들에 노출되어 있다.

그러나 본질적으로 중요한 것은 모두들 못 해낸 것을 지율이 해냈다는 것이다. 전략적·기술적으로 탁월한 전문가들, 어른들이 못 해낸 것을 지율이라는 어린아이가 해냈다. 사람이 단지 눈앞의 요구사항을 관철시키기 위해, 투쟁의 도구로 1백 일, 아니 241일을 굶을 수는 없다. 간단히 그것은 불가능하다. 그러나 어떤 숭고한 가치를 위한 자기희생으로 1백 일, 아니 그 이상을 굶어 등신불이 될 수 있고, 부활하여 영원한 생명에 들어갈 수 있다. 그것이 가능함을 예수가 그의 희생을 통해 보여 주었다.

이제 우리는 예수의 빈 무덤 앞에서 선택해야 했듯이, 지율의 희생 앞에서도 선택해야 한다. 그것은 결코 '경제냐, 환경이냐' 하는 선택이 아니라, '살 것인가, 죽을 것인가'의 선택이다. 이것은 선택 아닌 선택이다. 왜냐하면 죽음은 삶의 대안이 될 수 없기 때문이다. 지율은 달리 선택할 것이 없었기 때문에, "생명에는 대안이 없기 때문에" 생명의 길을 택했다.

이제 우리가 선택할 차례가 되었다. 부활한 예수의 생명을 선택할 것인가, 아니면 죽은 예수의 시체를 선택할 것인가? 부활한 예수의 생명을 택하고, 또 그대로 살면 우리에게 두려움과 복수심은 사라질 것이다. 왜냐하면 그 안에는 하나님의 사랑이 있기 때문이다. 그때 우리는 요한과 함께 하나님의 사랑을 이렇게 노래할 수 있을 것이다.

하나님은 사랑이십니다. 사랑 안에 있는 사람은 하나님 안에 있고 하나님도 그 사람 안에 계십니다. 사랑이 우리에게서 완성되었다는 사실은 이 점에 있으니, 곧 우리로 하여금 심판 날에 담대함을 가지게 하려는 것입니다. 우리가 이렇게 담대해지는 것은 그리스도께서 사신 대로 또한 우리도 이 세상에서 그렇게 살기 때문입니다. 사랑에는 두려움이 없습니다. 완전한 사랑은 두려움을 내쫓습니다. 두려움은 징벌과 관련이 있습니다. 두려워하는 사람은 아직 사랑을 완성하지 못한 사람입니다. 우리가 사랑하는 것은 하나님이 우리를 먼저 사랑하셨기 때문입니다.(요한1서 4:16~19)

〔『녹색평론』, 2005년 3~4월호〕

지율 스님, 그 고요한 단호함

허문영(영화평론가)

2월 초, 푸석한 겨울 들판을 달리는 기차간에서 『조선일보』를 읽다가 놀랐다. 1면과 5면에 1백 일 동안 단식한 끝에 목숨이 위태로운 지율 스님에 관한 기사가 아주 크게 실려 있었다. 나는 이 신문이 환경에 대해 어떤 태도를 취해 왔는지 잘 모르지만, 모두 세 꼭지로 구성된 그 기사의 분량은 한 사람의 단식 투쟁에 관한 기사로는 이례적으로 많다고 느껴졌다.

더 이상한 것은 지율 스님이 목숨을 걸고 단식하게 된 이유인 천성산 개발 자체에 관한 내용은 전혀 없고 오로지 스님의 목숨을 살려야 한다는 데 집중하고 있다는 것이었다. 실은 그 신문만 그런 것이 아니었다. 당시 모든 언론이 지율 스님의 단식에 지극한 관심을 쏟았고 그의 주장에 귀 기울였다.

단식도 새로운 일이 아니며 환경론자들의 강경한 저항도 새로운 일이 아니다. 20만 명의 목숨을 삼킨 단 한 번의 자연재해가 인간의 생명을 더없이 초라하게 만든 마당에, 환경의 편에 선 한 무명 스님의 단식에 한국의 모든 언론이 들고 일어나 그간의 견해차를 뒤로 한 채 한목소리로 근심하는 것이다. 이건 아주 이례적인 일이다. (물론 재조사 결정이 나고 지율 스님이 단식을 멈추자 '한 사람의 극한투쟁으로 국가 정책이 흔들려서는 안 된다'는 등 비판의 소리가 다시 커지기는 했지만.)

천성산 개발이나 환경론 일반에 대해서 말할 생각은 없다. 나는 천성산에 대해 잘 알지 못한다. 지율 스님에 대해서도 알지 못한다. 마음은 환경론자들 편이지만 명석한 개발론자와 맞서 논쟁할 자신도 없다. 다만 그 신문에 실린 지율 스님의 서신이 오랫동안 머리에 남아 지워지지 않는다. 그 서신은 지율 스님이 오랜 단식으로 시들어 가는 자신의 몸을 의탁하게 된 정토회관의 원장 스님에게 올리는 짧은 글이었다.

조계사 대웅전에서 철야 정진 기도를 한다는 이야기를 들었습니다. 집 나간 탕자처럼 떠돌던 마음을 거두어 주시니 오히려 몸과 마음을 내릴 곳이 없습니다. 티끌처럼 낮아지고 가벼워져야 할 제 원력도 끝이 날 것 같습니다. 바라건대 천성산과 함께 한 모든 인연을 자애로운 마음으로 거두어 주소서.(이 책, 156쪽)

여기에는 어떤 주장도 의지도 담겨 있지 않다. 하지만 이 짧은 글을 보면 누구나 거의 본능적으로 알아차릴 수 있다. 이 스님은 정말 죽으려 한다.

단식 투쟁은 자신의 바람이 받아들여지지 않으면 굶어 죽겠다는 의지의 표현이다. 이 단어가 그런 의미로 느껴지지 않는다면 그건 아마도 정치인들 탓일 것이다. 많은 정치인이 단식 투쟁을 했지만, 그들은 모두 며칠 뒤 링거를 꽂고 병원에 누워 있었다. (나는 국어를 오염시키는 주범은 네티즌이 아니라 일부 정치인들이라고 믿는다. 오해가 없기를. 나는 그들이 천수를 누리며 해야 할 일을 잘 하기를 바란다. 다만 '죽음을 무릅쓰고', '한 목숨 바쳐' 같은 언어를 사용하지 않기를 빈다.) 지율 스님은 생명을 걸고 자신의 바람을 표명했고, 그 바람이 받아들여지지 않으므로 죽으려 했다. 그 태도는 한없이 단순하고 명료하며, 그 언어는 아득히 고요하고 단호하다. 그의 태도와 언어 사이에는 어떤 이물질도 없다. 생명을 건 싸움의 막바지에서 죽음을 눈앞에 둔 이의 언어에 이렇게 깊은 정적과 평온이 깃들어 있다는 것은 믿기 힘든 일이다.

　나는 지율 스님의 죽음에도 불구하고 천성산 개발을 강행하는 것과, 지율 스님을 살리기 위해 개발을 유보하는 것 중 어떤 것이 절대선이라는 확신을 가질 수 없다. 다만 그의 언어가 자기 연민을 향해 있을지언정, 타인에게 강요하지 않는 굳건하고 고요한 내성의 언어라는 것을 알겠다. 그것은 기술이나 수사가 아니며, 그런 언어가 사람을 움직인다. 기차간에서 그 서신을 보고 갑작스런 오한에 한참을 사로잡힌 뒤에야 우리가 그런 언어를 오랫동안 잃어 왔다는 것을 깨닫게 되었다.

〔『시사저널』, 2005년 2월 21일〕

글 정리를 마치며

••• 지난 6월 "또 지율"이라고 박스 처리한 『조선일보』의 기사를 본 것은 달리는 버스 안에서 곁에 앉은 신사분이 보는 신문을 우연히 넘겨다보면서였습니다. 그 신사분께서 신문을 여러 번 폈다 접었다 했기에 그 기사의 내용을 눈에 담을 수 없었지만 '또 지율'이라는 한마디 말은 참으로 많은 의미를 담고 예리하게 제 가슴을 찌르며 들어왔습니다.

순간적으로 머릿속에 오랫동안 저를 의지하여 왔던 많은 분들의 얼굴이 떠올랐고 깊은 산중과 선원에서 수행하고 있는 도반 스님들의 실천을 욕되게 하고 있다는 참괴함에 가슴이 철컥 내려앉았습니다.

천성산 문제가 여기까지 올 수 있었던 것은 자연의 목소리에 화답하고 함께하여 준 41만 도롱뇽 친구들의 믿음과 염원이 있었고 1천 년 역사 속에 불법을 지키고 수행했던 스님들을 비롯한 사부대중의 덕행과 수행이 있었기 때문이었습니다.

그러한 참괴함 때문에 버스에서 내리자마자 일정을 미루고 집으로 돌아가 컴퓨터 앞에 앉아 기사의 내용을 확인했습니다.

기사는 제주 강연 중, 제주팔경의 하나인 삼방굴사 앞에서 열린 군항 반대 평화 행진에 함께하였던 일을 기사화한 것이었습니다. 열흘이나 지난 사건이었는데 마치 새로운 이슈라도 되는 양 찬반양론의 주제로 각색되어 있었습니다.

저는 사실 확인을 위해 기사를 썼던 『조선일보』 제주 기자에게 전화를 걸어 이 기사의 사실관계의 확인을 부탁했습니다.

기자님은 이야기했습니다. 본인은 기사감이 아니라고 생각했지만 서울 본사에서 기사를 달라고 해서 기사를 쓴 것뿐이라고, 내용의 사실 확인에 대하여 물었더니 대부분 『동아일보』를 보고 썼다고 하였습니다.

다시 동아일보를 찾아가 보니 그 기사에는 4,700개 가량의 댓글까지 붙어 있었는데, 찬반 의견이라기보다는 기사를 쓴 의도와 잘 맞아떨어지는 욕설과 비난의 댓글들이었습니다.

저는 처음으로 이 댓글들을 꼼꼼히 읽어보았습니다.

사람들이 분노하는 이유를 알고 싶었기 때문이었습니다.

그런데 그 댓글을 읽어가다가 저는 한 가지 놀라운 사실을 발견하였습니다. 그 댓글들은 대부분 50명 정도 되는 인원에 의해 하루 종일 계속 올려진 글들이었고 두세 시간 동안 한 사람이 40~50개의 글을 남기고 있었습니다. 가끔 '성지순례', '마녀 사냥' 이라는 표현이 튀어나왔습니다. 주위의 분들께서는 사이버 수사대에 신고를 하자 했지만 저는 고개를 저었습니다.

이미 이전에 고속철도공단이 그 중심에 있는 '안티 지율 카페' 가 있고 그들과 연계되어 사이버상에 어떤 종류의 내용을 퍼다 나르는 20여 개의 조직이 있다는 것을 알고도 문제를 제기하지 못했던 것은, 사이버상의 폭력을 행하는 사람들이 공단의 관계자들이라 해도 그들 역시 상처받기 쉬운 개인이라는 생각 때문이었습니다. 그들의 배후에는 대통령도 어찌지 못하는 보수 언론이 있고 이 시대의 새로운 우상인 기업이 있고 직접적인 이해 관계자들이 있었기 때문입니다.

지난 5월, 마지막으로 공식적인 양측 전문가들의 합의가 끝난 시점에서 고속철도공단은 『천성산 고속철도 공사 관련 자료집』이라는 책자를 전국에 배포했습니다. 그 책자는 신문·방송사와 대학, 연구기관, 시민단체와 국회, 법조계 등 천성산 문제에 직·간접적인 영향을 미칠 수 있는 곳에 배포되었습니다.

90페이지의 양면 컬러판인 이 자료집에는 '지율'이라는 인명이 73회에 걸쳐 언급되어 있었으며, 사이버상에 떠도는 천성산 환경 훼손 현장에 대해 자신들의 입장을 대변한 내용과 2조 원 손실 운운 등 확인되지 않은 수치들로 지면이 메워져 있었습니다.

공단의 실무 관계자 한 분이 제 홈페이지에, "영락없이 넌, 죽었다"고 올렸던 글귀가 머리에 맴돌았습니다. 국무총리께서 말씀하신 '최악의 선택'이라는 것이 바로 이러한 일을 뜻한다는 것을 깨달아 가는 순간들이었습니다.

저는 공단에서 발행한 책자와 안티 운동의 실무진이 공단의 관리 체제 아래 있다는 사실을 확인하고 본부장과 실무자들을 만나 공식적인 사과와 사실 확인을 요청하였고, 그동안에 벌어진 상황에 대한 입장을 전달했으며 전체 대표자 회의를 통하여 이야기를 전달했습니다. 저는 천성산 문제에 관여한 사람의 신앙인으로서 신앙인 전체에 대한 위협은 물론 인터넷 살인이라는 폭력 행위를 정부기관에서 주도한 사실에 대해 도덕적 책임을 물었고 전체 회의석상을 통해 공단의 공식적인 사과를 요청했습니다.

당시에는 공문을 통해 그 요청을 받아들이겠다고 했던 본부장은 총리실의 인준을 거치는 과정에서 공식적인 사과는 불가능하며 책자 배포에 대하여는 유감이라는 뜻을 전하여 왔습니다.

제가 이 책자와 그들의 행위를 문제 삼은 것은, 10개의 보존 지역을 비롯한 천성산의 자연과 역사와 문화에 대한 단 한 줄의 언급도 없는 이 '자료집'이 정치적으로 겨냥하고 있는 과녁이 제가 아니라 바로 천성산이며, 이 땅의 뭇 생명과 미래를 볼모로 파괴를 행하려 하고 있기 때문입니다.

그러나 이러한 정치적인 진행 과정과 별개로 제가 이 어줍지 않은 글을 정리하려고 마음먹은 것은, 바로 제가 염려했던 대로 『조선』과 『동아』의 기사가 나간 후에 일부 스님들께서 제 징계 문제를 거론하였다는 이야기를 들으면서였습니다.

30년 『조선일보』의 구독자였고 1970년대 중반의 백지 지면의 기억 때문에 『동아일보』를 민족지쯤으로 생각하고 있었던 저는 그 스님들을 감히 원망하지 못합니다. 하지만 그동안 보이지 않는 곳에서 묵묵히 믿어 주었던 스님들에게 줄 위로의 구실이라도 찾고 싶었습니다.

그리하여 착수한 이 작업은 처음에는 마음을 담아 주신 분들의 글 모음집을 만들고자 시작되었습니다. 마음을 모으면 진실을 담아 낼 수 있을 것 같아서였습니다.

또한 감정을 숨기는 일에 서툰 저는 이 책에서 그동안 제게 일어났던 일과 천성산 사건의 일지를 정리하였습니다.

여기에 실린 글들은 대부분 홈페이지에 여과 없이 올려진 글들로, 이웃하면서 만나지 못했던 도롱뇽 친구들과 기도로 응답하여 주신 도반들에게 썼던 편지글들이 대부분입니다.

저는 가능하면, 대한상공회의소에서 30조가 손실된다고 발표한 유령

보고서의 내용과 그 내용을 여과 없이 일제히 옮긴 중요 일간지의 기사도 싣고 싶었으며 조갑제 님의 글과 보수 신문들에 실린 사설 등에 대한 다양한 반론의 글도 싣고 싶었으나 그 일은 편집하시는 분들의 재량에 맡기기로 하였습니다.

이제 천성산 문제는 위태로운 세사에 맡겨져 있고 제 건강도 악화되고 있습니다. 저를 염려하는 분들께 제 아픔은 천성산의 아픔이며 이 땅의 아픔이라고 이야기하곤 합니다.

정말로 제가 두려워하는 것은 한번도 천성산을 다녀가지 않은 사람들이 그깟 도롱뇽, 한 비구니의 감성적 운동, 극단적 단식으로 여론을 몰고 가는 방향과 이 사회가 가고 있는 방향이 정확하게 일치하고 있다는 것입니다.

국내 최대의 법적 보존 지역인 천성산의 문제는 마치 연예인의 신변잡기처럼 다루어져 착한 시민들의 호기심거리가 되거나 정치적 이분법의 잣대로 다루어지면서 민심을 격양시키고 있습니다. 가장 가난하고 힘없고 연약한 사람의 분노와 생명을 볼모로 전쟁을 일으켜 실리를 얻는 무기상과 같이, 때때로 언론은 시민들을 정치적으로 격양시켜 민심을 흩트리고 그 이익을 취하고 있습니다. 천성산과 관련된 거의 모든 기사에 붙은 댓글은 찬반이 아니라 비난의 글들이며 그것이 이 사회가 진행하고 있는 방향이라는 것은 크게 경계해야 할 일입니다.

김종철 교수님의 말씀처럼 우리는 침몰하기 직전의 타이타닉 호에 타고 있습니다. 우리는 한시라도 빨리 경제성장의 실상과 지속가능한 발전에 눈을 뜨고, 마음을 모아 이 배를 멈추고 죽어가고 있는 국토를 살리고 생명과 문화를 부활시켜 인성을 선하게 돌려놓아야 합니다. 그것은 발전과 성장, 경제 이상의 가치가 있는 일입니다.

이제 천성산 문제는 그 진행 방향에서 원점에 서 있습니다. 선한 의지가 이 땅에 역사하기를, 우리의 미래에 무궁함이 함께하기를 간절한 마음으로 기도드립니다.

2005년 10월
지율 합장

부 록

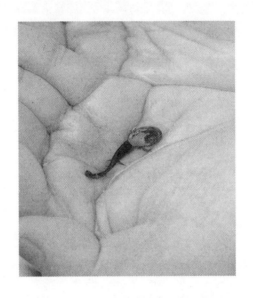

당신과 우리, 뭇 생명의 평화를 위하여

'연 2조 원 손실'의 허구

김택근(『경향신문』 출판국장)

지율 스님이 "저를 보지 말고 제 뒤의 천성산 생명붙이를 봐 달라"고 그토록 원했지만 사람들은 지율 스님만을 쳐다봤다. 언론도 스님의 단식 날짜만을 꼽았다. 모두 1백까지 헤아렸다. 그러다 단식을 풀기가 무섭게 스님을 다그쳤다. 감성적 환경운동, 환경 극단주의라는 용어를 서슴없이 구사하여 나무랐다. 공사를 중단하면 연간 2조 원이라는 사회 경제적 손실이 발생하는데, 이를 어떻게 할 것이냐며 꾸짖었다. 국민의 혈세(血稅)가 새고 있다고도 했다.

국책 공사 경제 잣대로만 계산

한국철도시설공단 관계자에게 '연간 2조원 손실'의 산출 근거가 무엇이냐고 물었다. 그러자 고속철도가 늑장 개통되었을 때 발생하는 제반 사회 경제적 손실을 환산한 것이라고 했다. 그렇다면, 그렇다면 말이다. 우리 사회는 고속철도가 개통되는 것은 추호도 의심치 않으며 사회 경제적 손실을 따지고 있는 것이 아닌가. 고속철도 건설 공사는 그대로 강행되어야 하고, 이에 반대하는 것은 사회적 손실만 키우는 무책임한 행동이라는 것 아닌가.

우리는 국책사업을 중단할 수는 있을망정 취소해서는 안 된다는 묵시적 동조를 해 준 적이 있는가. 그렇지 않다. 그런데도 정부는 공사 강행을 전제로 모든 일들을 진행시키고 있다. 스님과의 약속은 한갓 단식을 풀게 하려는 달래기에 불과한 것이며, 그들에게 스님은 한갓 훼방꾼에 불과한 것이 아닌가. 그렇다면 생명을 위해 일찍 공사를 중단해서 빼어난 자연경관을 그대로 간직하고, 그 안에서 사람들은 활력을 얻고, 동식물을 뛰놀게 함은 왜 돈으로 환산하지 않는 것인가. 심각한 환경 훼손으로 이루어질 엄청난 자연 재앙을 막는다면 조기 중단하는 것이 이득이라는 얘기는 왜 없는가.

물을 막아 거대한 농지를 만들겠다던 새만금 공사도 마찬가지다. 쌀 소비가 줄어 농지 확보가 별 의미가 없고, 수질이 악화될 우려가 있고, 경제성도 없으니 사업 계획을 바꾸거나 취소하라고 법원이 판결하자 "더 이상 방치하면 경제적 손실이 크다"며 정부는 공사를

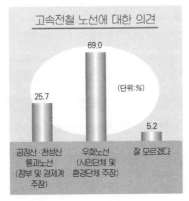

고속전철 노선에 대한 의견

69.0

(단위:%)

25.7

5.2

금정산·천성산
통과노선
(정부 및 경제계
주장)

우회노선
(시민단체 및
환경단체 주장)

잘 모르겠다

『국제신문』2002년 4월 부산·경남 지역
여론조사 결과

강행하겠다고 했다. 10년 만에 그 효용성
이 파도에 다 씻겨 갔지만 정부는 공사 강
행의 구실로 또다시 경제적 손실을 들었
다. 기왕에 쌓아 놓은 방조제가 떠내려가
연간 8백억 원의 손실을 입는다는 것이다.
지금 새만금 사업을 할 것인가, 말 것인가
를 가지고 나라가 들끓고 있는데 정부는
새만금 공사의 완공을 전제로 손실액을 환
산하고, 이를 다시 공사 강행의 명분으로
활용하고 있다.

지난 2005년 2월 16일 교토의정서가 발
효되었다. 이산화탄소 등 온실가스 배출을 규제하는 교토의정서 발효는 환경문제를 경제
문제로 끌어안은 역사적인 사건이다. 생활 쓰레기를 버릴 때 돈을 내듯이 온실가스를 초
과 배출하면 돈을 내야 한다.

환경은 아직 한가한 얘기인가

선진국은 이미 온실가스 줄이기에 온 힘을 쏟고 있지만 우리는 이산화탄소 방출량이 오
히려 급증하고 있다고 한다. 이산화탄소 배출량이 세계 9위이고, 배출량 증가율은 세계 최
고라고 한다. 여기저기서 우려의 소리가 나오고 있다. 우리 경제가 큰 타격을 입을 것이라
고 한다. 이렇듯 이산화탄소를 많이 배출한다는 것은 그만큼 산야가 오염되고 있다는 방
증인데도 모두 경제만 걱정하고 있다. 환경은 아직도 한가한 이야기다.

개발과 환경보존을 놓고 싸울 때 제발 공사 강행의 명분으로 '사회 경제적 손실'을 들
먹이지 않기를 바란다. 결론을 미리 내 놓고 마지못해 협상을 벌이지 말기를 바란다. 보존
되는 산야에도 값을 매겨야 한다. 그 둘을 견줄 수 있는 새로운 계산법을 마련해야 한다.
그러지 않고 우리 사회가 생명을 지키겠다고 생명을 내놓은 그 절규에 돌을 던져서는 안
된다. 모든 것을 백지 상태에서 점검하지 않고 결론을 내는 것, 그것이 '사회 경제적 손실'
이다. 우리 사회는 또 한번 지율 스님을 속이고 있는 것은 아닌지, 참으로 답답한 일이다.

〔『경향신문』, 2005년 2월 22일〕

"고속철 공사 지연으로 국민경제에 도리어 이익"

"고속철은 돈 먹는 하마", "연 2조 원 손실, 터무니없는 거짓말"

강양구(『프레시안』 기자)

2005년 4월 1일 고속철도 개통 1주년을 맞는 시점에서 KTX는 2004년 9개월 동안 2천억 원의 적자를 기록한 데 이어, 올해도 5천억 원의 적자를 낼 것으로 예상되고 있다. 이런 상황에서 천성산 문제 등을 통해 대구~부산 구간의 공사가 지연돼 오히려 이익이 발생했다는 주장이 제기됐다.

"'연간 2조원 손실' 터무니없는 거짓말, 공사 지연돼 오히려 이익"

'생명과 평화를 위한 환경 연구소' 조승헌 소장(경제학 박사)은 31일 「경부고속철도 2단계(대구~부산) 공사 지연에 따른 경제성 분석」이라는 보고서를 발표했다. 이 보고서는 그동안 공사 지연에 따라 연간 2조원의 손실이 발생한다는 건설교통부의 일방적 주장을 앵무새처럼 따라했던 일부 언론과 경제학자의 행태에서 벗어나, 실제로 2004년 9개월간의 운행을 통해 축적된 실측 자료를 이용해 비용과 편익을 엄밀하게 분석한 것이어서 큰 설득력을 갖는다.

조승헌 소장은 "일부 언론이 '공사가 하루 지연되면 70억원의 손실이 발생한다는 건설교통부의 주장을 근거로 연간 2조원의 손실이 발생했다'고 보도하고 있으나, 실제로 편익과 비용을 따져서 분석해 보면 이 주장은 심각한 오류임이 밝혀졌다"며 "비용과 편익을 엄밀히 따져 분석해 보면 오히려 공사가 중단돼 앞으로 30년간 최소 1백53억 원에서 최대 1천4백24억 원의 편익이 발생한 것으로 나타난다"고 주장했다.

건설교통부 주장을 전적으로 수용해 앞으로 추가적으로 발생하는 공사비 증가가 없는 것으로 간주할 경우, 공사 중단 없이 계속 진행할 경우 순수한 편익은 30년간 4조 2천6백69억 원이 발생한다. 흥미로운 것은 만약 공사가 1년 지연될 경우 순 편익을 따져보면 30년간 4조 2천8백22억 원으로 계산돼, 공사가 중단된 탓에 오히려 1백53억 원 이익을 본 것으로 나타나는 것이다.

공사비 증가가 없다고 하더라도 운행에 따른 여건이 악화될 경우를 염두에 두면 공사 중단에 따른 편익은 더욱더 커진다. 운행 여건이 악화돼 수익이 감소할 경우를 감안하면 공사가 1년 지연될 경우 7백20억 원, 2년 지연될 경우 9백64억 원, 3년 지연될 경우 1천43억 원의 편익이 발생하는 것으로 분석됐다.

공사비가 현재 추정된 것보다 약 15퍼센트 증가할 경우를 가정하면 편익은 더욱더 커진다. 공사가 중단되지 않고 계속 진행될 경우 순 편익은 30년간 3조 2백5백70억 원이 발생한다. 이 경우 운행 여건이 획기적으로 개선되지 않을 경우에는 1년 지연될 경우만을 따져도 최소 8백58억 원에서 최대 1천4백24억 원의 편익이 발생하는 것으로 분석됐다. 2년 지연될 경우는 최소 1천1백56억 원에서 최대 2천3백24억 원, 3년 지연될 경우 최소 1천2백59억 원에서 최대 3천13억 원의 편익이 발생한다.

낙관적인 상황 가정해도 공사 지연에 따른 손실 극히 미미해

물론 공사가 무한정으로 지연될 경우에는 당연히 손실이 발생한다. 하지만 그 손실의 규모도 '연간 2조 원'과 같은 터무니없이 과장된 것과는 거리가 멀다.

조승헌 소장은 "앞으로 경부고속철도의 수요가 획기적으로 증가하는 낙관적 전망을 할 경우에도 공사 지연에 따른 30년간의 손실은 최소 64억 원에서 최대 2천5백64억 원에 불과했다"며 "이 경우 연간 손실액은 2억에서 85억 수준에 불과하며, 1인당 연간 부담액은 인구 4천5백만이라고 가정하면 약 5원에서 189원 정도"라고 지적했다.

문제는 이런 긍정적인 상황이 오기가 쉽지 않다는 것이다. 앞에서 지적했듯이 경부고속철도는 2004년 9개월 동안에 벌써 2천억 원, 올해는 5천억 원의 적자가 예상되고 있다. 경부고속철도는 2004년 9개월간의 실적을 보면 비교적 최근의 수요 예상(하루 수입 35억 5천2백만 원)과 비교해도 51퍼센트 수준(18억 1천2백만 원)에 그쳤다. 한마디로 이미 '돈 먹는 하마'가 돼 국민들에게 부담을 주는 애물단지가 된 것이다.

조 소장은 "기존의 경부고속철도 편익을 산출하는 방식은 수요를 터무니없이 부풀리는 식으로 이루어져 현실과는 동떨어진 과장된 장밋빛 전망만 넘쳐났다"며 "현재 경부고속철도의 할인율 7.5퍼센트에 비해 편익의 증가율이 3퍼센트 내외라는 구조적 속성을 염두에 둔다면 이런 상황은 더욱더 악화될 가능성이 크다"고 지적했다. 그는 "호남고속철도 건설의 경제적 여건 미숙을 거론하며 착공 시기를 늦추는 것은 이해찬 총리가 언급한 것처럼 경부고속철도도 경제적 여건이 성숙되지 않았음을 말해주는 것"이라고 덧붙였다.

"충분한 시간 갖고 사회적 공론화하는 것이 오히려 사회 전체에 이익"

조승헌 소장은 "이번 연구의 함의는 1~3년간 공사를 중단하는 것이 막대한 사회적 비용을 초래한다는 기존의 편견이 잘못된 것임을 말해주고 있다"며 "오히려 1~3년간 충분한 시간을 갖고 제대로 된 환경영향평가, 대안 노선에 대한 검토와 같은 사회적 공론화 과정을 통해 합리적인 의사 결정을 하는 것이 오히려 중장기적으로 사회 전체에 이익이 된다"고 지적했다.

조 소장의 이런 지적은 이미 정부 정책 입안자들도 공유하고 있었던 것으로 알려지고 있다. 지난 지율 스님 1백 일 단식에 따른 천성산 환경영향 공동 조사를 정부가 받아들인 결정적인 배경에는 3개월 정도 공사가 중단된다고 하더라도 전체 사회적 비용 증가는 미미하다는 정부의 판단이 작용했던 것이다.

한편 조승헌 소장은 그간의 언론 보도를 질타했다. 조 소장은 "하루 70억 원의 사회적 손실, 연간 2조 원 혈세 낭비 주장의 근원이 건교부 등임은 이미 언론 보도에서도 확인되고 있다"며 "언론이 무비판적이고 전면적으로 한쪽 입장만 따라해 오히려 합리적 의사 결정을 방해한 것으로 볼 수밖에 없다"고 지적했다.

이런 조 소장의 지적대로 일부 언론의 '낯 뜨거운 행태'는 계속됐다. 지난 2월 지율 스님 1백 일 단식이 끝나자마자 '혈세 2조 원이 낭비됐다'는 보도를 한 언론들이 최근 고속철도 개통 1주년을 조명하는 기사에서 일제히 "대규모 적자가 우려된다"는 식의 보도를 했던 것이다.

〔『프레시안』, 2005년 4월 1일〕

언론, 본질 외면한 채 선정 보도

지율의 선한 행동을 얼룩지게 말라

윤용택(제주 환경운동연합 공동의장)

지율 스님이 2005년 5월 24일 제주 환경운동연합 초청으로 '2005 시민환경강좌' 강연을 하기 위해 제주에 들른 이후 이른바 '안티 지율' 누리꾼(네티즌)들의 비난과 그에 대한 보수언론의 장단으로 인해 일파만파 논란이 일고 있다. 스님을 초청했던 단체의 한 사람으로서 이에 대한 네티즌들의 오해가 풀리도록 해명하는 게 도리일 것 같다.

스님은 천성산을 지키기 위해 2년 동안 목숨을 건 네 차례, 240여 일 동안의 단식을 통해서 우리 국민들에게 경제도 중요하지만 하찮게 보이는 뭇 생명도 소중하고, 빠름도 중요하지만 느림도 소중하다는 것을 새삼 깨닫게 해 주었다.

그 이후로 스님의 일거수일투족이 국민들의 관심의 대상이 되고 있다. 특히 스님을 반대하는 누리꾼들은 스님의 말 한 마디, 행동 하나에도 촉각을 곤두세우고 있다. 그리고 전후 맥락을 무시하고 거두절미한 보수 언론들의 보도를 빌미로 스님이 그동안 해 왔던 일들을 폄하하려 하고 있다. 참으로 안타까운 일이다.

보수 신문, 행사 참석 앞뒤 맥락 자른 채 비난 여론만 전달

스님은 제주에서 열린 '현대문명을 넘어 생태적 세계관을 향해' 라는 제목의 강연에서 당신이 왜 천성산 문제에 관심을 가졌고, 생명을 건 단식을 했는지에 대한 이야기를 30여 분 동안 담담하게 풀어놓았다. 그리고 1시간여 동안 청중들의 질문에 대답하면서 항간의 자신에 대한 오해를 푸는 기회를 가졌고, 당신이 직접 제작한 「초록의 공명」의 영상들을 설명하는 것으로 강연을 끝냈다.

강연 요지는 "우리가 개발을 할 때는 그것으로 얻게 될 이익과 손해를 잘 따져 보아야 한다. 특히 국책사업인 경우에 책상 위에서 서류로만 검토할 게 아니라 직접 현장조사를 통해서 생태적 가치, 역사적 가치, 문화적 가치 등까지도 충분히 검토한 후에 시행되어야 하고, 사업을 시행하기 전에 지역 주민들과 사전에 충분한 논의를 거쳐 서로 간의 갈등으

『동아일보』 2005년 6월3일자 A9면(왼쪽),
『조선일보』 2005년 6월4일자 A8면(오른쪽)

로 인한 불필요한 시간과 자원 낭비를 막아야 한다. 당신이 그동안 단식을 했던 것도 고속
전철 공사를 자체를 반대했던 것이 아니라 제대로 된 환경영향평가를 다시 한 후에 그 사
업을 시행해 달라는 주문이었다" 는 것이었다.

너무나 당연한 이야기이고, 그것은 국가가 사업을 할 때 지켜야 할 최소한의 원칙이다.
그런데도 일부에서는 그 최소한의 원칙을 주장하는 스님을 극단적인 자기 확신주의자라
고 비난하고 있다. 그것이 우리 사회의 현실이다. 그러나 그러한 주장마저도 용납되지 않
는 게 우리 사회라면, 우리의 미래는 참으로 암담하다 아니할 수 없다.

스님은 강연 다음 날인 5월 25일에 제주도 해군기지 반대 도민 대책위와 안덕면 주민
반대 대책위에서 준비한 '생명평화걷기대회'에 참석했다. 하지만 스님은 제주에 내려올
때 이 행사에 처음부터 참석할 계획이 있었던 것은 아니었다.

생명, 평화, 그리고 환경은 떼려야 뗄 수 없는 관계라는 판단에 대책위에서는 기왕 제주
에 오신 김에 생명평화걷기대회에 참석을 부탁드렸던 것이고, 스님 또한 자신이 공명하고
자 하는 생명 평화 논리의 맥락에서 이를 이해하고 흔쾌히 받아들이셨던 것이라 생각한다.

그러나 이 사실을 두고『조선』, 『동아』, 『문화』 등 일부 언론은, 그것도 행사가 열린 지
열흘이 다 된 6월 3일과 4일에 걸쳐 「지율, 이번엔 제주도?」, 「또 지율, 이번엔 제주 해군
기지 반대」, 「이젠 국가안보 문제까지…」 등의 다소 선정적인 제목으로 이를 보도하였다.

문제는 이 신문들이 지율 스님이 제주도 해군기지 반대 행사에 참여하게 된 앞뒤 맥락

부록 283

이나, 제주도 해군기지 문제의 본질적 쟁점 등에 대해서는 소개조차 생략한 채 주로 지율 스님의 '행적'에 대한 누리꾼들의 비난 여론만을 인용해 보도했다는 점이다.

이는 얼른 보기에도 지율 스님에 대한 곱지 않은 언론의 시선이 반영된 의도적 폄하로 밖에 보이지 않는다. 비록 그것이 지율 스님의 제주도 '행적'을 놓고 일어난 누리꾼 사회의 논란을 소개하는 형식이라 할지라도, 더구나 열흘 가까이 지나서야 이를 보도하게 될 때는, 적어도 지율 스님이 왜 제주도에 가게 되었고, 해군기지 반대 행사에 참석하게 된 배경은 무엇인지, 또한 제주도 해군기지 논란의 실상은 무엇인지 간략하게나마 보도하는 게 마땅하다 할 것이다.

화순항 해군기지 건설 반대의 의미 등 본질적 내용은 외면

이는 천성산 지킴이 활동을 통해 자연스럽게 알려진 지율 스님의 '명망'과 그의 '행적'에 대한 누리꾼들의 '반사적 반응'에 대해 언론이 사회적 공기로서 어떻게 접근해야 하는가 하는 문제와 관련이 있다. 더구나 지율 스님 쪽의 자체 조사 결과 누리꾼들의 비난은 한 사람이 수십 건의 글을 반복 게재하는 형식으로 이루어졌다는 점에서 이번 언론들의 보도 태도는 그 자체로 신중치 못했다고 본다.

제주의 해군기지 건설과 관련, 해군은 지난 2002년에도 화순항에 기지 건설을 추진한 바 있다. 그러나 당시에 도민들의 강력한 반대로 기지 건설은 유보되었다. 그리고 정부는 지난 1월 27일 제주 4·3의 비극을 화해와 상생으로 승화시키기 위해 제주도를 '세계 평화의 섬'으로 지정하기도 했다. 그러나 세계 평화의 섬으로 지정되자마자 해군은 다시 화순항 해군기지 건설을 추진하고 있다. 제주도민들 사이에서도 이를 두고 찬반 논쟁이 뜨겁다.

해군과 일부 보수단체들은 국가안보를 위해선 해군기지가 들어서야 한다고 주장하고 있다. 지역 주민과 시민 종교 단체들로 이뤄진 반대 대책위에서는 해군기지 건설은 세계 평화의 섬 지정과 모순되며 주변국의 군비증강의 빌미가 될 뿐 아니라, 유사시엔 공격 목표가 될 수도 있기 때문에 오히려 국가안보를 위해서도 바람직하지 않다고 주장하고 있다. 이렇듯 어느 주장이 더 옳고, 진정으로 국가와 민족을 위한 일인지는 쉽게 결론을 내릴 수 없다.

제주도지사는 지난 6월 7일 행정 계층 구조 개편 등 더 시급한 지역 현안이 해결될 때까지 화순항 해군기지 건설 논의를 중단하자고 제안했다. 이를 계기로 이 문제는 일단 수면 아래로 잠복한 상태이다.

스님의 선한 행동이 언론에 의해 얼룩진 데 대해 사과

지율 스님은 지난 5월 25일 생명평화걷기대회에 참가해서 "제주의 현안 문제는 제주도민들이 가장 잘 알 것이고, 제주의 상황을 정확하게 파악할 수 없는 자신은 해군기지 문제와 관련해서 당장 뭐라고 평가할 수 없다. 그러나 국가사업이라 하더라도 그 지역의 자연환경과 역사와 문화 등을 고려해서 결정을 해야 하며, 어떤 게 국가의 이익을 위한 것인지 현명하게 판단해야 한다"는 원칙적인 이야기만을 했을 뿐이다.

이런 맥락에서 "그 지역 주민과 그 땅에 살고 있는 다른 생명체에 대한 배려가 없는 개발은 잘못된 것이고, 제주 역사와 문화에 대한 이해와 배려가 없는 제주의 개발은 반대한다"는 이야기가 나왔다. 좀더 부연하자면 '제주 지역 주민의 동의, 제주의 자연환경, 그리고 제주의 역사 문화 등을 충분히 고려하면서 해군기지 건설을 추진해야지 그렇지 않은 화순항 해군기지 건설은 반대한다'는 것이었다. 이 정도의 이야기는 지율 스님이 아니라도 누구든지 할 수 있는 이야기이다.

그런데도 이것을 빌미로 스님이 환경과 전혀 관련이 없는 다른 지역의 현안 문제에 끼어들었다고 비난하거나 천성산 고속전철 터널 구간에 대한 환경영향 재평가에 대한 스님의 노력을 폄하하려 해서는 안 될 것이다. 어쨌거나 본의 아니게 이번 일로 지율 스님이 제주도 화순항 해군기지 문제와 깊은 관련이 있는 것처럼 항간에 비쳐지고, 지율 스님의 선한 의지와 행동이 일부 언론의 잘못된 보도 관행에 의해 얼룩지게 된 데 대해 참으로 유감스럽게 생각할 따름이다.

〔『미디어오늘』, 2005년 6월 10일〕

지율과 안티 지율의 5시간 '날선' 공방

윤성효(『오마이뉴스』 기자)

"스님의 1백 일 단식을 믿지 못하겠다. 정상인의 사고방식으로 봐서는 기적이고, 그것은 세계적인 일이었다. 단식 기간에 생식하지 않았느냐는 말도 있다. 실제 단식을 했는지 거짓말 탐지기로 해 보자. 운동을 하려면 진실해야 하는데, 단식이 진실하지 못한다면 공동 조사 합의도 없는 것이다."(천성산 살리기 안티 운동을 벌인 한 네티즌)

"그 답은 1백 일 단식 뒤 기자회견 때 밝혔다. 조갑제 씨가 그런 말을 한 모양인데, 물과 소금, 간장, 차만 마신 게 단식이 아니라고 하면 할 말은 없다. 어떤 이들은 전복죽 · 초콜릿을 먹고 생식을 했을 것이라고 하는데, 도저히 그럴 상황이 아니었다. 청와대 앞에 있을 때 가게에 가서 껌 하나 사지 않았다는 것은 경찰이 더 잘 안다. 청와대에서 제가 무엇을 먹는다고 생각했다면 놀라지도 않았을 것이다."(지율 스님)

'천성산 지킴이' 지율 스님과 인터넷에서 '안티' 운동을 벌여온 네티즌들과의 대화 한 토막이다. 이들의 만남은 2005년 5월 1일 오후 2시 부산법원 앞 정림빌딩 13층에 있는 천성산 대책위 사무실에서 이루어졌다. 무려 5시간 동안 이 문제를 둘러싼 사회적 논란이 집약된 듯한 날선 대화가 오고갔다.

이날 참석한 '안티' 멤버는 오정석(강철군화), 김인주(개털), 안길현(청심), 안경순(산사랑), 김종우(장아찌) 씨 등 5명이다. 이들은 지금도 정토회 홈페이지 등에 아이디로 글을 올리고 있다.

지율 스님은 올해 초 1백 일 단식 소식이 알려지면서 각종 사이트에 올라오는 비난성 댓글로 인해 적잖은 부담을 안고 있었다. 지율 스님은 결국에는 비판 여론도 다 끌어안고 가야 한다는 생각에 만남을 제안했고, 이것이 받아들여진 것이다.

이들은 서울과 시흥, 광주, 마산 등에 살고 있는데, 그동안 서로 온라인에서 의견을 주고받았고, 직접 대면하기는 이번이 처음이다. 하루 전날 마산에 모여 서로 인사를 나눈 뒤, 이날 오후 지율 스님을 만나러 온 것이다.

286

이날 지율 스님과 대면한 이들은 특히 고속철도시설공단과 관련이 없다고 강조했다. 이들 중에는 천성산 답사를 한 사람도 있었고, 고속철도시설공단과 감리단 관계자들을 만나 정보와 자료도 얻었다고 밝혔다.

정토회 사이트에는 지율 스님의 '1백 일 단식'이 끝난 지 두 달이 지났지만, 온갖 글들이 올라오고 있다. 글 중에는 논리적이기도 하지만, 욕설도 포함된 것도 있다. 천성산 대책위 측에서는 욕설에 대해 명예훼손 대응까지 검토했지만, '다 안고 가야 한다'는 지율 스님의 생각에 법적 단계까지는 가지 않고 있다.

이날 토론은 무려 5시간에 걸쳐 이어졌다. 두 차례 담배 피울 정도의 시간만 빼고는 줄곧 토론이 진행됐다. 처음에는 천성산 대책위 관계자들과 언쟁을 벌이기도 했는데, 지율 스님이 이들과 혼자 대화를 나누겠다고 한 뒤 천성산 대책위 관계자들은 자리를 비웠다.

지율 스님의 안티 운동을 하는 사람들은 제기한 문제는, 천성산 터널 반대 운동을 벌일 자격이 있는지, 1백 일 단식을 실제로 했는지, 공동 조사단에 왜 들어갔는지, 천성산에 꼬리치레도롱뇽이 대규모로 있는지, 공동 조사 결과에 승복할 것인지, 천성산 대책위 홈페이지 자유게시판을 열어 줄 수 있는지 등이다.

"지율 스님은 공동 조사단에서 빠져 달라" 제안하기도

이들은 또 지율 스님이 '공동 조사단에서 빠져 줄 것'과 '천성산 대책위를 신뢰하는 다른 사람에게 넘겨주고 종교인으로 돌아갈 것' 등을 함께 요구했다.

이에 지율 스님은 "천성산을 안고 단식을 했던 이유 중의 하나가 우리 사회에 합리성이 없다는 것 때문이었다"면서 "4년간 천성산 문제와 관련된 활동으로 인해 환경영향평가법이 바뀌게 되었고, 사법연수원에서 자연권리에 대해 토론을 벌일 정도가 되었다는 것도 하나의 성과"라고 말했다.

"공동조사에서 지금 노선으로는 안 된다는 결론이 내려지면 대안은 있느냐"는 물음에, 지율 스님은 "대안은 있으며, 그것은 전문가들과 함께 찾을 수 있고, 한때 공단에서도 논의되었던 것으로 안다"고 말했다.

다음은 이날 지율 스님과의 주요 대화 내용이다. 참고로 지율 스님의 안티 운동을 하는 사람들의 발언은 '안티'라는 이름으로 표기했다.

지율 : 안티 카페에도 들어가 봤다. 일부는 정말 관심이 많더라. 그래서 만나 봐야겠다는 생각을 했다. 곡해한 부분이 있으면 풀어야 한다는 차원에서 만나자고 제안했다.

안티 : 보름 전 면담이 결정되었을 때, 모두가 참석할 수 없으니까 질문지를 받았다. 여러 의견을 취합했다. 오해가 있다면 풀어 나갔으면 한다. 이런 자리를 흔쾌히 마련해 주어 감사드린다.

스님도 아시다시피 전국에 좋은 자리는 불교계가 다 자리 잡고 있다. 개발을 하려면 도로도 뚫어야 하고 관통도 해야 한다. 사패산도 천성산도 마찬가지다. 사찰이 없으면 문제가 없다.

지율 : 오늘 이 자리에서는 천성산 문제만 놓고 이야기를 하자. 불교계 전체의 문제를 이야기할 수는 없다. 사실 개인적으로 이 일을 하기 전에는 총무원장이 누구인지도 몰랐고, 민간인하고 바깥에서 차 한 잔 나눈 적이 없다.

지율 "2002년 대통령 공약 안 했으면 그 때 공동 조사 되었을 것"

지율 : 처음 천성산 문제에 관심을 가진 게 2001년이다. 당시 법수계곡에서 산사태가 났다. 한 대학 교수가 현장을 둘러보고는 단층대가 움직인다고 말했다. 고속철도가 지난다고 하니까 그 교수가 걱정을 하더라. 당시 언론에도 나왔다. 당시 현장을 둘러본 전문가들은 지질 자체가 약하다는 견해를 보였다.

안티 : 환경운동을 하려면 대의명분이 있어야 한다. 당시 전문가들이라도 과학적인 방법이 아닌 육안으로만 본 것 아닌가. 진실을 호도해서는 안 된다. 정확한 근거도 없이 위험하다고 말하면서 선동해서는 안 된다.

지율 : 지질을 많이 연구한 학자들은 육안으로 봐도 어느 정도는 알 수 있다. 그때 전문가들의 1차 토론회 자료집을 보면 내용이 다 들어 있다. 당시 공단 실무자들도 문제가 있다고 했다. 우여곡절 끝에 2002년 5개 분야에 걸쳐 1년간 공동 조사를 하자는 이야기가 나왔다. 2002년 6월 공단에서 보내온 공문이 증거다. 그런데 그해 12월 노무현 대통령이 '백지화'를 공약으로 내걸면서 공동 조사라는 말이 들어가 버렸다. 당시 대통령이 공약하지 않았으면 그대로 공동 조사가 이루어졌을지 모른다.

안티 : 백지화를 먼저 요구했느냐. 첫 단식을 한 게 노 대통령이 약속을 어겨서 그런 것이냐. 우리나라 정치인들은 건국 이후부터 줄곧 공약을 지키지 않고 있다. 공약이 그대로

될 것이라고 믿은 게 잘못 아닌가. 노무현 대통령이 실수했지만 그 말을 갖고 청와대 앞에서 단식하는 것도 상당히 정치적이다. 스님은 세상 물정에 어둡다.

지율 : 2002년 대선 전 조성래(현 국회의원), 문재인(현 청와대 수석) 씨 등의 주선으로 노 대통령과 불교계가 만났다. 그때 노 대통령은 '천성산 터널이 뚫리면 영남의 정기를 끊는 일이다. 조상의 얼굴을 못 본다'는 말까지 했다. 당시 노 대통령 후보 측에서는 '백지화'가 든 공약집을 전국 사찰에 일방적으로 뿌렸다. 개인적으로는 그분들께 죄송하다. 노 대통령이 공약을 하면서 이 문제는 정치적이 되었다.

안티 : 2003년 정부와 환경단체로 구성된 노선 재검토위에 스님은 들어가지 않았다. 노선재검토위에서 배제되었기 때문에 화가 나서 계속 반대했던 것 아니냐. 고속철도와 관련한 토지 수용의 주체는 주민이고, 내원사 미타암 등인데 스님은 자격이 있다고 보나.

지율 : 나는 천성산 문제를 처음 제기한 사람이고, 노 대통령 취임 열흘 만에 '백지화' 공약이 백지화된다고 하기에 첫 단식에 나섰다. 천성산 대책위 의장 자격이었으며, 내원사 산감으로 있다.

안티 : 도롱뇽 소송 항고심에서 패했으면 대법원에 재항고하면 될 것인데 단식을 또 했다. 가령 요즘 비정규직 문제에 대해 말이 많은데, 하청 근로자들이 작정을 하고 하루 10명이 타워 크레인에 올라가 죽어 버리고, 그래도 해결이 안 되면 다시 열흘 뒤 10명이 한

꺼번에 죽으면 그 문제는 당장 해결될 것이다. 그러나 기업주도 경제 상황 등 여러 이유 때문에 다 들어줄 수 없다. 스님이 주장하는 환경문제도 우리나라에서는 받아들일 수 없는 상황이 있는 것이다.

지율 : 식구들도 단식하지 말라고 말렸다. 천성산을 안고 단식을 했던 이유 중의 하나가 우리 사회에 합리성이 없다는 것 때문이었다. 천성산은 10개의 관련 법률이 있는데도 지켜지지 않고 있다. 조사를 제대로 하라는 것이고, 지금 있는 법 규정을 지켜 달라는 것이다. 도롱뇽 소송 항고심 재판부의 판결문에도 나와 있는데, 절차상의 하자가 있다고 인정하지 않았느냐.

"천성산에 꼬리치레도롱뇽 대규모 서식이 사실이냐"

안티 : 일부에서는 산허리를 깎아 도로를 놓는 것보다 터널을 뚫는 게 환경파괴가 덜 된다고 한다. 스님은 터널을 반대하면서 대안이 없지 않느냐. 우리나라는 땅을 조금만 파도 물이 나온다. 사실 정부가 하는 일은 믿을 수 없다고 하더라도 우리나라의 터널 뚫는 기술은 믿을 만하고 검증되지 않았느냐.

지율 : 기술적으로 가능하다고 누구나 장담 못한다. 터널을 짓는 데는 문제가 없을지 모르지만, 바위틈에 말라 버린 물을 회복하는 데는 10억 년이 걸린다는 말도 있다.

안티 : 천성산에 꼬리치레도롱뇽이 있느냐. 천성산 대책위는 '꼬리치레' 가 대규모 서식한다고 했다. 하지만 세 번을 답사했는데 보지 못했다. 그리고 전문가들도 일반 도롱뇽은 몰라도 '꼬리치레' 는 없다고 했다. 스님은 '꼬리치레' 를 이슈화시키는 데 성공했다. 서식하지 않는 꼬리치레를 내세워 확대 해석하지 않았느냐.

지율 : 소송은 '꼬리치레' 가 아니고 일반 도롱뇽을 상징적으로 내걸었다. 꼬리치레는 천성산 계곡 어디를 가도 쉽게 찾을 수 있다. 여러 곳에서 나타났다는 것은 천성산 전체를 볼 때 대규모다. 그리고 공단의 환경영향평가서에 보면 그 흔한 일반 도롱뇽도 없다고 했다.

안티 : 스님은 천성산 문제 이전에 내원사로 인한 환경파괴 문제는 왜 거론하지 않느냐. 내원사 임도의 폐쇄라든가 휴식년제도 주장했어야 한다. 일반 등산객을 상대로 사찰 문화재 관람료까지 징수하는 문제도 제기해야 하지 않느냐. 그래야 명분이 생기는 것이다.

지율 : 휴식년제는 2002년부터 요구했다. 내원사는 비교적 계곡과 식생이 잘 발달되어 있다. 그런데 오히려 정부 쪽에서 고려가 되지 않았고, 양산시도 마찬가지다. 내원사의 각

종 불사가 저 때문에 중단된 게 10개가 넘는다. 그래서 절 스님들로부터 험한 소리도 들었다. 임도는 내원사와 암자의 통로로도 쓰지만 이전에는 화전민들도 썼다.

안티 : 스님의 1백 일 단식을 믿지 못하겠다. 정상인의 사고방식으로 봐서는 기적이고, 그것은 세계적인 일이었다. 단식 기간에 생식하지 않았느냐는 말도 있다. 실제 단식을 했는지 거짓말 탐지기로 해 보자. 운동을 하려면 진실해야 하는데, 단식이 진실하지 못하다면 공동 조사 합의도 없는 것이다.

지율 : 그 답은 1백 일 단식 뒤 기자회견 때 밝혔다. 조갑제 씨가 그런 말을 한 모양인데, 물과 소금, 간장, 차만 마신 게 단식이 아니라고 하면 할 말은 없다. 어떤 이들은 전복죽·초콜릿을 먹고 생식을 했을 것이라고 하는데, 도저히 그럴 상황이 아니었다. 청와대 앞에 있을 때 가게에 가서 껌 하나 사지 않았다는 것은 경찰이 더 잘 안다. 청와대에서 제가 무엇을 먹는다고 생각했다면 놀라지도 않았을 것이다.

안티 : 공동 조사단에 스님이 들어간 것 자체가 모순이다. 전문가가 아니지 않느냐. 조사단에서 활동하고 역량을 보인다는 것 자체가 어불성설이다. 지금이라도 공동 조사단에서 빠질 것을 제안한다. 스님이 거기에 들어갈 이유가 없다. 탈퇴 선언을 해 달라.

지율 : 개인적으로 저도 빠지고 싶다. 녹색연합 등 시민단체와 상의했지만 처음부터 과정을 알고, 지형이며 서류 하나까지 다 아는 사람이 없다. 제가 아니면 들어갈 사람이 없다. 4년간 천성산 문제를 붙들고 오면서 많은 부분을 알고 있다. 전문가라는 소리를 들을 정도다. 솔직히 말해 교수들도 못 믿을 부분이 많다. 학자들이라고 하면서 법정에서도 거짓말을 한다.

"환경단체 후원이 꼭 있어야 하나"

안티 : 공동 조사 위원이 동수(7:7)이기에 표결로 하면 결론이 내려지지 않을 수도 있다. 그러면 대법원까지 갈 것인데, 낭비 아니냐. 어차피 대법원 갈 것인데 공동 조사를 할 필요가 있느냐. 조사 기간 동안 공사도 중단하는 것이냐.

지율 : 지금은 진입로 공사 중이다. 조사 기간에 발파 작업은 중단될 것이다. 결과가 양쪽에서 상충되었을 때 대법원에 가게 된다.

안티 : 천성산 대책위 홈페이지 자유게시판이 회원제로 바뀌면서 닫힌 상태다. 누구나 글을 올릴 수 있도록 열어야 하지 않느냐.

지율 : 홈페이지를 회원제로 한 것은 대책위 사람들과 상의해서 이루어진 것이다. 건전한 글이면 모르겠는데, 잘 알지 않느냐. 얼마나 심한 말로 욕하지 않았느냐. 앞으로 열겠다. 좋은 글 올려 달라.

안티 : 스님은 지금 상황이 즐겁지 않다고 했는데, 스님이 자유로울 수 있는 방법은 공동 조사를 포기하고, 천성산 대책위는 신뢰할 만한 사람한테 넘겨주고 정말로 수행자의 모습으로 돌아가서 생활 속의 환경운동을 하면 된다. 그렇다면 여태까지 받은 비난을 개선할 수 있을 것이다. 녹색연합과 계속 관계를 가질 것이냐. 안타깝다. 이 일로 녹색연합이 이득을 보고 환경 권력이 되어 가는 것 같다. 녹색연합의 후원이 꼭 있어야 하나.

지율 : 녹색연합과 관계없다. 우리와 함께 하는 단체들은 자발적인 참여다. 녹색평론이며 '인드라망 생명공동체'에서도 많이 도와주고, 천주교의 '환경을 생각하는 사제단'에서도 많이 도와준다. 한 단체와 일을 하는 건 아니다.

안티 : 공동조사에서 7:7로 결과가 나오면 어떻게 되느냐. 공단에 유리한 결과가 나오면 승복하겠느냐. 이번 일로 인해 우리 사회의 경제적 손실이 엄청나다. 대법원 재판에 따른 낭비 요소가 많지 않느냐.

지율 : 천성산 문제가 계기가 되어 환경을 더 지켜 온 측면이 있다. 환경영향평가법이 바뀌고, 사법연수원에서는 얼마 전에 자연의 권리 소송에 대한 토론도 있었다고 하더라. 공동 조사 결과는 표결 방식이 아니다. 식생이며 지질 등 전 분야에 걸쳐 공동으로 조사를 하고, 수치가 같이 나오는 것이다. 그래서 조사 방법을 합의하는 일이 복잡했다. 수치를 속일 수는 없지 않느냐. 합의가 안 되면 대법원에 가야 한다.

안티 : 오늘 여러 가지 의견이 나왔다. 서로 상생의 길을 가자는 것이었다.

지율 : 서로 명분을 갖고 가자.

〔『오마이뉴스』, 2005년 5월 2일〕

58+ 대국민 호소문

　지금 이 땅을 통치하는 것은 '경제'라는 이름의 유령이다. 이 땅에서 "경제가 어렵다"
는 말보다 강력한 주술을 가진 언어는 존재하지 않는다. '경제 유령'은 정치권력을 조종하
며, 무자비한 경쟁 논리로 힘없는 일체의 것들을 따돌리며, 개발 논리로 온 산천을 파헤치
며, '국익'의 이름으로 침략 전쟁을 정당화하는 명분으로 군림한다. 이 '경제 유령'에 결
박당한 채 우리들은 깊은 망각 속에서 꿈속의 인간처럼 살아간다. 그리하여 우리는 지난
50년 전보다 100배 이상 커진 물질적 풍요로움 속에 살아가지만 스스로 일구어 온 삶의
조건들에 만족하고 감사하지 않으며 다만 긴장과 적의에 찬 나날을 살아간다.

　무지개를 보면서 무지개 내린 연못에 머리를 감고 출가하였다는 비구니 지율 스님. 스
님이 지난 3년여 시간 동안 경부고속철도의 한 구간으로 관통당할 위기에 처한 천성산을
지키기 위해 극한의 고행 속에서 상대해야 했던 것은 바로 우리 마음속에 깊이 또아리 틀
고 앉은 '경제 유령'이었고, '천 개의 눈이 있어도 보지 못하고 천 개의 귀가 있어도 듣지
못하는' 무명(無明)의 어두움이었다.

　대통령은 허장성세를 부렸고, 약속을 뒤집었고, 그러면서도 태연스러웠다. 건설교통부
와 한국철도시설공단은 돌격대가 되었고, 환경부는 그들의 충직한 하수인을 자임하였다.
그리고 지율 스님은 거대 언론들의 외면과 공격, 인간의 한계를 훌쩍 뛰어넘은 극한의 고
행을 마치 진기명기 구경하듯 호기심 어린 시선으로 바라보는 세상 사람들의 무지 속에
서 있어야 했다. 무엇보다 지율 스님은, 그저 적당히 하고 이제 그만 그쳐 주기를 바라는,
스님의 단호한 걸음걸이를 쫓아갈 수 없었던 이 많은 범부들의 망설임과 좌절이 안겨 주
었을 번민 속에서 더욱 괴로웠을지도 모른다.

　그러나 지율 스님의 비폭력적인 실천은 우리 사회의 많은 양심적인 시민들의 죄의식의
심연을 건드렸고, 삶에 대한 책임과 성실성을 깨우쳤다. 그리하여 '도롱뇽의 친구들'을 중
심으로 수십만 명의 시민이 결집했고, 이들은 지금 우리 사회에서 이전에 없었던 새로운
길을 열어젖히고 있다. 우리는 도롱뇽의 친구가 됨으로써, 천성산이 암석과 토양으로 이
루어진 단순한 자연구조물이 아니라 12개의 계곡과 22개의 고층늪, 그리고 거기에 깃든
수없는 생령들을 품고 살아가는 '어머니'임을 깨닫게 되었다. 그리하여 우리는 천성산을

관통하는 터널이 토목공학적 과업의 대상이 아니라 바로 어머니의 가슴에 구멍을 뚫는 패륜이며, 그리하여 지금도 쉴 새 없이 이 산천을 파헤치고 갯벌을 메우는 이 모든 개발 사업들이 실은 바로 우리 자신을 허물어뜨리는 자멸적인 행동임을 알게 되었던 것이다.

지난여름, 지율 스님은 '도롱뇽 소송 항소심'을 앞두고 다시 58일간의 단식을 통해 고속철도 천성산 관통 구간의 환경영향평가를 다시 실시할 것을 요구하였고, 결국 지난 8월 26일 환경부로부터 시민단체와 공단이 공동으로 주관하는 전문가 검토를 시행하겠다는 약속을 이끌어 내었다. 이것은 천성산 관통 노선의 시비를 가리기 위해 필요한 최소한의 절차였다. 그러나 환경부는 자체적으로 선정한 전문가 3명의 2박 3일간 일방적인 현장 조사 결과와 공단에서 제시한 자료를 소송이 진행 중인 부산고등법원 재판부에 내면서 "천성산에 고속철도가 관통하더라도 습지와 지하수에는 아무런 영향이 없다"는 결론을 기습 제출하였다.

우리는 환경부에 관료 집단으로서의 자기 안위를 넘어서는 환경보존의 사명감과 생태적 감수성을 기대하지는 않았다. 다만 우리는 그들이 국민의 세금을 먹고 사는 국가공무원으로서 당연히 갖추어야 할 최소한의 양심을 기대했을 뿐이다. 그러나 그들은 공단이 공동 감정에 응하지 않는다는 것을 핑계로 순전히 형식적인 단독 조사로 엉터리 결론을 이끌어내고, 이제 재판부를 압박하고 있다. 우리는 환경부의 이 같은 비열한 행태에 분노를 넘어 인간적인 서글픔을 느낀다. 법정에서 합의한 공동감정을 끝끝내 거부하면서 두려워하는 공단이나 환경부의 모습은 결국 천성산의 생태적 가치에 관련하여, 터널 공사가 돌이킬 수 없는 재앙을 불러일으킬 것이라는 도롱뇽 소송인단 쪽의 주장이 옳음을 자인하는 것에 다름 아니다.

우리는 환경부에 요구한다. 환경부는 지난 8월 26일, 국민 앞에 한 약속을 즉각 이행하라. 환경부는 도대체 무엇 때문에 있는 국가 기관인가! 그동안 공단 측 입장을 옹호해 온 보수 언론마저도 비판하고 있는 이 비열한 행태에 대해 환경부는 즉시 사죄하고, 시민단체가 참여하는 천성산에 대한 환경영향평가 재조사를 즉각 실시할 것을 요구한다.

이제 '도롱뇽 소송'은 사법부의 판단을 기다리고 있다. 사법부는 법리적 판단을 통해 사안의 시비를 가리는 곳이기에 우리는 이제 고속철도 천성산 관통 문제를 두고 국가 권력이 그간 벌여 온 이 모든 기만적인 행동과 권모술수와 직무유기를 사법부가 명쾌하게 심판해 줄 것으로 기대한다. 재판부는 눈앞의 '돈'을 위해 우리의 생존의 토대를 허물어뜨리는 개발의 광풍 속에서 국가 공권력마저 거짓말과 기만적인 술책으로 일관하는 이 어지러운 사태를 바로 잡는 마지막 보루로서 오직 진실과 정의의 힘으로 옳고 그름을 판단해 줄 것으로 믿어 의심치 않는다.

마지막으로 사법부의 올바른 판결을 촉구함과 동시에, 그것을 사회적으로 강력하게 지원하기 위해서도 우리는 무엇보다 양식 있는 시민들의 광범위한 참여가 절대적으로 필요함을 호소하지 않을 수 없다. 현재 30만에 육박하고 있는 '100만 도롱뇽 소송인단' 모집에 우리가 힘을 보태는 것은 극한적인 자기희생을 되풀이해 온 지율 스님에게 보답하는 일이고 천성산을 살리는 일이기도 하지만, 따져 보면 다름 아닌 우리 스스로를 돕는 행동이다. 이 행동은 지금 스스로의 무덤을 파는 어리석은 개발 논리와 끝없는 물욕에 사로잡혀 한치 앞도 내다보지 못하는 이 세상의 어두움을 깨는 한 자루 촛불이 될 것이다.

지금 이 시각에도 천성산 어느 계곡에서 놀고 있을 한 마리의 작은 도롱뇽이 다만 멸종 위기에 처한 양서류 동물이 아니라 실은 깊은 망각 속에 버려져 온 '본래의 우리 자신'이라는 사실을 우리 각자는 깨달아야 한다. 도롱뇽이 사라지면 머지않은 장래에 우리 자신 또한 사라지지 않을 수 없다는 것은 더 말할 필요가 없는 진실이다. 100만 시민이 밝히는 촛불로 도롱뇽 소송에서 승리가 이루어진다면 그것은 파국을 향해 치닫고 있는 우리의 삶에 새로운 희망을 위한 가능성이 열린다는 것을 의미할 것이다. 자기 자신뿐 아니라 미래 세대를 위해서 이러한 희망을 만들어 내는 일에 이 나라의 앞날을 걱정하는 모든 사람들이 주의를 집중하여 기꺼이 동참해 줄 것을 우리는 간절한 마음으로 기구하고, 또 기구한다.

2004년 10월 27일
도롱뇽소송시민행동

도롱뇽을 원고로 선택한 이유

도롱뇽 소송 기자회견 보도자료 중에서

우리 헌법 제35조에는 "모든 국민은 건강하고, 쾌적한 환경에서 생활할 권리를 가지며, 국가와 국민은 환경 보전을 위하여 노력하여야 한다"고 규정되어 있다.

또한 개발로 인한 환경 파괴의 영향을 방지 혹은 최소화하기 위해 환경영향평가법이 있고, 개발로 인해 야생 보호 동식물의 서식지가 사라지는 것을 막기 위해 특정야생동식물 보호법 등이 마련되어 있다.

그러나 현재 진행 중인 경부고속철도 천성산 구간의 환경영향평가서에는 30종 이상 되는 법적으로 보호해야 할 동식물이 단 한 종도 기록되어 있지 않으며 천성산에 군락과 군집을 이루는 수많은 동식물종은 물론 22개의 늪과 12계곡에 대해 단 한 줄도 기록되어 있지 않다.

특히 도롱뇽은 천성산에 산재하여 있는 22개의 늪과 12계곡에 가장 많은 개체수를 가지고 있는 종이며 특히 1급수 지표종인 꼬리치레도롱뇽의 대규모 서식지가 바로 천성산이다. 그럼에도 불구하고 환경영향평가서상에는 천성산에 도롱뇽과 꼬리치레도롱뇽의 서식에 대한 기록이 전무한 것이다.

도롱뇽을 비롯한 양서류는 생존 방식의 민감성 때문에 환경오염에 가장 취약하여 불과 10년 전에 비해 절반 이상이 멸종된 대표적인 생물종이자 환경지표종이다. 이에 우리는 도롱뇽의 이름으로 천성산의 많은 생명들을 대신하여 무모한 개발과 환경파괴를 일삼아 온 인간을 법정에 세우려 한다.

기존의 환경영향평가서는 개발에 대한 면죄부를 주기 위해 고의 혹은 과실로 각종 법 보호종들을 누락시키는 것이 관례화되어 있다.

이에 부도덕하게 작성된 환경영향평가의 문제점을 제기함으로 생물종에 대한 권리를 회복하고, 환경부와 환경 보전을 위한 각종 법률이 제자리를 찾을 수 있는 계기를 만들어 사람과 자연이 함께 공존하는 미래의 거울이 되고자 한다.

2003년 10월 15일

도롱뇽소송시민행동 발족에 부쳐

역사는 써지는 것이 아니라 만들어 가는 것입니다. 후일 우리의 후손들은 우리가 살아온 매 순간을 역사라 부를 것이기 때문입니다.

지난 반세기 동안 우리가 썼던 급변했던 역사는 후일 어떻게 기록될 것인가 되돌아 봐야 하며 그 정점에 지금 우리는 서 있습니다.

수많은 젊음을 불사르면서 우리는 이 땅에 민주주의라는 역사를 불러왔으며 억압과 탄압 속에서 교육의 지표와 인권 문제, 그리고 노동문제의 갈등을 해결하려 노력하여 왔습니다. 보이지 않는 곳에서 일했던 노동자들의 묵묵한 손과 땀, 강인한 아버지와 억척스런 어머니의 손길로 대한민국의 현대화는 이루어졌습니다.

하지만 그것은 현대화라고 하는 이름일 뿐, 이 땅에 찾아온 진정한 평화는 아니었습니다. 주체성을 잃어버린 서구식 발전 모델과 정책, 경쟁 속에서 우리의 문화와 전통은 사라져 버렸으며 우리 국토는 황폐화되어 버렸고 삶의 질은 저하되었습니다.

생명에 대한 경외감이 사라져 버린 뒤 사람들은 폭력과 전쟁을 정당화하고 나눔의 부재로 인해 이 사회는 점점 더 가난해지고 있습니다.

이렇게 전도된 가치관과 끝을 모르고 치달리는 인간의 이기심에 의해 우리의 산하와 이 땅의 모든 생명들은 위협받고 있습니다. 이런 위험 앞에 이 땅에서 사라져 갔고 여전히 위협받고 있는 모든 생명을 대변하여 도롱뇽이라는 작은 생명체가 인간의 법정에 섰습니다.

건국 이래 최대의 국책사업이라는 고속철도 사업을 도롱뇽이라고 하는 작은 생명체가 막아서고 있는 것에 대해 사람들은 경이롭게 생각하고 있습니다. 하지만 도롱뇽 소송은 생명에 대한 존중이 사라져 버린 우리의 내면 깊은 곳에서 울리고 있는 감성의 소리이며 자연 속에 깃들어 있는 영성에 뿌리내린 존재의 근원에서 울려 나오는 공생의 절규입니다.

이제까지 인간의 지식의 척도로 자연을 바라보고 기계론적인 접근으로 산과 강과 물을 파괴하여 온 데 대한 경고에서 도롱뇽 소송은 시작되었습니다. 그러기에 우리는 도롱뇽을 '희망 지도'라고 부르고 이 땅에 새롭게 써야 할 역사라고 하는 것입니다.

백두대간의 끝자락을 힘차게 마무리하고 있는 천성산은 우리 민족의 역사와 얼을 갈무리하는 곳으로 자연과 인간이 상생하는 생명의 역사를 세울 시원의 땅이 될 것입니다.

자연과 생명의 가치관이 물질 위주의 전도된 가치관이 통용되고 있는 실정법의 질서 속에 새로운 가치로 공명되기를 바라며.

2004년 9월 23일
지율 합장

시민 · 종교단체 연석회의 발족 선언문

오늘 우리는 천성산을 위한 시민 · 종교단체 연석회의를 마음을 모아 발족합니다. 바른 삶터를 일구기 위해 각각의 영역에서 일해 온 오리들이 천성산이라는 아름다운 이름에 우리의 이름을 새기고 있습니다.

천성은 천성만이 아닙니다. 지금 새 눈을 틔우려는 저 은행나무가 천성입니다. 바람이 천성이며, 하늘이 천성입니다. 발바닥을 간질이는 들판이 천성입니다. 눈을 돌리면 어디에나 있어서 환경과 생명에 대한 참으로 무딘 감수성의 나를 일깨워 주는 모든 것이 바로 천성입니다.

어느 산천을 바라보아도 개발이라는 이름으로 허물어지고 있습니다. 국토는 목마르고 아픕니다. 등 돌리고 돌아앉은 섬이 되어 버렸습니다. 돌이켜 보건대 우리가 그러했습니다. 속도와 편리에 중독된 우리가 개발의 원인 제공자입니다. 누구를 탓하기만 해서는 나아갈 수 없습니다. 그리하여 성찰에 그 뿌리가 닿아 있지 않으면 안 됩니다.

자연으로 인하여 우리는 육신의 삶을 이어 갑니다. 조상이 그러했듯이 우리의 후세들도 그러합니다. 또한 자연은 조화의 삶을 가르쳐 주는 큰 스승입니다. 마땅히 존중받아야 할 두렵고도 고귀한 존재입니다.

개발을 부정하지 않습니다. 그렇지만 느슨하다 못해 면죄부라는 오명으로 불리는 법과 규정조차 무시하는 막무가내의 개발은 안 됩니다. 환경과 생명의 가치를 반영하지 못하는 정책은 용납되지 않습니다. 한 송이 꽃을 차마 두려워 꺾지 못하는 마음을 담아 내지 못하는 모든 개발은 퇴보이며 죄악입니다. 참된 길이 아닙니다. 우리가 나아갈 길이 아닙니다. 천성산이 너무도 당연한 이 도리를 아프게 일깨워 줬습니다.

사람과 사람, 사람과 자연의 조화로운 삶을 희구하는 우리들의 마음과 부끄러움이 우리들의 힘입니다. 모든 천성에 더 이상 부끄럽지 않기 위해 오늘 발걸음을 내딛습니다.

2005년 3월 9일

'도롱뇽 소송 승소를 위한 기념 미사' 중에서

이동훈 신부님의 강론

산. 저는 강원도 산골에서 태어났고, 지금도 충북 제천 배론 골짜기 산속에서 살고 있습니다. 어릴 적 저에게 거대하게 버티고 있는 산은 무서운 호랑이 아버지 같았습니다. 또한 슬프고 괴로울 때 산에 오르면 산은 내 모든 근심과 슬픔을 안아 주며 나의 슬픔이 아무것도 아님을 깨우쳐 주는 포근한 어머니의 품속이었습니다. 이렇게 산은 아버지의 모습으로, 때로는 어머니의 모습으로 내 삶의 중요한 부분을 차지하였고, 지금도 그 속에서 저는 살고 있습니다.

성서에서 산은 하느님 아버지를 만나는 장소였습니다. 모세가 시나이 산에서 하느님을 뵈었고, 많은 예언자들이 산에서 하느님을 뵈었습니다. 예수님은 기도하러 자주 산에 오르셨으며, 거룩한 변모를 보여 주신 곳도 산이었습니다. 산은 이렇게 개인적인 삶의 영역이거나, 신앙적인 영역에서나 아버지와 어머니의 모습으로 다가옵니다. 산의 이러함은 그

300

속이 수많은 생명들의 삶의 근거지이기 때문입니다. 수많은 생명들을 손수 낳고 키우는 산은 그래서 모든 생명의 아버지이며 어머니인 것입니다.

이렇게 고맙고 소중하고 거룩한 산이 경제 논리만을 최고로 치며 살아가는 이들에 의해 무참히 난도질당하고 있습니다. 천박한 자본주의의 노예가 되어 버린 이들은 자신의 생명 줄에 칼을 들이대고 있는 패륜아들인 것입니다.

조금 더 빨리 가기 위해 산을 파헤칩니다. '주마간산'(走馬看山). 달리는 말 위에서 산을 바라보면 제대로 보이질 않았습니다. 하물며 300킬로의 고속으로 달리는 차창 밖의 풍경이란 우리의 삶과는 아무런 관계도 없는 존재로, 오히려 속도를 저해하는 장애물 정도로밖에 보이질 않습니다. 고속으로 달리는 사람들. 그들은 고속열차의 속도로 인해 풍경이 제대로 보이지 않기도 하지만, 오로지 목적지에 빨리 닿기만을 고대하는 그들의 마음엔 중간에 걸치는 과정은 그리 소중한 것이 아니듯이 그들의 눈과 마음에는 산속의 거룩함, 생명은 보이지도 않고 볼 여유도 없는 것입니다. 그들의 눈에는 보이지 않지만 세상을 진지하게 살아가려는 사람들에겐 산은 여전히 포근한 어머니의 품속입니다.

천성산(千聖山)! 천(千)명의 성인(聖人)이 있는 산(山). 하느님 아버지, 하느님 어머니가 키우는 거룩한 생명 그 모두는 성인, 성녀들입니다.

천성산에는 흔하지 않은 고산 습지가 22개나 있습니다. 산 자체가 엄청난 생명덩어리이기도 하지만, 습지는 또한 그 자체로 무수한 생명체들이 살아가는 생태계의 보고입니다. 그리하여 세계는 그 소중한 습지를 보호하기 위해 람사협약을 체결하였고 우리나라도 그 협약에 가입하였습니다. 그 소중한 습지가, 희귀하게 높은 산중에, 22개나 있는 곳이 천성산입니다. 그럼에도 불구하고 무자비한 인간들은 단지 22분을 빨리 집으로 가기 위해 그 소중한 어머니 산을 파헤치려 합니다.

천성산의 생명을 지키기 위해 작고 여린 온몸으로 저항하며 단식을 밥 먹듯이 하시는 지율 스님! 38일, 45일, 58일……. 단식 기간은 늘어만 갑니다. 이러한 스님의 목숨을 건 투쟁에 그들은 눈 하나 깜짝하지 않습니다. 수천의 생명을 담보로 돈벌이를 하는 그들에겐 한 가녀린 수행자의 목숨이 그리 중요하지 않을지도 모르겠습니다. 국익을 위해 불의한 전쟁에 청년들을 파견하는 그 무자비한 정부는 결국 아무런 죄도 없는 '김선일'이라는 청년의 죽음을 방관하기도 했으니 말입니다.

부도덕하고 무자비한 현 정부는 '군사독재'의 그 무자비함을 그대로 닮아 있습니다. 현 정부는 수많은 환경 사안들에 대해서 어느 군사독재 못지않은 폭력성과 잔인함을 보여 왔습니다. 이제, 우리는 이 부도덕하고 부정의한 노무현 정권을 위해 참아 줄 수 있는 인내의 한계에 도달했습니다.

진정한 국익이 무엇이고, 진정한 발전이 무엇입니까? 어느 한 계층의 일방적인 희생을 강요하며 이룩하는 발전은 진정한 발전이 아닙니다. 그러므로 멸종의 위기에 처한 '도롱뇽'을 담보로 한 발전은 진정한 발전이 아닙니다. 모든 생물이 멸종된 다음에는 결국 인간의 멸종이 기다리고 있기 때문입니다.

우리는 지금 도롱뇽 소송에 있어 재판관님들의 현명한 판단을 기원하는 미사를 부산고등법원 앞에서 거행하고 있습니다. 법원은 정의(正義)를 실현하는 기관입니다. 어느 누구라도 타의에 의해 자신의 권리를 빼앗기는 사회는 정의롭지 못한 사회입니다. 민주주의 사회는 이러한 정의의 실현을 통해서 가능해집니다. 모든 생명은 저마다 자신의 행복을 누릴 권리가 있습니다. 멸종의 위기에 처한 도롱뇽도 자손만대 자신의 후손을 거두며 깨끗한 환경에서 행복을 누리며 살 권리가 있는 것입니다.

그렇게 생태계의 모든 존재의 목적적 가치를 인정하고 그들의 행복을 보장해 주는 것이 생태적으로 정의로운 사회이며, 그러한 사회를 우리는 생태 민주주의 사회라고 부를 수 있을 것입니다. 생태계의 일부일 뿐인 인간은 당연히 생태 민주주의 사회를 추구하고 이룩해 나가야 합니다. 도롱뇽 소송은 그러한 의미에서 우리나라를 생태 정의가 실현되는 생태 민주국가로 만드는 중요한 계기가 될 것입니다. 부디 우리의 이 미사 봉헌을 통해서, 하느님께서 재판하는 분들의 마음을 모든 생태계로 열어 놓을 수 있기를 기도드립시다.

2004년 11월 11일

도롱뇽 소송 승소를 기원하는 가톨릭 수도회와 제 단체 탄원서

존경하는 재판장님께

이 땅에 법의 정의를 굳건히 세우시느라 얼마나 노고가 많으십니까? 저희들은 재판장님과는 다른 일을 하고 있지만 하느님의 정의와 평화를 이 땅에 실현하고자 노력한다는 점에서 재판장님과 공통점도 많은 것 같습니다. 날이 갈수록 세상이 험해져 가고 있다는 느낌입니다.

저희 가톨릭 제 단체에서는 그동안 계속해서 도롱뇽 소송 과정을 크나큰 관심을 가지고 지켜보았습니다. 하느님께서 재판장님께 솔로몬의 지혜를 내려 주셔서 이 어려운 재판을 명쾌하게 해결해 주시리라 기대하면서 기도해 왔습니다. 수많은 가톨릭 성직자, 수도자, 평신도들이 재판장님과 이 나라를 위해 기도해 왔습니다.

이 세상을 창조하신 하느님께서는 우리 인간에게 자연을 더욱 아름답게 가꾸라고 당부하셨다는 것이 우리의 믿음입니다. 이에 우리는 신앙인으로서 고귀한 자연과 생명을 무시하고 죽이는 그 어떠한 판단과 행동도 반대합니다.

천성산 고속철도 관통으로 인해 발생될 수많은 죽음과 파괴를 염려하는 많은 단체와 시민들은 그 부당함을 알리기 위해 다양한 방법으로 노력해 왔으며, 급기야는 천성산의 생명들을 대변하여 멸종 위기의 도롱뇽을 법정에 세웠습니다. 그동안 재판부는 자연의 권리 소송이라는 유례 없는 역사적인 소송에 임하여 이 소송의 중대한 의미를 간파하고 상생과 조정의 역할을 하겠다고 선언했습니다. 또한 신청인과 피신청인 사이에 합의가 이루어질 수 있는 최소한의 객관적이고 공정한 재판을 진행하겠다고 공언하기도 했으며, 그간 미흡했던 공사의 절차적 문제를 지적하고 법원의 감정을 중요한 판단 기준으로 삼고자 하였습니다.

이런 상생을 위한 노력은 죽음을 불사하는 지율 스님과 전국 30만 도롱뇽 친구들에게는 크나큰 희망이었습니다. 그러나 지난 15일의 조정안은 우리 모두를 동시대인으로서 가슴 아프게 했습니다. 재판부는 약속했던 진행 절차를 무시하고 돌연 6개월 동안의 환경영향평가를 재실시하되 조정이 이루어지는 당일부터 공사 재개라는, 실제로는 공사를 강행하겠다는 중간 조정안을 제시하였습니다.

존경하는 재판장님,

인간은 자연을 지배하면 할수록 더욱더 자기 앞에 다가오는 점증하는 공포를 체험하게 되었습니다. 기술로써 자연에 대한 더욱 큰 통제력을 얻을 때, 기술은 오늘을 살아가는 인류를 다가올 세대의 적이 되게 하여 우리들 미래의 토대 그 자체를 파괴하려고 위협합니다. 자연의 위력을 종속시키려고 맹목적인 힘을 사용함으로써, 우리는 내일을 살아갈 인간의 자율을 파괴하는 길로 들어서 있지 않습니까? 무슨 힘으로 인간을 자기 지배의 예속으로부터 보호할 수 있겠습니까?(교황청 신앙교리성, 「자유의 자각」 11항)

가톨릭교회는 말합니다. "적어도 하느님의 말씀을 믿는 사람들 편에서는, 오늘의 '개발'이 창조에서 시작된 '이야기', 창조주의 뜻에 불충함으로 말미암아 부단히 위험을 겪고 특히나 우상숭배의 유혹 때문에 위기를 당하는 이야기의 한 토막이라고 보아야 한다"(교황 요한 바오로 2세, 「사회적 관심」 30항). 오늘날의 우상은 무엇입니까? 필요하다면 가장 소중한 생명마저 유린해 버리는 자본과 권력이야말로 우리의 우상이요 유혹이 아니겠습니까? 그래서 그 우상과 유혹을 포기하는 것이야말로 가장 훌륭한 삶이라고 배웠습니다. "모든 인간의 처지를 향상시키려는, 힘들고도 고귀한 사명을 포기한다든가, 더군다나 그 투쟁이 힘들고 꾸준한 노력이 요구된다는 핑계로 단념한다든가, 또는 단순하게 실패의 경험과 다시 시작하지 않으면 안 된다는 이유에서 손을 든다면, 그 인물은 창조주 하느님의 뜻을 배반하는 것"(「사회적 관심」 30항)이라고 했습니다.

국가는 하느님과 사회 앞에서의 책임을 의식하여, 국가 사회의 행정에 있어서 국민들에게 현명과 건실성의 귀감이 되어야 하며, 부단히 공동선을, 또한 공동선만을 유념할 것을 요청받으며 국가 행정가들과 공무원들은 자기 직무를 성실하고 사심 없이 수행할 양심상의 의무가 있습니다(교황 비오 11세, 「하느님이신 구세주」 76항 참조). 많은 사람들이 정부의 행동에 대해 의구심을 가지고 있습니다. 원칙과 절차가 무시되었고 약속은 헌신짝처럼 내팽겨졌습니다. 우상의 유혹에 빠진 그들에게서 하느님의 뜻은 철저히 무시되었습니다. 정의를 세우고 생명을 살리는 일은 이제 재판관님의 결정에만 맡겨져 있습니다. 잠시 살다 갈 우리들이 영원히 이어질 생명들의 생명과 생존권을 박탈할 자격은 없습니다. 이 세대는 유혹에 깊이 빠져서 자신이 감당하지 못할 무시무시한 죄악을 저지르고 있습니다. 더 심각한 불행이 오기 전에 막아야 합니다. 정부와 환경부 그리고 고속철도공단은 그동안 절차적인 과정에서 무산되었던 환경영향평가와 천성산 문제의 본질에 대하여 인정하고 지금이라도 원칙과 약속을 이행해야 합니다.

재판장님, 힘드시겠지만 이 땅에 원칙과 정의가 살아 있음을 보여주십시오. 도롱뇽 소송의 승소를 기원하는 모든 생명들은 한결같이 힘없고 순진무구한 존재들입니다. 지율 스님처럼 자신의 몸뚱아리 하나밖에 내던질 게 없는 절박한 목숨들입니다. 재판장님, 거대한 권력과 자본에 맞서는 용기를 보여 주십시오. 그래서 그들을 살려 주시고 사법부의 권위를 보여 주십시오. 훗날 하느님 앞에 섰을 때 최선을 다하여 재판하였노라고 당당하게 말할 수 있는 재판관님이 되어 주십시오. 저희들은 현명한 판결이 있을 그날까지 재판장님을 위해 기도하겠습니다.

하느님의 평화가 항상 재판장님과 함께 하길 진심으로 기원합니다. 감사합니다.

"좁은 문으로 들어가거라. 멸망에 이르는 문은 크고 또 그 길이 넓어서 그리로 가는 사람이 많지만, 생명에 이르는 문은 좁고 또 그 길이 험해서 그리로 찾아 드는 사람이 적다." (마태복음 7:13~14)

2004년 11월 26일
도롱뇽 소송 승소를 기원하는 가톨릭 수도회와 제 단체 일동
한국여자수도회 장상연합회, 한국남자수도회 장상협의회 정의평화환경위원회, 꼰벤뚜알 프란치스칸수도회 정의평화환경위원회, 프란치스칸가족 장상협의회 정의평화환경위원회, 마리아수도회, 빨마수녀원, 한국가톨릭농민회, 우리농촌살리기운동본부, 천주교정의구현전국사제단, 천주교정의구현전국연합, 가톨릭노동사목전국협의회, 천주교인권위원회, 천주교환경연대, 새 세상을 여는 천주교여성공동체, 가톨릭평화지기, 새만금생명평화천주교모임, 천주교장기수가족후원회, 우리신학연구소, 천주교청년공동체, 예수살이공동체, 서울교구 환경사목위원회, 전주교구 노동사목 위원회, 인천교구 노동사목위원회, 부산교구 생명환경사목위원회, 부산교구 도시빈민사목 위원회, 부산교구 노동사목위원회, 광주교구 환경사제모임, 부산교구 환경사제 모임, 환경을 생각하는 종교인 모임

범불교운동본부 의견서

천성산 관통 터널 선고를 앞두고

존경하는 재판장님께

사회의 안녕과 질서 확립에 노고가 크신 재판장님께 삼가 경의를 표합니다.

국토의 관리는 국가 차원의 장기적 목표가 설정되어야 할 것인 바, 아직 이 나라는 아쉽게도 그러하지 못합니다. 개발을 하되 국민의 건강한 삶의 기본인 청정한 환경, 즉 공기와 물을 잘 보존하고 자연과 어우러지는 심성을 유전케 하는 목표와 대책은 부실합니다. 이에 경부고속철도의 천성산 관통 터널이 문제된 지금 국책사업이 만능이 아님을 몇 가지 예로 증명하고, 차제에 바른 국책사업의 시행을 정착시키는 계기가 되기를 바라는 마음을 전하오니 헤아려 주시기 바랍니다.

대형 국책사업의 대표적 문제점

첫째, 산림은 물을 함유하는 천연의 댐입니다. 산을 개발하거나 터널로 관통할 시에는 지하수나 지표수가 유출 또는 고갈되는 결과가 불가피합니다. 따라서 사업 지역의 선택과 시공 전 단계에서 영향 예측이 철저히 이루어져야 하나, 그러하지 못한 것이 현실입니다. 환경영향평가법이 있다고 하나 법의 미비함으로 인해 산림의 파괴와 지하수 및 지표수의 고갈을 눈감아 주는 면죄부 구실을 한다는 비판이 있어 온 지 오래입니다. 물 보존의 중요성은 "새만금 간척지 천만 평보다 강원도 다락논 백만 평이 수자원 확보와 환경 보존적 기능이 더 높다"는 이병화 박사(국제농업개발원장, 경제학)의 주장에서도 알 수 있습니다.

둘째, 남양만 방조제, 새만금이나 화옹호, 시화호와 같이 함부로 해안 방조제를 건설하여 해안 갯벌 생태계 등을 파괴한다면 국토가 전체적으로 기형화되어 균형을 상실하여 결국 장기적으로 국민의 생활에 피해를 가중할 것입니다. "우리나라 서해안에 물을 1년이고 2년이고 담아 둘 수 있는 담수호를 만든다는 것은 애초에 불가능하다"는 김정욱 교수(서울대 환경대학원, 「대형 국책사업의 문제점과 대안」)의 의견에서도 알 수 있습니다.

항문을 막아 대변의 배설을 강제로 중지시킨다면 창자 안에서 썩어 그 독으로 절명케 되듯, 서해안 강 하구를 방조제로 막는다면 담수는 고여서 결국 썩게 됩니다. 천문학적 예산을 들여도 수질의 정화는 불가능한 것으로, 국토의 절명을 의미합니다.

셋째, 전국에 지금과 같은 속도로 도로의 건설을 진행한다면, 자동차 운행에 따른 에너지 소비와 매연에 의한 피해를 감안하지 않더라도 우리의 국토는 바둑판의 선 안의 공간과 같이 마치 섬에 갇힌 것과 같은 생태적으로 폐쇄된 공간이 될 것입니다. 전 국토의 생태계를 도로로 단절하고, 도시화해서 생태적으로 불구의 국토가 될 때의 그 부작용을 상상해 보아야 할 것입니다.

물론 도로공학과 조경 기술의 발달로 얼핏 보기에 잘 다듬어진 모습을 만들어 낼 수는 있을 것입니다. 그러나 박제된 동물이 그 모양을 유지하되 실은 생명이 없는 것처럼 우리 국토는 박제된 자연과 다를 바가 없게 될 것이며, 그 속에 우리와 우리의 후손들이 살 것입니다. 반만 년 이어 온 우리의 고운 심성이 황폐화되는 결과를 가져올 것을 심히 우려하지 않을 수 없습니다.

넷째, 철저한 사전 준비 없이 시행하는 대형 국책사업은 혈세 낭비로 결국 국가와 국민의 신뢰 관계를 단절시켜 혼란의 큰 요인이 될 것입니다. 『경향신문』 권석천 기자는 "허공에 떠 있는 교량, 개통 열흘 만에 무너지는 도로, 비행기 한 대 뜨지 않는 '액세서리' 공항, 10년이 다 되도록 제자리걸음하는 관광단지 개발. 예산 낭비의 사례는 캐도 캐도 끊임없이 이어졌다"(「혈세 낭비 불감증」, 『경향신문』 2004.10.29.)라며 대형 국책사업에 의한 혈세 낭비의 실태에 대해 개탄하고 있습니다.

영월, 충주 공항 등 광역시·도 여기저기에 건설된 공항들엔 이용객이 없어 항공기의 운항이 제대로 이루어지지 않아 그 관리에 국민의 혈세를 쏟아 붓고 있습니다. 사업 타당성보다는 정치인의 선거 공약과 지역 개발 업체의 단견이 빚은 결과입니다.

다섯째, 영국은 구릉지와 잔디밭이 많아서 골프장을 쉽게 건설하지만 한국은 산을 없애고 벌목을 하여 골프장을 건설합니다. 스위스는 천연적 조건으로 환경 훼손 없이 스키장을 건설하지만 우리나라는 산의 나무를 베어내고 계곡과 능선을 파헤친 후 정지 작업을 하여 스키장을 건설합니다.

물론 골프장과 스키장의 건설은 국책사업이 아닙니다. 하지만 국토 관리가 어떠한지를 보여 주는 사례의 하나입니다. 즉 자연 조건을 인위적이고 폭력적으로 변형시키면서 일시적 위락을 위해 근본적인 삶의 터전을 훼손하는 것을 국토 관리 정책으로 삼고 있는 것입니다.

경부고속철도의 탄생 배경과 문제점

국책사업이라는 명분에 절대적 정당성이 보장된다면 국가의 미래는 밝지만은 않을 것임을 거듭 확인하며, 경부고속철도(천성산 구간)에 대한 의견을 제시합니다.

노태우 전 대통령이 선거 공약으로 내세운 것은 경부고속철도가 아니라 서울에서 설악산까지 관광객을 운송할 중앙고속전철이었습니다. 전문가의 타당성 보고서까지 작성되었으나 어이없게도 결국 취소되고 이어 등장한 것이 경부고속철도입니다.

경부고속철도는 처음부터 1일 30만 명 이상이 이용해야 경제성이 있다는 의견이 제시되고, 아직은 시기상조라 하여 다른 대안이 권유되었으나 권력에 의해 받아들여지지 않았습니다.

눈덩이처럼 불어나는 천문학적 숫자의 적자를 보면, 경제적 타당성이 없어 시기상조라고 제시한 의견이 옳았음이 증명됩니다. 표를 의식한 정치적 목적의 대형 국책사업으로 국토가 멍들고 고비용 저효율로 경제가 멍들고 있음을 부정할 수 없습니다.

308

이를 제동 걸지 않는다면 국민의 삶의 터전인 국토가 파괴되어 그 자연적 유기 체계가 무너져 종국에 국민은 물론 모든 생명이 살아 숨쉬기가 힘들 것입니다.

현 경주 통과 노선은 1994년 감사원 감사(당시 감사원장 이회창)에서도 경제성이 없음이 확인되었으나 정치적 이유로 인해 공개되지 못했습니다. 철도청 역시 경주 통과 여객은 전체 여객의 10퍼센트 정도라 밝힌 바 있습니다. 그 외 90퍼센트 승객은 우회에 의한 경제 및 시간 등 여러 부문의 피해자입니다. 이것이 현 노선의 대표적 문제점입니다

천성산 관통 터널이 정부안대로 건설될 시 문제점

첫째, 천성산 관통 터널을 중단시키지 않는다면, 전문적이고 체계적인 계획 없이 졸속으로 준비되어 국토를 농단하고 혈세를 낭비하는 국책사업을 막을 분수령적 기회를 상실하게 됩니다.

둘째, 천성산 관통 터널을 중단시키지 않는다면, 국책사업이라는 명분으로 정부나 시공사 측이 추구하는 단기 이익이 정당화되어 결국 국민경제와 국토는 난도질당하여 황폐화될 것입니다.

셋째, 천성산 관통 터널을 중단시키지 않는다면, 무엇과도 비교할 수 없는 천성산이 갖고 있는 자연 및 역사적 가치를 포기하게 됩니다. 건설 기업가의 단기적 이익이나 정치 목적의 달성은 후손에게 불행만을 유산으로 남겨 줄 것입니다.

넷째, 천성산 관통 터널을 중단시키지 않는다면, 건교부 제정 '터널설계기준' 등 모든 시공 기준은 물론 법을 위반해도 된다는 적당주의와 탈법이 합리화될 것입니다(1차 탄원서 참조).

다섯째, 천성산 관통 터널을 중단시키지 않는다면, 법원 스스로가 그 권위를 포기하는 것입니다. 판결은 시간과 기타의 제한에서 자유롭게 충분한 객관성 있는 거증(擧證) 자료에 의거하여 판단돼야 함에도 일방적으로 시공사 측의 의견을 수용한 결과가 되기 때문입니다.

이번과 같은 소송에서는 국책사업의 특성상 원고 측의 증인이나 거증 자료가 필연적으로 취약할 수밖에 없습니다. 이러한 사실을 잘 아는 사법부가 적극적으로 객관성 있는 자료의 수집을 포기한다면, 법 앞에 정치적 약자는 영원히 약자일 수밖에 없습니다. 국토를 잘 보존하려는 국가의 백년대계를 위한 애국적 소송인 만큼 객관적 증거의 수집에는 법원

의 노력도 필요합니다. 시추 조사가 생략된 지질 검사는 신빙성이 없으며 불안합니다.

　존경하는 재판장님!

　판결은 판사님의 고유한 권한입니다. 어둡고 긴 터널에서 벗어나 국가의 장래를 밝히는 명판결을 기대합니다. 부디 판사님 이하 모든 분의 건강하심을 앙축합니다.

2004년 11월 3일

도롱뇽 소송 100만 인 서명 범불교운동본부

'환경을 생각하는 교사 모임' 탄원서

존경하는 재판장님,

이달 15일에 최종 선고를 내리겠다는 언론의 보도를 접하고 세간의 여러 우려를 듣고만 있을 수 없어 이렇게 간절한 마음을 담아 재판장님께 탄원서를 올리게 되었습니다.

아무쪼록 우리나라 환경운동사에 획을 긋는 재판이 될 이번 도롱뇽 소송에서 '존재가치'를 무시하고 오로지 '개발 이익'에만 집착하는 개발 지상주의의 잘못된 국책사업을 바로잡고, 환경과 생명을 지켜 미래 세대들에게 온전히 물려줄 수 있도록 해 주자는 저희 교사들의 간절한 바람을 외면하지 말아 주시기를 당부드립니다.

저는 부산기계공고 윤리과 교사로 재직하고 있는 김옥이라고 합니다. 현재 '환경과 생명을 지키는 전국 교사 모임'의 부산 지역 대표를 맡고 있습니다. 또한 중3, 중1 두 아이의 엄마이기도 합니다. 저희 '환경과 생명을 지키는 전국 교사 모임'은 1995년 창립하여 올해 10주년을 맞이하고 있고, 현재 전국의 20여 개 지역에서 초·중·고등학교 교사 500여 명의 회원이 환경과 생명을 지키기 위해 학교 안팎에서 다양한 활동을 하고 있습니다.

불과 30~40년 동안에 경제개발이란 미명하에 이뤄져 온 무차별한 개발로 전국의 산하가 온전한 곳이 없을 정도로 파괴되었고, 이제 더 이상의 파괴는 자연환경뿐만 아니라 우리 아이들의 심성마저 황폐화시키고 있습니다. 건강한 자연 속에서 건전한 심신이 자란다고 믿기에 우리는 아이들의 미래를 가꾸는 교사로서, 기성세대로서 파괴되는 자연과 죽어가는 뭇 생명을 볼 때마다 자괴감과 책임을 통감하지 않을 수 없습니다.

그동안 저희 교사 모임은 천성산 보존 운동을 적극 지지하는 각 지역 및 전국 교사 선언을 하였으며, 도롱뇽 소송인단을 조직하고 도롱뇽시민행동과 함께 100만 인 서명활동에 참여해왔습니다. 천성산 보존 운동을 알리기 위해 천성산 공동 수업 자료를 만들고 학생, 시민들과 함께 하는 열린 생태기행을 실시해 아름다운 자연환경의 가치를 널리 알리고자 노력해 왔습니다.

존경하는 재판장님,

도롱뇽 소송은 국내에서 최초로 이루어진 자연물의 권리 소송인 동시에 다음 세대를 열어갈 미래 세대 소송의 의미를 가진다고 봅니다.

이미 한 세대 전인 1972년 스톡홀름에서 개최된 유엔 인간환경회의에서 "인간은 품위 있고 행복한 생활을 가능하게 하는 환경 속에서 자유, 평등, 그리고 적정 수준의 생활을 가능하게 하는 생활 조건을 향유할 기본적 권리를 가지며, 현 세대 및 다음 세대를 위해 환경 보호 개선의 엄숙한 책임을 진다"고 명시하였고, 이후 1992년 유엔 환경개발회의에서는 지속가능한 개발을 위한 '환경과 개발에 대한 리우 선언'을 채택하여 "개발의 권리는 개발과 환경에 대한 현 세대와 다음 세대의 요구를 공평하게 충족할 수 있도록 실현되어야 한다"고 천명한 바 있습니다.

미래 세대에 대한 환경권의 보장은 이제 우리 모두가 실현시켜 나가야 할 사회적 합의가 되었으며, 책임 있는 어른으로서 우리는 우리의 어린 미래 세대가 천성산이 가지는 천혜의 아름다운 자연환경과 원효 대사의 숨결이 살아 숨쉬는 문화유산을 온전히 향유할 권리를 지켜 주어야 한다고 생각합니다.

재판장님께서는 이미 수많은 도롱뇽 엽서와 편지를 받으셨을 것입니다. 또 한 올 한 올 수놓은 일천 마리 도롱뇽 현수막에 담긴 간절한 소망도 읽으셨으리라 믿습니다. 유치원에서부터 고등학생에 이르기까지 우리 어린 세대들이 온 마음을 다한 한결같은 정성을 외면하지 말아 주시기 바랍니다.

312

재판장님께서 내릴 도롱뇽 소송 항소심의 선고는 현재 30만 명의 도롱뇽 소송인단과 뜻있는 많은 시민들, 무엇보다 우리 어린 세대들의 생명 평화에 대한 간절한 소망을 담보하고 있음을 다시 강조하고 싶습니다. 무엇보다 도롱뇽 소송인단으로 참가하고 소송의 결과를 물어 올 우리 학생들에게 자랑스러운 답변을 할 수 있기를 희망합니다.

저는 지난 항고심 2, 3차 심리 방청을 통해 그동안 재판장님이 보여 주셨던 당당함과 공정함에 대해 존경과 신뢰를 보냅니다. 재판장님께서는 도롱뇽 소송이 가지는 시대적 의의와 책무를 잘 알고 계실 것으로 믿습니다.

3차 심리에서 증인으로 출두했던 고속철도시설공단의 현장 책임자에게 재판장님은 "만약 공사로 인한 피해가 발생했을 때 그 책임과 피해는 누가 지느냐?"고 물으셨지요. 그 질문에 대해 "잘못된 공사의 책임과 피해는 그대로 국민에게 돌아갈 수밖에 없다"고 말하던 현장 책임자의 무책임과 무성의를 질타하시던 재판장님의 정의감과 기개가 이번 선고로 실현되기를 간절히 바랍니다.

존경하는 재판장님,

지난 8월, 지율 스님과 공단 측, 환경부 간에 성사된 공사 강행 일시 중지와 환경영향평가 공동 재조사의 합의는 올 여름 가히 최악의 폭염 속에서 58일 단식이라는, 한 수행자의 생명을 바쳐서 얻어낸 참으로 값비싼 대가였습니다. 그럼에도 환경부는 다시 그 약속을 저버리고 말았습니다.

아름답고 조용한 산사에서 수행 정진해오던 한 비구니 수행자를 감히 거대한 정부와 행정을 상대로 맞서 싸우도록 한, 그리고 그가 목숨을 버리면서까지 지키고자 하는 천성산은 이제 파괴되어 가는 수많은 자연을 대표하는 상징으로 자리 잡았습니다. 이미 한 몸이 된 '천성산과 지율 스님' 그리고 현재 30만 도롱뇽 친구들의 한결같은 정성이 계속되고 있습니다.

존경하는 재판장님,

뜻 깊은 이번 재판이 새로운 환경과 생명의 시대를 열어가는 초석이 되기를 진심으로 바랍니다. 앞으로도 생명과 평화 영성의 시대를 위한 저희들 환경과 생명을 지키는 교사들의 노력이 계속될 것을 다짐하면서 이 점만은 꼭 짚어 주셨으면 합니다.

첫째. 고속철 천성산 관통 반대 운동은 애초 잘못된 경부고속철도 국책사업으로 인해 시작됐다는 사실입니다.

처음 서울-대구-밀양-부산 직선 노선으로 예정되었던 경부고속철 구간이 갑자기 대구-경주-울산의 우회 노선으로 변경, 확정되면서 금정산, 천성산을 관통하게 되었고, 그러나 이 과정에서 꼭 검토 조사되어야 했던 금정산, 천성산에 대한 환경, 생태적 영향평가가 제대로 이루어지지 않았으며 절차상의 하자가 많았습니다. 잘못된 국책사업에 대한 재검토가 필요하고 무엇보다 제대로 된 환경영향평가가 실시되어야 합니다. 또한 잘못된 국책사업은 강행되기보다는 빠른 시일 내에 재검토해 중지하거나 대안을 마련하는 일이 국가 경제적으로도 이익이라는 사실을 잊어선 안 될 것입니다. '아무리 바빠도 실을 바늘허리에 감아 쓰랴', '늦었다고 생각할 때가 가장 빠르다'는 격언은 잘못된 국책사업을 바로잡는 데도 적용되어야 될 것입니다.

둘째, 정부와 공인의 약속은 반드시 지켜져야 합니다.

노무현 대통령, 문재인 수석, 환경부, 고속철공단 등 책임 있는 정치인 · 관료 등 공인이 국민을 상대로 한 약속이 헌신짝 버리듯 내팽개쳐졌습니다. 특히 노 대통령님의 후보 시절 천성산 구간 백지화 약속은 종래 개발지상주의에 대한 반성과 재검토 의지에서 나온 것이었으나 대통령 당선 이후 이처럼 중요한 약속을 일방적으로 파기하고 개발독재의 유습을 계속하고 있습니다.

지율 스님이 천성산 보전 운동에 나선 것은 작고 여린 생명에 대한 사랑이었으며 약속이었습니다.

"처음 고속철도가 천성산의 심장부를 관통한다는 이야기를 들었을 때, 저는 산이 울고 있다고 느꼈고 산이 도와 달라고 애원하는 소리를 들었으며 도와주겠다고 약속했습니다. 그 약속은 늪가의 아주 작은 벌레와 이름 모를 꽃들과의 약속이었고 숲을 지키는 새들과 달아나는 고라니를 향해 저도 모르게 중얼거린 약속이었습니다."

작은 미물들과의 약속이 이럴진대 국민을 상대로 한 공인의 약속은 반드시 지켜져야 마땅할 것입니다.

셋째, 자연 생태계의 전일적인 가치가 제대로 자리 매김되어야 합니다.

단기적이고 가시적인 경제 가치를 넘어서는 다양한 자연 생태계의 전일적인 가치를 고려해야 합니다. 굽이굽이 돌아가는 자연의 아름다움과 가치를 발견하는 노력들이 이루어져야 합니다.

지율 스님은 "노선을 변경하면 수조 원이 더 든다고 하지만 천성산의 가치는 돈으로 매길 수 없다"며 "몇조 원 가지고 계곡 하나라도 살릴 수 있다면 진작에 포기했다"고 말합니다. 산과 숲은 인간의 척도로 환산할 수 없는 영적 에너지원이자 수많은 생명의 삶의 터전이며 미래의 자산입니다. 무엇보다 자연이 인간에게 주는 다양한 효용은 대체가 불가능합니다. 이러한 자연 가치에 대한 사회적 인식의 제고가 이루어져야 합니다.

환경에 대한 지식이 바른 행위로 연결되지 못하는 것에는 자연에 대한 실제적인 체험이 부족한 탓이 크다고 봅니다. 자연 사랑은 몸으로 체험하면서 친해지는 과정이 무엇보다 필요하며, 이런 의미에서 천성산은 생태적 감수성을 키워 나가는 좋은 생태학습장으로서 아름답고 다양한 생물종을 가진 자연환경의 보고로 보전되어야 할 것입니다.

넷째, 무엇보다 아픈 자연의 소리에 귀 기울여야 합니다.

지율 스님은 자연의 가치를 역설하면서 자신의 생명이 도롱뇽 한 마리의 목숨보다 더 소중하지 않다고 말씀하십니다. 시대를 넘어서 국가와 민족, 인류를 위해 자신을 바친 위대한 분들이 많습니다. 그러나 도롱뇽으로 대변되는 뭇 생명을 지키기 위해 자신의 목숨을 내놓은 사례는 극히 보기 드문 사례입니다.

지율 스님이 단식으로 외친 "환경영향평가를 재실시하라", "고속철 천성산 관통 백지화 약속 지켜라"라는 말은 목숨을 건 절규이자 간절한 기도에 다름 아닙니다. 마치 1970년대 전태일 열사가 "근로기준법을 준수하라", "우리는 기계가 아니다"라고 외쳤던 그런 비장함이 그대로 나타나 있습니다.

저희들은 이제 지율 스님의 우리 국토에 대한 사랑과 생명에 대한 서원을 오늘의 시대정신으로 이어가야 한다고 생각합니다. 스님을 대신하여 아픈 자연이 들려주는 말에 눈 뜨고 귀 기울여야 할 것입니다. 그리하여 인간과 자연이 공존하는, 현 세대와 미래 세대가 공존하는 지속 가능한 사회를 모색해 나가야 할 때가 '바로, 지금'이라고 생각합니다.

다섯째, 초록의 공명으로 생명의 연대를 이루어 나갈 것입니다.

'자연이 인간에게 말을 건 최초의 재판'으로 명명되는 도롱뇽 소송은 우리나라 최초의 '자연 권리 소송'이며, 미래 세대를 위한 소송임을 거듭 강조합니다.

개발 지상주의는 비단 자연 파괴에만 그치지 않으며 우리가 갖고 있던 생명에 대한 존중과 자연에 대한 감수성마저 빼앗아 버렸습니다. 그러나 이제 전 지구적 관점에서 인간과 자연이 평화롭게 공존할 길을 모색하여 영성과 생명 공동체에 대한 희망을 회복해야 합니다.

지율 스님이 '초록의 공명'을 위한 불씨 역할을 하였다면 이제 우리가 그 불씨를 널리 퍼뜨려 가야 한다고 생각합니다. 한 개인의 선지적 각성에 그칠 것이 아니라 큰 틀에서 생명의 네트워크를 만들어 나가자는 것이며, 이는 스님이 역설하는 수평적 운동의 확산을 통한 모든 생명들의 아름다운 연대를 의미하기도 합니다. 다양한 의사소통을 통해 환경 파괴의 실상을 널리 알리고 생명 사랑을 실천하는 작은 모임들이 만나 시내를 이루고 큰 강을 이루고 바다를 이룰 것입니다. 그리하여 천성산으로 대변되는 아픈 산하에 대한 우리들의 구체적이고 실질적인 사랑의 연대를 이루어 나갈 것입니다.

존경하는 재판장님,

삼권 분립하에 잘못된 행정을 법원이 바로잡을 수 있도록 했듯이 재판장님의 현명한 판결이 이 땅의 환경의 역사를 새롭게 쓰고 이 땅을 살리고, 국민을 새롭게 하며 나아가 우리의 미래 세대를 살리고 이 땅에 희망이 있음을 보여 주는 증거가 될 수 있기를 바랍니다. 오는 15일이 그러한 날이 되길, '상생의 그날이 오길' 진심으로 소망합니다.

2004년 11월 11일
환경과 생명을 지키는 부산 교사 모임 대표 김옥이 올림

천성산 사건 진행 경과

경과 1: 환경영향평가 부실

94. 10. 환경부 환경영향평가 완료.

　문제점 : 천성산의 늪과 계곡, 숲에 서식하는 30여 종의 보호 동식물이 단 한 종도 기록
되지 않음. 또한 세계적인 희귀 지형인 22개의 고층 늪과 12개의 계곡, 39개의 저수지가
있는 산을 통과함에도 불구하고 지하수 문제가 언급되어 있지 않으며 활성화 단층인 양
산 단층대와 법기 단층대 사이의 수많은 단층대와 파쇄대를 통과하는 위험에 대하여 아
무런 조사가 없었음.

경과2: 붕괴 위험 및 진행 경과

2001년

11. 8. 고속철도가 통과하는 밀밭 늪 주위에서 땅 갈라짐 현상.

　　『부산일보』, KBS 등에서 고속철도 붕괴 위험 보도.

11. 27. 천성산 습지를 훼손하는 각종 계획 철회를 요구하는 기자 간담회

12. 9. 습지보전연대회의 1차 회의

12. 18. 천성산 고속철도 관통 반대 대책위 고속철도관리공단 내방: 생태계, 지하수, 지하
　　　　수, 지질, 진동, 터널 구조 등 5개 분야에 대하여 공동 조사 계획 입안.

2002년

1. 8. 고속철도관리공단 측이 공동 조사 계획에서 천성산 문제의 가장 중요한 현안인 지
　　　하수, 지질 검사를 공동 조사에서 삭제함으로써 협동 조사단 및 공청회 건에 대한
　　　타협점을 찾지 못하고 결렬.

1. 22. 5명의 내원사 정진 스님이 부산역부터 서울역까지 천성산 살리기 국토 순례.(~2.
　　　15.)

3. 5. 자연환경 보존과 사찰 수행 환경 수호를 위한 범불교도 결의 대회

3. 22. 과천 정부청사 앞 1인 시위

5. 10. '천성산을 사랑하는 사람들' (천성산 대책위: 참가 단체 60개) 발족

5. 23. 금정산, 천성산 고속철도 관통 반대를 위한 1차 토론회(부산일보사): 성동환(경상
　　　 대), 함세영(부산대 지질학과), 이병인(밀양대 지구과학), 이병대(대덕연구단지 지
　　　 구물리), 정교철(안동대) 교수 참석

6. 1. 경부고속철도 2단계(대구~부산) 착공

6. 8. 고속철도관리공단이 공동 조사를 통해 문제가 있으면 노선 변경을 검토하겠다고 하
　　 던 입장을 철회하고 대한지질공학회와 단독으로 조사 계약

6. 19. 고속철도관리공단의 단독조사 부당성에 대한 성명서 발표

7. 15. 안상영 부산 시장의 재검토 공약 이행을 촉구하며 부산 시청 앞 1인 시위

7. 22. 금정산, 천성산 고속철도 관통 반대를 위한 2차 토론회(부산일보사)

7. 24. 생명 사랑과 실천을 위한 삼보 일배(시청 앞 광장)

7. 27. 부산 시장 방문, 영향평가 재검토 약속,
　　　 건교부 차관 방문, 공동 협의체 구성 협상

8. 17. 길거리 특강, 예수성심수녀회 거리 음악회(부산대 전철역 앞)

10. 14. 천성산, 금정산 고속철도 통과 반대 국토순례(분도수녀원 수녀님 8명, 내원사 스
　　　 님 3명)

10. 18. 고속철도 금정산, 천성산 관통 반대를 위한 미사(정의구현사제단, 분도수녀원)

10. 21. 고속철도 관통 반대를 위한 길거리 음악회(예수성심전교수녀원)

경과 3: 대통령의 공약

10. 26. 민주당 노무현 대통령 후보 면담: "영남인으로 영남의 맥을 끊는 고속철도 건설을
　　　 어떻게 수용할 수 있느냐. 나를 믿어 달라. 차후 문재인, 조성래 변호사를 통하여
　　　 당 차원에서 지속적으로 참여하겠다."

11. 3. 양산 시청부터 부산 시청까지 자전거 행진, 부산 시청부터 서면까지 침묵 가두행진
　　　 (예수성심수녀회 주관)

11. 13. 세계습지보존연대회의 스페인 람사회의 참석: 천성산의 산지늪 보호 요청
　　　 천성산 구간 공사 발주 공고

12. 4. "고속철도 사업을 전면 백지화하고 대안 노선을 검토하겠다"는 내용의 노무현 공약 집 배포

2003년

2. 5. 고속철도 백지화 공약 실현과 천성산 수호를 위한 1차 단식(~3. 14.)

3. 7. 청와대 수석보좌관 회의: 노무현 대통령 공사 중단 및 재검토 지시
   문재인 정무수석 단식장 방문 "대통령의 뜻을 믿어 달라."

3. 14. 자연환경 보존과 수행환경 보존을 위한 불교도 정진대회, 38일간의 1차 단식 회향

경과 4: 협의체 구성의 부도덕성 및 부당성

5. 12. 정부는 문제를 제기했던 천성산 대책위와 내원사를 논의에서 배제한 후 정치적으로 같은 노선인 부산의 일부 시민단체와 노선 재검토 위원회 발족.

6. 13. 협의체의 부당성을 알리기 위하여 환경부 기자실에서 기자회견, 내원사 대중 스님들 부산역에서 천성산 정상까지 삼보 일배, 43일간 부산 시청 앞에서 3천 배 기도, 노무현 대통령에게 공개 질의서와 편지

경과 5: 도룡뇽의 이름으로 법정에 서기까지

9. 15. 내원사 고문 변호사인 법무법인 청율의 이동준, 윤두철 변호사님과 도룡뇽 소송의 타당성 논의

9. 19. 정부, 금정산·천성산 터널 원안대로 강행 결정

9. 20. '생명의 대안은 없다' 2차 토론회에서 도룡뇽 소송 문제를 안건으로 논의, 변호사 및 법률 자문 교수들의 논의를 거쳐 도룡뇽 소송 준비, '고속철도 천성산 관통 저지 비상 대책위' 결성, 1차 회의

10. 1. KBS 「환경스페셜」, "다시 쓰는 환경영향평가": 천성산 구간 환경영향평가 문제점 지적, 부산시청 앞 2차 단식(~11. 16.)

10. 9. MBC 「아주 특별한 아침」: "도룡뇽 법정에 서다" 방영

10. 11. '도룡뇽의 날' 행사: 도룡뇽의 날 선언 및 서면까지 가두행진

10. 15. 부산 지방법원에 도롱뇽을 원고로 정식 소장 접수,

　　　고속철도 천성산 관통 반대 비상 대책위 기자회견

10. 17. 고속철도 천성산 관통 반대 및 도롱뇽 소송 지지 부산 교사 108인 선언

10. 24. 고속철도 천성산 관통 반대 및 도롱뇽 소송 지지 경남 교사 108인 선언

10. 25. 도롱뇽 소송 지지 전국 교수 108인 선언

10. 29. 마산 · 창원 · 경남 교사 도롱뇽 소송 공동 수업을 시작으로 '환경을 생각하는 교
　　　사 모임' 공동 수업안 채택

11. 1. 고속철도 천성산 관통 저지 및 도롱뇽 소송 지지 불교인 108인 선언

11. 9. '천성산 인연의 날' – 고속철도 천성산 관통 저지 및 도롱뇽 소송 지지 종교인 108
　　　인 선언, 고속철도 천성산 관통 저지 및 도롱뇽 소송 지지 전국 교사 500인 선언

11. 11. 도롱뇽 소송인단 전국적 모집 시작

11. 14. 도롱뇽 소송인단 16여만 명 모집

11. 16. 고속철도 천성산 관통 저지를 위한 2차 단식 45일째 회향

11. 24. 도롱뇽 1차 공판(울산 지법)

12. 2. 천성산 구간 공사 시작

12. 15. 재판 현장 검증

12. 26. 도롱뇽 2차 공판(울산 지법)

2004년

1. 7. 도롱뇽 소송을 위한 전국 투어

4. 8. 울산지법 1심에서 도롱뇽 소송 기각: "절차상 · 내용상 하자가 인정된다 하더라도 도
　　　롱뇽의 친구들이 그 직접적인 피해자가 아니다."

4. 16. 지율 스님 측 부산고등법원에 항고(2심)

경과 6: 환경영향평가 재평가를 위한 3, 4차 단식

6. 11. 경찰, 지율 스님을 공사 방해 혐의로 불구속 입건

6. 30. 공사 중단 및 환경영향평가 재실시를 요구하며 청와대 앞에서 3차 단식 농성(~8.
　　　26.)

8. 26. 지율 스님과 한국철도시설공단 합의: 지율 스님은 단식을 중단하고 법원 재판 결과에 승복하며, 정부는 항고심 판결시까지 고속철도 천성산 구간 공사를 중단. 환경부 환경영향평가 민관 합동 재검토.

9. 13. 재판부 환경영향평가 재실시 결정.

10. 15. 환경부, 2박 3일의 현장답사 결과(『천성산 지역 자연변화 정밀조사 보고서』) 부산 고법에 제출. "천성산 터널 습지 영향 없다."

10. 27. 지율 스님 4차 단식 시작(~2005.2.3.)

11. 29. 항고심 기각 판결: 법원 직권하에 현장검증과 환경영향평가를 재실시하겠다고 했던 법정 진행과정을 덮고 돌연 재판 종결 선언. "2박 3일의 영향평가라고 해도 환경관련 최고 부서의 의견을 무시할 수 없다."
이후 법원은 법정에서 있었던 속기 파기.

11. 30. 천성산 구간 공사 재개.

12. 6. 지율 스님 측 대법원에 재항고장 제출

2005년

1. 21. 지율 스님의 양보안(3개월간 발파공사 중지와 환경평가 재실시)을 정부가 거부.

1. 24. 도법 스님 · 문규현 신부 등 종교인들, '지율 스님과 생명 평화를 위한 참회 단식기도' 돌입. 공사구간 터널 발파 시작.

1. 27. 조계종단 차원의 1주일간 정진기도 시작. 이에 종교인들은 동조 단식에서 참회기도로 전환.

1. 28. '지율 스님과 생명평화를 위한 종교인 참회기도 추진위 발족식' 개최.

2. 1. 지율 스님과 자연환경을 위한 범불교 연석회의 구성.

2. 2. 조계종 총무원장 법장스님, 천주교 김수환 추기경 각각 지율 스님 방문. 종교인 추진위'와 '범불교 연석회의' 기자회견: '지율 스님 살리기 범국민 회의' 구성 공개 제안.

경과 7: 공동영향조사

2. 3. 이해찬 국무총리, 정토회관으로 지율 스님 방문. 지율 스님과 정부 간 3개안 협상 타

결. 지율 스님 100일 만에 4차 단식 중단.

합의 3개안: ① 민관 합동으로 3개월간 환경영향조사(조사 대상은 터널 공사와 천성산의 지하수, 지질, 생태계와의 상관관계 등이며, 세부사항은 조사단 전문가들이 결정), ② 공동 조사 기간 동안 조사에 영향을 끼치는 일체의 행위 중단, ③ 지율 스님의 단식 중단

2. 22. 양측에서 공동조사에 착수할 전문위원 10명, 정책위원 4명 선정(지하수, 구조지질, 암반역학, 지구물리탐사, 생태계 등 5개 분야), '환경영향 공동 조사단' 구성.

3. 4. 공동 조사단 1차 전체 회의

3. 11~12. 환경영향 공동 조사단 예비 현장 답사

3. 28. 공동 조사단 2차 전체 회의: 생태계, 구조·지질, 지하수, 암반 등 4개 분야에 대해 합의.

4. 22. 공동 조사단 3차 전체 회의: 5개 조사 분야별 세부 내용 협의.

5. 4. 공동 조사단 4차 전체 회의: 환경영향 공동 조사 합의서 작성, 5월 말부터 공동 조사 실시에 합의.

5. 26. 고속철도공단 측이 공단의 입장을 일방적으로 정리한 홍보 책자(『천성산 자료집』)를 만들어 공동 조사와 여론에 영향을 미칠 수 있는 각 기관과 시민 단체, 언론사에 배포한 사실 및 감리단장 등의 인터넷 안티 활동에 대하여 문제 제기(공단 자료에 의거, 현재까지 배포된 자료집 현황 배포부수는 3,980부).

6. 17. 공동 조사단 5차 전체 회의: 천성산 공동 조사는 계속 추진하기로 했으나, 『천성산 자료집』 관련 사항은 서면 사과를 거부하고 유감 표명으로 그침. 이후에도 지속적으로 인터넷과 신문매체를 이용하여 안티 활동이 이어짐. 이외에도 이견 조율에 시간이 걸려 공동 조사 착수 시기 지연됨.

8. 30. 지율, 조사를 공동 조사단에 위임하고 위원에서 탈퇴. 환경영향 공동 조사 시작(~11. 30)

9. 6~21. 부산 민주공원에서 '초록의 공명과 생명의 숨소리' 전시회